Inhaltsverzeichnis

1. Kapitel (Sechs Wochen vor der Regatta)

„Karl, da vorne wird es flach", brummt Hinni Boomgarden und blinzelt in die Sonne. „Ich falle ab. Gib' mal ein bisschen Lose in die Vorschot!"

Er zieht die Pinne seines Jollenkreuzers zu sich heran und fiert gleichzeitig die Großschot um einige Zentimeter.

Karl Eilers wartet einen Moment bis der neue Kurs anliegt und in dem Moment als er das Vorsegel trimmen will, gibt es einen fürchterlichen und lauten Schlag. Das Boot ruckt, es macht eine tiefe Verbeugung und steht schlagartig. Renate und Marion schreien erschreckt auf und purzeln auf den Cockpitboden.

„Wir sitzen auf", hat Jan Janssen richtig erkannt. „Du hast den einzigen Stein im Großen Meer erwischt."

Tatsächlich steht der Jollenkreuzer im Schlick und bewegt sich keinen Zentimeter von der Stelle. Die Segel flattern, das Boot krängt und dreht sich langsam, bis der Wind genau von querab kommt.

„Ist euch was passiert", fragt Hinni in die Runde, wartet das „nee", seiner Freunde aber gar nicht ab. „Renate, check' doch mal die Bilge."

Renate Reichle, Hinnis Freundin, ist bereits im Niedergang verschwunden und hebt die Bodenbretter an. „Nix passiert, kein Wasser in der Bilge. Da ist nur das Bier, das ihr gestern Abend hier verschüttet habt. Das hättet ihr auch mal aufwischen können. Das stinkt hier wie in der letzten abgefunzten Kneipe."

„Das Schwert ist übrigens nur halb drunten, scheint in der

Pampse fest zu stecken", fügt sie dann noch dazu, nachdem sie einen Blick auf den Schwertkasten geworfen hat, aus dem nun das Schwert zu einem großen Teil nach oben herausragt.

„Pampse, wat is dat denn nu schon wieder? Meinst wohl im Schlick?", murmelt Hinni mit seiner tiefen Stimme.

Zum Glück kommt der Wind von der Landseite und versucht das Boot in tieferes Wasser zu treiben, stellt Hinni mit einem Blick fest. Aber das Schwert scheint wirklich tief im Schlick zu stecken oder sich an dem Stein verkeilt zu haben, denn der Jollenkreuzer bewegt sich weder vor noch zurück. Keinen Zentimeter.

Dann aber wendet er sich den Fachproblemen zu, die nun dringend erörtert werden müssen: Wie konnte das passieren? Denn das ausgerechnet er, Hinni Boomgarden, hier aufsitzen muss, wo er doch schon immer wußte, dass ein riesiger Stein genau an dieser Stelle im Schlick unter Wasser liegt. Die entsprechenden Landpeilmarken wurden sozusagen schon bei seiner Geburt mit den Genen in seinem Gehirn verankert. Das geht schon mächtig an die Ehre und da muss sofort einiges klargestellt werden.

„Schiet!", stellte er deshalb fest. „Das Große Meer wird aber auch von Jahr zu Jahr flacher und der Stein muss im Winter vom Eis vertrieben worden sein. Sonst lag der doch mindestens zwanzig Meter weiter östlich. Sag' mal was, Karl!"

Der angesprochene Karl Eilers ist knapp 40 Jahre alt, ein athletischer Typ, Bauingenieur und ziemlich weit in der Welt herumgekommen. Jetzt ist aber ohne Job, weil die Baufirma, für die er arbeitete, vor einigen Monaten in Insolvenz ging. Seitdem lebt er vom Arbeitslosengeld und den kleinen Zuverdiensten, die Hinni, der Eigner des Jollenkreuzers, ihm gelegentlich verschafft. Ein bisschen Erspartes hat er noch, aber das wird natürlich nicht ewig reichen. Hinni schätzt allerdings sehr seinen Rat in allen theoretisch-nautischen Fragen, denn Karl hat nicht nur alle Segelscheine für Binnen und Buten, sondern auch den SHS, den Sporthochseeschifferschein und das vertieft die Freundschaft.

Karl kratzt sich am Kopf, denn jetzt muss er diplomatisch sein. „Wir hatten im letzten Winter fast gar kein Eis, Hinni", gibt er zu bedenken. „Aber die Reitfelder sind mal wieder größer geworden. Das Schilf wird schon seit Jahren nicht mehr ordentlich gemäht, da kann die Peilung ja nicht mehr stimmen."

Hinni nickt: „Jo, das ist ein Jammer! Bald kannst' hier gar nicht mehr segeln, man kriegt das Schwert nicht mehr runter. Nur mit diesen blöden Katamaranen kannst du noch aufs Meer und die verbreiten sich wie die Pest."

Hinni mag keine Katamarane. Auf einem Trampolin zu hocken und ständig im Trapez zu hängen ist nicht sein Ding. Ein Schiff muss eine anständige, mehr oder weniger bequeme Sitzbank haben und Platz, um eine Kiste Bier oder eine Flasche Schnaps rutschsicher zu verstauen.

Und wie um ihn zu ärgern, zieht in diesem Moment ein Katamaran vorbei, ein K2. Die Luvkufe ist leicht aus dem Wasser gestiegen, der Wind singt in den Wanten und die Leekufe zischt im Wasser. Der Steuermann und die junge Vorschoterin daneben hängen beide im Trapez und winken ihm fröhlich zu.

„Vergiss deinen Jollenkreuzer, Hinni", ruft Sven, der Steuermann. Ein Clubkamerad, der schon in der letzten Saison auf das Katamaransegeln umgestiegen war. Seitdem klappt es auch besser mit den jungen Frauen, denn so ein Katamaran ist cool. Er erhöht den Adrenalinspiegel, während Jollensegeln bei den meisten jungen Leuten völlig out ist und als langweilig empfunden wird. „Werde mal sportlich und kauf' dir was Anständiges!"

Hinni setzt sich beleidigt ins Cockpit. „Als wenn de *Moi Wicht* nix Anständiges wär' und sportlich bin ich schon allemal!"

Hinni, eigentlich heißt er Hinrich, ist der Urtyp eines Ostfriesen oder Wikingers: Er hat eine kräftige Figur, ist etwa 180 Zentimeter groß und bringt trotz seiner Freude an deftigem Essen und einem anständigen Linie-Aquavit nur 80 Kilogramm auf die Waage. Er ist immer viel an der frischen Luft und entsprechend braun gebrannt. Dadurch kommt sein volles, blondes, meist wirres Haar gut zur Geltung. Er hat einmal versucht, sich einen Drei-Tage-Bart stehen zu lassen. Der erwies sich aber nicht als praktisch, da er nur unnütze Arbeit und zusätzliche, teure Frisörbesuche verursachte. Seine blauen Augen scheinen immer irgendwo ein Ziel am Horizont anzupeilen und sein Blick drückt aus, dass er jede Herausforderung annimmt und sich nicht unterkriegen lässt.

So wie jetzt auf seinem Jollenkreuzer sieht er meistens etwas schmuddelig, aber nie richtig ungepflegt aus. Jeans, Hemd und Pullover trägt er zu fast allen Gelegenheiten, nicht dreckig, aber auch nie wirklich sauber und gebügelt. Wie alle im Boot trägt er natürlich Bootsschuhe, aber auch an Land zieht er die selten aus, es sei denn, er will ins Bett. Lederschuhe, die gewichst und poliert werden müssten und keine griffigen Sohlen haben, kommen nicht in seinen Schrank und schon gar nicht an die Füße. Seine Kleidung muss praktisch und etwas Ordentliches sein und dabei schaut er nicht auf den Preis.

An Land ist sein Gang sicher und selbstbewusst, aufrecht, leicht und geschmeidig. Er geht immer etwas breitbeinig, so wie die Matrosen zu Zeiten der Teeklipper und der Christlichen Seefahrt. Und hier auf dem Schiff scheint er mit den Planken verwachsen zu sein, alle Schiffsbewegungen spürt er im Voraus und gleicht sie automatisch aus.

Sein Vater ist früh gestorben, seine Mutter erst vor einigen Jahren. Die Eltern haben ihm einen Bauernhof hinterlassen und seine Mutter hatte bereits begonnen, den Betrieb aufzugeben und einige Wiesen und Äcker zu verpachten. Hinni hat dies erfolgreich mit List und Bauernschläue fortgesetzt und ist nun finanziell sehr gut abgesichert. Es gibt immer noch einige Wiesen am Großen Meer die ihm gehören und für die sich nun ein Hotelkonzern interessiert. Er hat auch keine Geschwister, die ihm sein Erbe streitig machen könnten. In dem ehemaligen Bauernhof, den ihm seine Mutter hinterließ, lebt er immer noch. Die Wohnung ist modern renoviert und die Scheune benutzt er als Winterlager für seinen Jollenkreuzer und als Werkstatt für seine zahlreichen Bastelarbeiten.

Nachdem er mehr schlecht als recht seinen Abschluss in der Hauptschule gemacht hatte, lernte er das Bootsbauerhandwerk in einer kleinen Bootswerft in Emden. Dies machte ihm Spaß, er konnte seine Hände gebrauchen und entwickelte auch bald ein gutes Gefühl für die Proportionen eines Schiffes. Dieses Gefühl für harmonische Kurven galt ihm dann auch bald als Leitschnur bei seinen zahlreichen Mädchenbekanntschaften. Er konnte wählerisch sein, galt er doch als gute Partie und das ist er auch heute immer noch.

Seinen Jollenkreuzer, ein sogenannter Zwanziger der R-Klasse, der nun schon einige Jahre alt ist, hat er natürlich auch selbst gebaut. Dabei wurde an nichts gespart, edles Mahagoni für die Planken, goldbraunes Teakholz für das Deck, Edelstahl für das Schwert und beste kanadische Spruce-Fichte für den Mast und den Großbaum. Die Pinne hat er liebevoll aus verschiedenen Lagen rötlichem Mahagoniholz und hellem Eschenholz verleimt. Leider wurde aber sein ehemaliger Chef misstrauisch, als immer mehr Material in der Werft abhanden kam und sich in Hinnis Jollenkreuzer wiederfand. Bei allem Respekt für die gute Bootsbauerarbeit wurde Hinni entlassen, was ihn aber nicht weiter bekümmerte, denn so hatte mehr Zeit für seinen privaten Bootsbau und zum Segeln.

Vor wenigen Jahren hatte er sich mit Karl und Jan zu einem Überführungstörn im Mittelmeer überreden lassen. Alle wollten endlich mal aus Ostfriesland raus, das ewige Schietwetter vergessen und in der warmen Sonne auf blauem Wasser segeln. Der Bootseigner, der den Törn angeboten hatte, entpuppte sich dann aber als Frau, was Hinni natürlich überhaupt nicht recht war. Eine Frau an Bord, eine Fränkin, die nicht mal richtig Hochdeutsch sprach und dann noch als Skipperin! Das konnte nur Unglück bringen. Aber zurück ging nicht mehr, sie hatten nur One-Way-Tickets gekauft, er musste sich notgedrungen mit Renate arrangieren. Nach kurzer Eingewöhnungsphase und verschiedenen sprachlichen Missverständnissen, weil Ostfriesisch und Fränkisch nicht so recht kompatibel sind, gelang ihm das aber auch recht gut. Renate sah sehr gut aus und, das musste er zugeben, sie verstand auch eine ganze Menge vom Segeln und konnte das Schiff souverän führen. Kurz, die beiden verliebten sich und seitdem lebt Renate, wann immer sie Zeit hat, bei ihm auf seinem Hof. Über Heirat haben die beiden noch nicht gesprochen, wozu auch. Renate lebt zwar getrennt von ihrem Mann, ist aber noch verheiratet und Hinni weiß nicht, ob er sich wirklich binden möchte.

Auf Dauer kann eine Frau mitunter etwas komplizierter als ein Boot sein. So ein Jollenkreuzer ist zwar auch anspruchsvoll, muss andauernd repariert, abgedichtet, lackiert und poliert werden. Und jedes Jahr wieder liegt Hinni tagelang unter dem Schiff, schleift die alte Farbe ab und trägt ein neues Antifouling auf, damit Muscheln und Algen nicht so viel Freude haben und anhänglich werden. Aber Hinni hat noch nie erlebt, das seine *Moi Wicht*, so heißt der Jollenkreuzer, sich mal nicht gefügt oder sogar Widerworte gegeben hätte. Und ständig neue Handtaschen braucht sie auch nicht.

Bis auf heute, da blieb sie einfach stecken!

Heute - ein schöner, sonniger Tag Mitte Mai. Wie so oft in Ostfriesland um diese Jahreszeit herrscht eine ausgesprochene Hochdruckwetterlage mit viel Sonne, blauem Himmel und einem leichten, stetigen Ostwind.

Hinni und Karl haben die *Moi Wicht* schon am Vorabend ins Wasser gebracht und heute Vormittag mit der Hilfe von Karls Freundin, Marion Krull, und Jan aufgeriggt und die Segel angeschlagen. Das war schnell erledigt, weil sie alle Übung darin haben und jeder Handgriff saß. Nun machen sie den langersehnten Probetörn. Endlich wieder auf dem Wasser! Das erste Mal in diesem Jahr nach einem unerfreulichen, nassen und kaltem Winter.

Das Große Meer, zwischen Emden und Aurich mitten in

Ostfriesland gelegen, ist ein Überbleibsel der letzten Eiszeit. Wie alle diese Meere, wobei die Bezeichnung Meer nicht auf die Größe des Gewässers schließen lässt, ist es sehr flach. Ideal für Wassersportler, denn nach einer Kenterung steht man bequem im brusthohen Wasser und richtet sein Boot in aller Ruhe wieder auf. Die Verlandung schreitet aber schnell voran, heute reicht das Wasser oft nicht einmal mehr bis zur Brust. An vielen Stellen kann man sogar hindurch waten, ohne dass die Badehose nass wird. Jollen und Jollenkreuzer, die ein mehr oder weniger tiefes Schwert zur Vermeidung der seitlichen Abdrift durch den Wind benötigen, können hier kaum noch segeln. Im Ostfriesischen Yacht Club, dem OYC oder „OWeiCi", wie ihn die jüngeren Mitglieder nennen, gibt es deshalb fast nur noch Katamaransegler und Windsurfer, die hier ein ideales Revier haben und jederzeit von ihren Brettern und Trampolinen herunterspringen können, wenn der Wind zu stark und der Adrenalinspiegel zu hoch wird. Oder wenn einfach die Kraft nachlässt. Inzwischen hat der Hafenmeister des OYC bereits eine Verkaufsstelle für die Katamarane und das notwendige Zubehör eingerichtet, was ihm einen angenehmen Nebenverdienst beschert.

Leute wie Hinni, die mit ihren Jollen oder Jollenkreuzern dem Großen Meer die Treue halten, sind selten geworden. Die meisten haben ihre Schiffe in eine der Marinas oder Häfen an die Nordseeküste oder an die Ems verlegt und auch Hinni spielt mit diesem Gedanken. Aber dann würde er sich ein neues, größeres Schiff bauen. Natürlich müsste es wieder ein Klassiker aus Holz sein, einen Schärenkreuzer vielleicht.

„Was ist nun, Hinni?" Renate bringt ihn in die Wirklichkeit

zurück. „Willst' hier anwachsen und Vesper machen oder soll mal jemand das Schwert hochziehen, damit wir wieder flottkommen?" Sie hätte längst gehandelt, aber hier ist nicht sie der Skipper, sondern Hinni. Und auf dem Schiff kann immer nur einer das Sagen haben.

„Oh ja, ein Kaffee, das wäre toll", meldet sich Marion. „Haben wir Kaffeepulver oder so was an Bord?"

„Alles frisch aufgefüllt", antwortet Renate. „Cappuccino-Pulver und Hinnis Lieblingswaffeln sind auch da."

„Gut, dann mache ich mal das Wasser heiß", bietet Marion an und verschwindet im Niedergang.

So ein Jollenkreuzer sieht auf einem kleinen Binnensee zwar wuchtig aus, ist aber kein wirklich großes Schiff. Es hat eine Länge von knapp acht Metern, ist zweieinhalb Meter breit und die Segelfläche am Wind beträgt weniger als dreißig Quadratmeter. Trotzdem hat es Hinni geschafft, in der kleinen Kajüte neben den beiden Kojen auch eine Pantry unterzubringen. Immerhin gibt es einen Spirituskocher, eine Spüle – allerdings mit einem verbotenen, direkten Wasserablauf in die See – und ein großes Schapp für Geschirr, Essbesteck und ein paar Vorräte. Zwei weitere Kojen befinden sich im Vorschiff unter dem Deck, so dass vier erwachsene Menschen fast bequem im Schiff schlafen können.

Hinni steht auf: „Nee, Jungs, so geht das nicht. Kaffee und Kekse ja, aber erst müssen wir wieder flottkommen und die Segel bergen."

„Der Wind lässt sowieso nach, wir gehen vor Anker", fügt er nach einem Blick in den Himmel und über das Wasser und die Schilfffächen hinzu. „Karl und Renate, ihr holt die Segel runter und du, Jan, gehst nach vorne und machst schon mal den Anker klar."

Er selber legt ein Paddel aus der Backskiste bereit und schiebt probehalber die Pinne hin und her. Beruhigt stellt er fest, dass sich das Heck zwar wenig, aber immerhin seitwärts bewegen lässt und wahrscheinlich keiner in das doch noch eiskalte Wasser muss, um das Schiff freizumachen. Als das Vorsegel eingerollt und das Großsegel mit verschiedenen Bändseln auf dem Großbaum festgemacht ist, ruft er in den Niedergang: „Marion, zieh mal das Schwert ganz hoch."

„Jo", kam es aus der Kajüte zurück. Und dann nach einem kurzen Fluch: „Scheiße, geht das schwer. Drück' noch ein paar Mal mit der Pinne, Hinni. Das Schwert scheint sich an dem Stein verklemmt zu haben oder hat sich im Schlick festgesogen. Jedenfalls liegt es bombenfest."

Hinni zieht und drückt an der Pinne, das Heck bewegt sich hin und her. Eine Menge Schlamm wird rund um das Boot herum aufgewirbelt und trübt das ohnehin nicht wirklich klare Wasser. Kurz darauf gibt es einen kleinen Ruck, als das Schwert sich endlich befreit und von Marion hochgezogen werden kann. Dann fängt das Boot im schwachen Wind an zu driften und Hinni bringt es mit ein paar Paddelschlägen in tieferes Wasser.

„So Jan, schmiet weg den Anker. Und belegen nicht vergessen! Ist das Wasser heiß, Marion?"

„Kommt schon!" Bunte Becher werden aus der Kajüte hochgereicht. „Pulver nehmt ihr selber, oder?"

Dann kommt auch Marion mit dem Wasserkessel in das Cockpit und gießt heißes Wasser auf das Kaffeepulver, das sich jeder schnell in seinen Becher gefüllt hat.

„Gibt's keinen Zucker?", fragt Jan.

Marion sieht ihn streng an: „Nee! Hab ich nicht gefunden. Bist du immer noch so ein Süßer?" Sie winkt ihn mit dem Finger zu sich: „Komm, du kriegst einen Kuss, das muss reichen."

Jan steht tatsächlich auf. Den Kuss will er sich nicht entgehen lassen und wenn Karl nicht gewesen wäre, hätte er sie auch gerne in den Arm genommen, fest an sich gedrückt und ihren Körper gespürt.

„Mann oh Mann, hast du aber einen Hunger", wehrt Marion schließlich ab.

„Karl, gib ihm schnell noch ein paar Kekse! Der saugt mich richtig aus."

Der Wind ist inzwischen fast ganz eingeschlafen, die Sonne steht hoch am Himmel. Es ist Mittagszeit, nur wenige Schönwetterwolken ziehen gelegentlich vorbei und bringen etwas Schatten. Nacheinander ziehen sie ihre Pullover oder winddichten Jacken aus, machen es sich im Cockpit bequem und genießen die Wärme. Marion verschwindet kurz in der Kajüte und kommt nach wenigen Minuten nur mit einem Bikini bekleidet wieder nach oben. Natürlich bleiben alle Männerblicke an ihrem schlanken, fraulichen Körper hängen.

„Immer wieder ein schöner Anblick", stellt Hinni fest, „Aber verkühl' dich mal nicht, mien Wicht!"

Marion winkt ab und steuert auf Karl zu: „Mach' doch mal ein bisschen Platz, damit ich mich langlegen kann!" Karl rückt ein wenig, Marion legte sich auf die Bank und platziert ihren Kopf mit der dunkelblonden, für häufige Einsätze auf See zweckmäßigen Kurzhaarfrisur auf Karls Schoss. „Ah, so ist das gemütlich. Gib mal bitte meinen Kaffeebecher, Karl!"

Hinni als praktisch veranlagter Mann, hätte am liebsten seinen Jollenkreuzer sofort wieder flottgemacht, ihn an Land geholt und auf mögliche Schäden untersucht. Er hätte dann das Unterwasserschiff sorgfältig geprüft und nochmals Antifouling aufgetragen, wenn er das für nötig befunden hätte. Aber was soll schon passiert sein, überlegt er. Eine kleine Schramme am Schwert vielleicht, aber die kann er leicht bei nächster Gelegenheit auspolieren. Solche Tage wie heute sind selten in Ostfriesland und so zieht er schließlich auch sein Hemd aus, legt sich quer auf das schmale Achterdeck, lässt die Füße über dem Wasser baumeln und ist kurz darauf eingeschlafen.

Karl streichelt liebevoll Marions nackten Bauch, Renate spielt auf der Suche nach einem interessanten Motiv mit ihrem teuren Fotoapparat herum und Jan hängt seinen Gedanken nach. Der Kuss von Marion und ihr Anblick im Bikini gehen ihm nicht aus dem Kopf. Er ist verheiratet, seine Frau Birgit ist hübsch und mit allen weiblichen Vorzügen ausgestattet. Nur leider will sie ein Kind, vorzugsweise von ihm. Und ein Kind kostet Geld und würde seinen Traum von einem eigenen Boot in noch weitere Ferne rücken. Und so bleibt ihm nur die Verhütung durch Entzug, er schläft einfach nicht mehr mit ihr. Brigit schließt allerdings daraus, das er eine Geliebte hat, irgendwas Junges aus dem Büro mit langen Haaren, nuttiger Kleidung und freigelegten Brüsten.

Genau das wäre auch Jans Traum, nur waren seine Anmachversuche bei den in Frage kommenden Damen bisher vergeblich. Meist blieb es bei ein paar teuren Drinks, die er in einer angesagten Bar spendieren durfte - und dann kam der Freund oder zumindest ein anderer Bekannter der jungen Dame mit auf halbmast hängender Hose, gegelter Frisur und einem Spruch, warum und wieso sich seine Braut mit einem Gruftie rumtreibt, daher. Schon saß er wieder allein an der Bar und durfte die Rechnung bezahlen.

Da hilft auch seine maritime Aufmachung nicht: Sebago Docksites Schuhe, Cowes Seglerhosen aus der Admiralscupper Szene und Hemden oder Shirts mit einem teuren Label. Und im Winter trägt er selbstverständlich Jacken von Helly Hansen oder Musto als wäre er gerade von einem Segeltörn rund um die Welt an Land gesprungen. Da bleibt es natürlich nicht aus, das er in den letzten Jahren unter einem ständigen, sexuellen Notstand leidet: Brigit will er nicht, jedenfalls nicht, wenn das mit der Pflicht verbunden ist ein Baby zu zeugen und andere Frauen wollen ihn nicht. Jedenfalls nicht in sein Bett. Aber da bleibt noch Imke Heiken, die inzwischen zwanzigjährige Tochter des Stellvertretenden Vereinsvorsitzenden Heiko Heiken. Imke soll mal das elterliche Baugeschäft übernehmen und studiert Betriebswirtschaft in Oldenburg. Aber so genau nimmt sie das mit dem Studium nicht. Sie strebt eine Karriere als Partygirl an, hat sie ihm mal verraten. Das ist viel weniger anstrengend und finanziell deutlich lukrativer. Einige Zeit hat sie auch mal mit Hinni herumgemacht und sich gelegentlich von ihm das Taschengeld aufbessern lassen. Aber seitdem Renate nun dort eingezogen ist, ist das vorbei. Das hofft er zumindest und sein Gesicht hellt sich etwas auf.

Renate legte schließlich ihren Fotoapparat zur Seite und stößt Hinni an, der sofort erschreckt aufwacht: „Du bekommst gleich einen Sonnenbrand. Zieh dir mal dein Hemd wieder über. Und du auch Marion, dein Dekolleté ist schon ganz rot."

Sie sammelt die leeren Becher ein, um sie in der Pantry abzuspülen.

„Wollen wir den ganzen Nachmittag hier liegen und uns von den Katamaran-Seglern anglotzen lassen?", fragt Marion dann nach einem Rundumblick. „Ich würde mich mal gerne aufs Vordeck legen und mich nahtlos bräunen, wenn die Herren einverstanden sind."

„Da mache ich mit. Ich sehe auch noch aus wie ein Käslaible", meldete sich Renate aus der Pantry. „Los Hinni, schmeiß mal den Außenborder an und fahre uns ein bisschen durch die Kanäle."

Renate hat in ihrer kurzen Zeit in Ostfriesland die grünen Wiesen mit den schwarzbunten Kühen lieben gelernt, das wirkt einerseits beruhigend und andererseits motivierend auf sie. Und wo kann man den Anblick besser genießen, als auf dem Kanal zu fahren, die fast absolute Ruhe zu erleben, Hektik und Stress vergessen und bis zum Horizont nichts anderes als grüne Wiesen, muhende glückliche Kühe und gelegentlich ein paar rotgeklinkerte Häuser zu sehen?

Vom Südende des Großen Meeres biegt man direkt in das Marscher Tief ein. Das Tief, also ein Kanal, hat einen deutlich höheren Wasserstand als das Große Meer und darf auch mit Motorbooten befahren werden. Die beiden Frauen haben sich mit Handtüchern und Kissen bewaffnet auf das Vordeck verzogen und genießen die Sonne und ihren Weiberratsch. Karl sitzt an der Pinne, der Außenbordmotor läuft geräuscharm mit halber Kraft. Hinni holt drei leidlich gekühlte Flaschen Bier aus der Pantry, knackt diese mit dem Schäkelöffner und setzt sich neben Jan auf die Cockpitbank.

„Prost", die Flaschen stoßen aneinander.

„Sag mal, Jan, wie läuft das denn so auf dem Finanzamt", fängt Hinni nach einer Weile an. „Alles klar?"

Jan ist Finanzbeamter und erledigt natürlich auch Hinnis Steuersachen. Das ist manchmal nicht einfach, denn Hinnis Ansichten und das was legal und machbar ist, weichen gelegentlich erheblich voneinander ab. So wandelt er ständig auf einem schmalen Grat zwischen der Pflicht gegenüber seinem Arbeitgeber und den Wünschen seines Freundes.

Jan fühlt sich als guter Finanzbeamter, er ist knapp im mittleren Alter und kann es noch weit bringen. So hofft er jedenfalls. Mal so einen richtigen, fetten Steuerbetrug aufklären, das wäre sein Ziel. Aber Hinni verleitet ihn eher zum Gegenteil. Er kann es sich aber nicht leisten, seine Stelle zu verlieren. Da ist der dringende Wunsch nach einem eigenen Boot, dann wäre er unabhängig und nicht mehr auf Hinnis Gunst zum Mitsegeln angewiesen.

Und ein Leben ohne Segeln kann er sich nicht vorstellen. Am liebsten wäre er ein Pirat, ein Freibeuter oder jedenfalls irgendwie ein Outlaw der ein wildes Leben führt und er würde gerne um die Welt segeln. Oder zumindest doch auf der Nordsee. Eine kleine Jolle für das Große Meer hätte er sich zur Not noch leisten können. Aber so ein kleines Schiff bietet keine seglerische Herausforderung und schon gar keine Spannung und Abenteuer, da muss es schon etwas Größeres sein. Eine Yacht, so etwas wie sich Geerd Geerdes, der Vereinsvorsitzende, kürzlich gekauft hat, wäre sein Traum. Und damit hätte er auch sein zweites Problem gelöst: Attraktive Mädchen. Das wäre doch etwas, eine nette, abenteuerlustige junge Frau in der Disco anzusprechen und mal kurz auf einen Schickimicki-Wochenendtörn nach Helgoland oder Sylt einzuladen. Da sollte doch jede junge und gesunde Frau einfach begeistert sein und willig in seine Koje hüpfen.

„Was hast du gefragt Hinni?", versucht er sich zu erinnern.

„Wie es um meinen Einspruch steht. Den hast du doch hoffentlich gemacht und abgegeben?"

„Klar Hinni, mit allem drum und dran. Eine ganze Nacht habe ich da dran gesessen. Aber keine Chance, du musst nachzahlen."

„Wie viel?" will Hinni wissen.

„Weiß ich noch nicht, das muss erst durch den Computer laufen. Macht aber eine andere Abteilung, da komme ich nicht ran. Ein paar Meter Autobahn wirst du dem Staat schon spendieren müssen, aber davon hast du dann auch selber was."

„Hey, verarsch' mich nicht. Autobahnen sind teuer. Und wenn du noch ein paar Flaschen Aquavit auf den Antrag legst?", fragt er lauernd.

Für Hinni ist die Welt einfach. Im Prinzip kann man alles kaufen wenn der Preis stimmt und jemand bereit ist ihn zu zahlen. Mathematik ist nicht seine Stärke, aber die Grundrechenarten beherrscht er. Und das ein paar Flaschen Aquavit billiger sind als ein paar Meter Autobahn – da muss er nicht lange rechnen.

Jan überlegt kurz. Ein paar Flaschen edlen Schnaps könnte er auch selber gut gebrauchen und woher sollte Hinni wissen, wo genau die abgeblieben sind. Aber so etwas macht er nicht. Er schüttelt den Kopf: „Nee, Hinni, das geht nicht. Ich kenne keinen, der das machen würde. Wenn es allerdings um richtig große Sachen ginge und du damit drohen könntest, Arbeitsplätze nach Indien oder schlimmer noch nach Bayern zu verlagern ..."

In Gedanken malt Jan sich aus, wie das wäre, wenn tatsächlich durch seinen Einsatz und seine Fürsprache Arbeitsplätze in Ostfriesland bleiben würden. Der Landrat, ach was, der Ministerpräsident, würde ihm persönlich zu Füssen liegen, Beförderungen kämen schneller als er die neuen Arbeitsverträge unterschreiben kann und bald wären die noble Villa und die große Yacht in Sicht. Eine *Hallberg Rassy*, mindestens! Oder eine Alu-Yacht von Benjamins aus Emden, so etwas klassisch-konservatives für einen Segeltörn um die Welt.

„Lass man Jan", weckt Hinni ihn aus seinen Träumen. „Arbeitsplätze habe ich nicht und will ich auch nicht. Ich komm' schon klar."

Die beiden Frauen haben es sich auf dem schmalen, kurzen Vordeck mit Handtüchern und Kissen bequem gemacht. Marion hat ihren Bikini ausgezogen, aber Renate hat zumindest ihren Slip anbehalten.

„Hilfst du mir mal mit dem Rücken", bittet Marion und hält Renate die Flasche mit der Sonnenmilch hin. „Einen Sonnenbrand kann ich nun gar nicht gebrauchen, ich muss nächste Woche wieder auf Große Fahrt. Ostsee! Da stehen mal wieder Untersuchungen auf Eintragungen durch Überdüngung in den verschiedenen Anrainerstaaten an. Die EU will Zahlen haben, sonst kann nichts dagegen unternommen werden. Wir haben da ein paar Messsonden in verschiedenen Wassertiefen deponiert und ich will die Messwerte sichern."

Marion ist eine Meeresbiologin aus Leidenschaft, sie hat einen Doktortitel und Ambitionen auf eine Professur und verbringt den größten Teil ihres beruflichen Lebens auf Forschungsschiffen. Sie beherrscht nicht nur ihr Fach sondern auch die Seemannschaft und das ist der Grund, warum Hinni sie trotz ihres akademischen Titels als Mensch und Kumpel akzeptiert. Seit dem gemeinsamen Törn auf dem Mittelmeer ist sie mit Karl zusammen, zumindest ein bisschen.

„Und was sagt Karl, wenn du nun schon wieder so schnell fort bist? Du bist doch erst gestern aus Hamburg gekommen, oder?", fragt Renate neugierig.

Marion schaut kurz nach hinten, die Männer scheinen beschäftigt, der Motor läuft und sie ist bereit, ihr Herz auszuschütten.

„Ja, Karl! Das ist wirklich ein Lieber. Der macht alles für mich und im Bett ist er auch wirklich gut. Aber er will mehr und ich kann das nicht!"

„Was kannst du nicht? Ihn lieben?"

„Lieben, ja, was heißt das schon. Ich kann nicht ständig mit ihm zusammenleben. Gelegentlich Sex am Wochenende, das ist absolut okay, dafür komme ich auch gerne mal nach Aurich. Aber ständig zusammenhocken? Abends auf dem Sofa sitzen, Tagesschau und Tatort sehen, Händchen halten und anschließend Blümchensex aus Gewohnheit? Nee, echt nicht!"

„Aber du bist doch sowieso dauernd unterwegs", wirft Renate ein.

„Ja, und du glaubst dann treibe ich es mit einem Matrosen auf dem Schiff? Nein, das geht schon gar nicht und das mache ich auch nicht. Ich brauche das Leben in der Großstadt, ich gehe gerne aus und wenn mir jemand gefällt, nehme ich den auch mal mit nach Hause. Oder er mich. Nur dann und nur wenn mir danach ist. Aber dann auch hemmungslos und ohne Gewissensbisse. Und das könnte ich nicht, wenn ich das Gefühl habe, Karl wartet zu Hause auf mich."

„Ja, das verstehe ich, ich habe früher auch nichts ausgelassen, vor meiner Ehe. Aber dann heiratet man plötzlich und alles ist anders. Fremdgehen würde ich auch nicht."

Das Boot zieht gemächlich und friedlich auf dem Tief dahin, einige Motorboote kommen ihnen entgegen, die Männer pfeifen anerkennend, als sie die beiden nackten Frauen auf dem Vordeck wahrnehmen und Marion quittiert das wohlwollend mit einem lässigen Winken.

„Siehst du, unser Marktwert stimmt noch", stellt sie fest. „Aber wieso hast du überhaupt so früh geheiratet, Renate? Die große Liebe?"

„Nein, eher die große Verzweiflung. Meine Eltern hatten das Sägewerk in Franken, mein Vater ist sehr früh gestorben und meine Mutter hat die Firma allein geleitet. Ich musste ihr dabei helfen, als ich noch zur Schule ging. Gabelstapler fahren, die Leute anleiten, Rechnungen schreiben, Bretter zur Baustelle fahren und dabei Bierkästen sinnvoll und intelligent verteilen. Der nächste Auftrag musste schließlich gesichert werden."

„Da hast du ja richtig was für Leben gelernt! Und nebenbei gab es noch Männer?", grinst Marion.

„Klar, ein bisserl geht immer. Besonders während des Studiums." Jetzt grinst Renate auch.

„Aber dann starb meine Mutter, ich musste das Studium abbrechen, die Rezession kam und ich stand alleine da mit riesigen Hallen, Maschinen und einem großen Fuhrpark."

„Und dann?"

„Dann habe ich einfach den aktuellen Mann geheiratet. Wilhelm. Der war zwar kein Holzwurm, aber er kannte sich im Verkauf aus. Außerdem hatte er viele Kontakte und wenn es schon mit dem Sägen nicht so lief, konnte ich doch zumindest mit seiner Hilfe die Maschinen und den Fuhrpark verkaufen und die Hallen gut vermieten."

„Das ist doch ideal! Davon kannst du doch bestimmt gut leben, oder?"

„Na ja, wir hatten schnell hintereinander zwei Kinder und mein Mann dachte, er hätte sein Lebenswerk vollbracht. Nun wollte er nur noch leben und zwar von meinen Mieteinnahmen."

„Ist doch normal, ihr wart eine Familie", wundert sich Marion.

„Nur das er sein Leben auf dem Sofa mit der Sportschau oder als VIP-Mitglied im Fußballclub verbracht hat. Nichts anderes konnte ihn bewegen. Mit den Mietern und deren Problemen musste ich mich allein herumschlagen."

„Und dein Schiff? Danach würde sich doch jeder normale Mann sofort die Finger lecken. Hat mir imponiert, unser Törn damals von Malle nach Korfu."

„Ja, so ein richtiger Mann wäre begeistert, nur Wilhelm nicht. Mit Hinni war das anders. Der war gleich verliebt in das Schiff, auch wenn er es nicht gezeigt hat. Aber du weißt ja, ich habe euch damals angeheuert, weil mein Mann nicht einmal bereit war, mit mir das Schiff von Mallorca nach Korfu zu überführen, während ihr alle sofort Feuer und Flamme wart. Ich glaube, darum habe ich mich damals auch in Hinni verliebt. Er kann etwas wertschätzen. Und auf unserem Törn in der Südsee hat Hinni natürlich weitere Punkte gesammelt. Ein Ostfriese am anderen Ende der Welt - und er hat den Törn nur auf mein Wort hin gewagt."

„Aber seinen Akkuschrauber hat er mitgenommen, weil man fremden, gecharterten Schiffen doch nicht trauen kann", erinnert sich Marion belustigt.

„Aber für die Kokosnüsse war der doch gut, oder?", lacht Renate laut. „Sonst hätten wir den Rum dort nie hinein bekommen.

„Können wir mitlachen?", kommt prompt die Reaktion aus dem Cockpit.

„He, ihr sollt nicht lauschen, das ist Weiberkram!", stellt Marion klar.

Aber Karl meldet sich trotzdem sich zu Wort: „Da vorn kommt gleich die Brücke unter der B 210, sollen wir den Mast legen oder umdrehen?"

Alle schauen auf Hinni, er ist der Skipper. „Umdrehen", brummt der. „Ich will das Schiff nachher noch mal fix an Land holen."

Marion und Renate haben sich aufgesetzt um die Lage zu peilen. Karl setzt gerade an um das Schiff auf den neuen Kurs zu bringen, als ein Motorboot mit deutlich überhöhter Fahrt und enormem Wellenschlag unter der Brücke hervorgeschossen kommt. Der Fahrer nimmt den Jollenkreuzer zwar wahr, aber sein Blick und der seines Beifahrers konzentrieren sich sofort auf die Brüste der beiden Frauen auf dem Vorschiff.

„Eh, ihr Idioten, könnt ihr nicht rechts fahren?" schreit Karl herüber, drosselt gleichzeitig den Motor und fährt direkt ans Ufer. Manöver des letzten Augenblicks! Das Motorboot rauscht knapp an Ihnen vorbei, die *Moi Wicht* schaukelt heftig und steckt wieder einmal im Schlamm.

„Das war eindeutig eure Schuld, Mädels", stellt Hinni sachlich fest und reicht auffordernd einen Bootshaken nach vorne.

„Mit euren Brüsten macht ihr noch ganz Ostfriesland verrückt. Hier, freimachen und diesmal meine ich das Schiff!"

Etwa eine halbe Stunde später haben sie den Steg vor dem Vereinshaus des OYC am Ufer des Großen Meeres erreicht. Hinni sitzt an der Pinne, er dreht auf die Leeseite des Stegs, macht einen Aufschießer und das Schiff kommt genau am Stegkopf zum Halt.

„Super", findet Jan, der sofort an Land springt um die Leine anzunehmen, die Karl ihm herüberreicht. Er belegt sie an der Klampe mit einem ordentlichen Kopfschlag.

Hinni hat in den letzten Tagen mit Karls Hilfe den Steg mal wieder um ein paar Meter verlängert, um die ständig sinkende Wassertiefe auszugleichen. Deshalb hat diesmal das Manöver auch auf Anhieb geklappt, ohne Grundberührung. Stegverlängerungen sind zwar nicht erlaubt, aber die kleine Strafe würde Hinni in Kauf nehmen, falls ihn jemand anzeigt. Aber Vereinskameraden tun das nicht, es profitieren alle davon und Fremde merken das höchstwahrscheinlich gar nicht. Und außerdem macht er das jedes Jahr und bisher ist nichts passiert, außer ein paar kleinen Lästereien.

Das schöne Wetter hat viele Mitglieder des Vereins herausgelockt. Manche segeln noch, aber eine große Anzahl sitzt bereits um die wenigen Tische herum, die draußen aufgestellt wurden, um ein Bier, eine Cola oder einen Kaffee zu trinken.

Andere haben ihren Katamaran halb auf das Ufer heraufgezogen und benutzen diesen nun als Sitzgelegenheit.

Auch Geerd Geerdes, der Vorsitzende des Vereins, ist dabei. Er löst sich von dem Tisch, an dem er gesessen hat um Hinni und seine Crew zu begrüßen.

„Moin, Kommodore", sagt Karl stramm, aber die Ironie ist ihm anzumerken. Seit Geerd Geerdes das Amt von seinem verstorbenen Vater übernommen hat – offiziell durch eine Wahl natürlich – hat er als Neuerung sofort eingeführt, dass der Vereinsvorsitzende Kommodore genannt wird. Das klingt maritim und erhöht die Disziplin, findet er. Und außerdem schmeichelt es seinem Geltungsdrang. Am liebsten hätte er sich noch eine weiße Kapitänsmütze mit Emblem und goldener Kordel über dem Mützensteg aufgesetzt. Aber er vermutet richtig, dass er sich damit bei den Ostfriesen nur lächerlich gemacht hätte. Und als Fährschiffkapitän möchte er auch nicht gesehen werden. Er ist ein alteingesessener Ostfriese, mit dem Amt des Vorsitzenden hat er von seinem Vater nach dessen Tod auch eine gutgehende Versicherungsagentur übernommen. Unter dem Kundenstamm waren auch etliche eher unzufriedene Kunden, die sich allerdings unter Geerds Führung deutlich vermehrt haben. Besonders seitdem er auch Finanzprodukte vermittelt. Und nun wird sogar noch gemunkelt, dass es bei der Auszahlung von Versicherungsschäden nicht so sauber läuft, wie es eigentlich sollte. Und die Rendite bei den Geldanlagen fiel auch nicht immer so aus, wie es erhofft und von ihm versprochen wurde. In gleicher Weise ist aber dadurch sein Bankkonto gewachsen und das, so findet er, ist doch am wichtigsten. Das viele Ostfriesen mit ihm noch ein Hühnchen zu rupfen haben, belastet ihn weniger.

„Moin", sagen auch Hinni und Jan. Geerd gibt beiden die Hand und drückt dann die beiden Frauen an sich. Marion zögert etwas, sie sieht ihn zum ersten Mal und dann gleich ein Küsschen? Aber Geerd ist ein attraktiver Mann, er strahlt Macht und Einfluss aus und scheint im Umgang mit Frauen erfahren zu sein.

„Wo ist Julia?", fragt Renate, die Geerd und seine attraktive Freundin schon einige Male getroffen hat.

„Ach, du weißt ja, die hat mit Segeln nichts am Hut. Ich glaube, die ist zu einer Party nach Köln gefahren. Alte Studienfreunde treffen."

Dann wendet Geerd sich an Hinni: „Hast du mein neues Schiff schon gesehen?"

Hinni winkt höflich ab: „Hab' davon gehört."

Die Rivalität zwischen beiden ist unübersehbar. Zwar hat Hinni nie Interesse an dem Amt des Vereinsvorsitzenden gehabt, denn alle kniffligen Vereinsangelegenheiten landen ohnehin bei Karl und der löst das alles in seinem Sinne. Aber Hinni ist als erfahrener Segler anerkannt, der bisher jede Vereinsregatta gewonnen hat. Er wird respektiert und er wird um Rat gefragt, wenn es um praktische Dinge des Segeln und des Bootsbaues geht. Karl macht mehr die theoretischen Angelegenheiten, kennt alle Regattaregeln und so klappt das alles ganz gut. Bis Geerd kam, der den Yachtclub als persönliche Spielwiese zur Befriedigung seines Geltungsdranges betrachtet. Hinni muss allerdings anerkennen, dass der Verein unter Geerds Führung gewachsen ist und an Ansehen in der Gemeinde gewonnen hat. Vor allen Dingen, dass Geerd den Verein so allmählich nach Greetsiel verlagern will, hat Aufsehen in der Öffentlichkeit erregt.

‚Ich brauche ein großes Schiff und ein großes Schiff braucht Wasser, keine Pfütze', war seine Argumentation. ‚Und wenn ich das gebrauche, braucht der Yachtclub das auch'.

Seitdem verhandelt er mit dem Segelverein in Greetsiel, einem alten Fischerort an der Leybucht, um zumindest deren Steganlagen nutzen zu können. Das Geerd sich nun ein neues Schiff gekauft hat, wird dessen Ansehen weiter stärken und Karls Aussichten, jemals wieder Vereinsvorsitzender zu werden schwächen, befürchtet Hinni. Vor einiger Zeit, als Geerd einen Herzinfarkt hatte, wurde Karl bereits einmal zum Vereinsvorsitzenden gewählt. Aber kaum war Geerd wieder genesen, hat er bei der nächsten Jahreshauptversammlung dafür gesorgt, wieder an die Spitze zu rücken.

Das ist Hinnis Idealvorstellung: Karl steht an der Spitze des Vereins und er selber lenkt aus dem Hintergrund. Und Karl wäre damit auch geholfen, der hätte eine Aufgabe, bekäme neues Selbstvertrauen und damit vielleicht auch eine Chance auf einen neuen Job.

Karl horcht auf: „Neues Schiff, Geerd? Erzähl!"

Geerds Brust schwillt weiter an: „Vom Feinsten sag ich dir! Kein übliches Plastikschiff. Aluminium, das hat eine Spezialwerft in Emden für mich gebaut, knapp 13 Meter lang, Schwenkkiel für das Wattenmeer, ordentliches Deckshaus, zwei Vorstage, Teakdeck, sechzig PS Yahama Diesel. Und alles drauf: Radar, GPS sowieso, Kartenplotter, Autopilot, Inmarsat mit Internet ..."

Marion unterbricht ihn: „Aber segeln muss man da schon noch selber, oder?"

Die Forschungsschiffe, auf denen sie fährt sind genauso

oder noch viel besser ausgerüstet und das brauchen sie dort auch für ihre Arbeit. Aber für eine Segelyacht? Da wollen doch die Menschen segeln, nicht die Technik!

Aber Geerd nimmt ihre Frage ernst: „Nicht wirklich. Theoretisch könnte ich alles programmieren ..."

„... und dich mit Julia in die Koje legen", giftet Renate. „Nur das Julia leider keine Yachten mag. Die weiß gar nicht, was sie da alles versäumt, oder?"

Geerd blickte irritiert: „Ach, am besten ihr kommt an Bord und guckt euch alles an. Wie wäre es, Marion?"

Marion ist der Typ absolut unsympathisch, das Aussehen ist ja okay, Geld scheint er auch zu haben aber so eine Arroganz! Widerlich! Und das er sie einfach duzt, das geht gar nicht, auch wenn das an Bord eines Schiffes üblich ist. Aber sie ist nicht mit ihm an Bord und wird es hoffentlich auch nie sein.

„Also", hebt sie an, holt tief Luft, zieht den Bauch ein und streckt den Busen vor. „Ich darf mich vielleicht erst noch vorstellen. Mein Name ist Doktor Marion Krull, so viel Zeit muss sein, Kommodore. Ich bin Meeresbiologin, mein Schiff ist 98 Meter lang, hat knapp viertausend Tonnen Verdrängung und 33 Mann nautisches Personal. Die Computer und nautischen Instrumente kann ich schon gar nicht mehr zählen. Übermorgen Abend bin ich übrigens wieder an Bord, in der Ostsee."

Geerd schaut irritiert: „Aber das ist nicht ihr Schiff, oder?"

„Na ja, ich bin mit meinen Steuern daran beteiligt", grinst sie. „Sie auch übrigens. Und jetzt brauch ich mal was zu trinken!"

Geerd mag viele schlechte Eigenschaften haben, aber er ist zäh und gibt nicht so schnell auf. Wenn er will und damit etwas erreichen kann, hat er auch Manieren: „Ich darf sie natürlich einladen, Frau Doktor Krull und dich natürlich auch, Renate. Und Hinni, Karl und Jan, ihr kommt auch mit. Wir müssen doch unsere neue Meerjungfrau, ähm Entschuldigung, Meeresbiologin feiern."

Marion gibt sich versöhnt: „In dem Fall darfst du natürlich Marion zu mir sagen, Geerd."

Hinni, Karl und Jan wollen noch die *Moi Wicht* slippen, während Geerd die beiden Frauen ins Vereinshaus an die Bar führt. Dort herrscht schon eine fröhliche Stimmung. Imke, Jans heimlicher Traum, steht hinter der Theke und schäkert mit einigen Männern, die vor ihr am Tresen sitzen. Sie ist eine attraktive junge Frau, schlank und hat langes blondiertes Haar. Die Jeans sitzen sehr knapp und das Top lässt ihre wohlgeformten Brüste gut zur Geltung kommen. Sie ist eines von den Mädchen, die auf einen BH wirklich verzichten können. Geerd wird von ihr mit einem Küsschen begrüßt. Etwas zu lange, wie Renate feststellt. ‚Läuft da nun auch schon wieder was', fragt sie sich.

Imke will auch Renate und Marion die Hand geben, aber Geerd kommt ihr zuvor: „Das ist Frau Doktor Krull", stellt er Marion vor.

Imkes Blick wird kälter, ihr ist anzusehen, dass sie Marion als Konkurrenz betrachtet, aber sie gibt artig die Hand: „Moin."

„Moin", sagt auch Marion und dann: „Marion."

„Imke", stellt sich Imke vor, weil Geerd das soeben vergessen hat.

Renate hebt zur Begrüßung lässig die Hand. „Hallo."

Das ‚Moin' kommt ihr nicht so recht von den Lippen und das gewohnte ‚Grüß Gott' ist hier nicht angebracht und hätte nur Gelächter zur Folge.

„Champagner!", ordert Geerd. Aber dann fällt ihm ein: „Haben wir das überhaupt, Imke?"

Imke schüttelt den Kopf: „Nur Prosecco und davon auch nur eine Flasche. Die Männer wollen alle nur Bier und Schnaps."

„Macht nichts", erwidert Geerd. „Jetzt brechen bessere Zeiten für den Club an. Hol' mal Gläser", weist er Imke an und legt einen Zehn-Euro-Schein auf den Tisch. „Für dich natürlich auch."

Bald kommen auch die Männer an den Tresen, der Jollenkreuzer liegt schon auf dem Trailer.

„Nix kaputt", flüstert Hinni Renate zu. Die Sache mit der Grundberührung muss nicht an die große Glocke gehängt werden.

„Wollt ihr auch einen Prosecco?", bietet Geerd an.

Jan nimmt dankbar an, aber Karl und Hinni winken ab. Lieber ein ehrliches Pils und einen gesunden Aquavit.

Imke stellt ein weiteres Sektglas, die Bierflaschen und geeiste Gläser samt der Aquavitflasche aus dem Tiefkühlfach auf den Tresen. Dann gießt sie den Prosecco in das Glas, Karl öffnet die Bierflaschen und Hinni schenkt den Aquavit randvoll in die Gläser, an denen sich sofort Reif bildet.

Alle heben ihre Gläser: „Prost! Auf Geerds neues Schiff! Mast und Schotbruch."

„Sag mal Geerd", fragt Hinni, nachdem er das Glas mit einem Schluck geleert hat, „Wie is dat denn nu mit der Regatta? Das Große Meer langt ja nicht mehr für dich!"

„Gut das du das fragst", sagt Geerd und wechselt von Marions Seite, an der er sich offensichtlich wohlgefühlt hat, näher zu Hinni. „Ich habe das schon mit dem RAO abgestimmt!"

„Regatta-Ausschuss-Ostfriesland", wirft Karl ein, der Hinnis Gesichtsdruck richtig interpretiert hat.

„Danke Karl! Da habe ich jetzt nicht dran gedacht, das Hinni es nicht so mit den Feinheiten hat. Also, wir fahren in diesem Jahr drei Regatten. Die erste für die Jollen und zwar auf dem Großen Meer, so wie immer. Drei Wettfahrten, die nach Yardstick berechnet werden! Oder auch nur zwei, wenn das Wetter nicht mitspielt."

Imke hat interessiert zugehört und fragt naiv: „Yardstick?"

Karl erklärt das kurz: „Eine Formel oder besser Erfahrungswerte, die das Geschwindigkeitspotential zwischen den verschiedenen Booten ausgleichen. Langsame Boote haben ein hohe Zahl, 144 zum Beispiel für einen Opti, also die Optimisten-Jolle. Sehr schnelle Boote haben eine Zahl weit unter Hundert. Hinnis Jollenkreuzer hat einen Yardstick von 115, ist also vom Geschwindigkeitspotential her gute Mittelklasse."

Imke ist nicht dumm und hat das schnell kapiert: „Und was hat dein neues Schiff für einen Yardstick?", fragt sie interessiert und rückt näher an Geerd heran.

Der druckst etwas herum.

„Nun sag schon", fordert auch Karl ihn auf.

Natürlich ist es schmeichelhaft für den Besitzer, ein Schiff mit einer niedrigen Yardstick-Zahl, also ein schnelles Schiff zu haben. Aber für den praktischen Gebrauch, in einer Regatta, wünscht man sich oft einen offiziellen höheren Wert, um eine entsprechende Zeitvergütung zu bekommen.

„Das wird gerade noch geprüft", rückt Geerd schließlich heraus.

„Na gut", meint Karl. „Das wird dann die Regattaleitung

noch mit dem RAO zu klären haben."

„Die Katamarane segeln natürlich auch auf dem Großen Meer, zwei oder drei Wettfahrten. Sind fast alles K2, also geht das ohne Yardstick. Und wir mit den Dickschiffen", er stößt Hinni gönnerhaft an die Brust, so dass der fast sein Bier verschüttet, „Wir segeln vor Greetsiel so Richtung Borkum, roundabout Hamburger Sand oder Osterems. Das überlegen wir aber noch genau, je nach Tiefgang der einzelnen Schiffe. Alle anderen Jollenkreuzer, die noch am Großen Meer liegen, du also auch, Hinni, müssen dann eben ihr Schiff rechtzeitig nach Greetsiel verholen. Das geht bekanntlich ganz komfortabel mit dem Trailer über Land."

Geerd schaut Hinni fragend an, aber der hat keine Einwände. Das Wattenmeer vor Greetsiel kennt er fast genauso gut wie das Große Meer. Dort ist er als Jugendlicher immer mit seinem Onkel, der einen Fischkutter in Greetsiel besaß, herumgefahren. Zwar verändern sich die Strömungen und Priele im Watt von Jahr zu Jahr oder sogar fast nach jedem Sturm, aber da kann Hinni sich gut drauf einstellen.

„Geht klar", antwortet er deshalb nur. „Und dein Yardstick ist mir auch egal, ich habe noch immer gegen dich gewonnen. Egal welches Schiff, egal welches Wetter. Kannst dir so viel Schiffe kaufen wie du willst, Geerd!"

Seine Stimme ist bei diesen Worten zwar ruhig geblieben, aber lauter geworden. Sie verrät Kraft und Entschlossenheit und einige Männer an den Tischen blicken auf. So eine lange Rede hat man von Hinni selten gehört Was läuft da zwischen Geerd und Hinni, scheint man sich zu fragen.

Auch Imke wägt das Potential der beiden Männer ab, allerdings bezogen auf ihr Liebesleben oder besser auf die finanzielle Attraktivität. Beide Männer haben eine starke Autorität. Geerd die des Vorsitzenden, des Kommodore, des Partylöwen, der flotten Sprüche und Versprechen. Hinni dagegen hat die Ausstrahlung eines überlegenen Machers. Beide haben ausreichend Geld ... Sie schenkt aus einem Impuls heraus Hinnis Schnapsglas noch einmal voll. Ohne dass sie lange nachdenken muss, beugt sie sich weit vor, so dass ihr Top unschicklich weit nach unten rutscht. Nicht nur Jan, auch Hinni kann nicht anders als hinsehen.

Auch Renate bleibt Imkes Spiel nicht verborgen, auch sie muss hinsehen, hat sie doch durchaus Sinn für Ästhetik und Imkes Brüste sind schön und wohlgeformt. Um das festzustellen, muss man nicht unbedingt ein Mann sein. Aber so und in der Öffentlichkeit? Das will sie sich als Hinnis Partnerin eigentlich nicht bieten lassen. Imke weiß doch, dass sie mit Hinni zusammen ist. Eine Weile schaut sie sich das noch an und stellt dann ihr Glas mit einem lauten Knall auf den Tisch: „Imke, zieh mal dein Top ein bisschen höher, deine Brüste starren Hinni so an!"

Zum Glück kommen in diesem Moment ein paar Nachzügler zur Tür herein. Sie diskutieren gerade über Hinnis verlängerten Steg und einer ruft dann in die Runde, als er Hinni wahrnimmt: „Hey, guckt mal, Hinni seiner ist auch schon wieder länger geworden."

Dieser Spruch wurde bisher in jedem Jahr gesagt, aber er ist immer wieder für einen Lacher gut. Alle grölen sofort los und heute ist Hinni für diesen blöden Witz sogar dankbar: „Jo", sagt er. „Hast Recht. Lokalrunde!"

2. Kapitel (Erster Tag nach der Regatta)

„Einsatz Chef!"

Susi Wildtfang steckt ihren blonden Kopf durch die Bürotür von Hauptkommissar Helmut Brunner. Sie ist eine frisch gebackene Kriminalkommissarin, die gerade wieder auf ihren Wunsch in ihre alte Dienststelle, die Polizeiinspektion Aurich, versetzt wurde.

Hier in Aurich, mitten in Ostfriesland, ist sie aufgewachsen, kennt Gott und die Welt und sie hat das Polizeihandwerk von der Pike auf gelernt. Nach einigen Umwegen hat sie es schließlich in die Polizeiakademie Niedersachsen geschafft und jetzt, so hofft sie, steht ihr erster Einsatz in einem Mordfall bevor. Mit ihren sechsunddreißig Jahren findet sie, inzwischen die nötige Reife und Erfahrung und trotzdem noch den Elan der Jugend für große Taten zu haben. Dafür hält sie sich auch fit, sie treibt viel Sport und das sieht man ihrer Figur auch an. Sie hat im Moment weder einen Freund noch einen Ehemann und der für heute geplante Mädels-Ausflug mit einer Freundin musste leider ausfallen. Deren Partner scheint gerade etwas schwierig zu sein und beansprucht ihre volle Aufmerksamkeit. So hat sie beschlossen, trotz des Sonntags zur Dienststelle zu gehen, um ihr neues Büro einzurichten und etwas persönlicher zu gestalten. Bis soeben das Telefon klingelte.

Hauptkommissar Helmut Brunner hebt seinen Kopf aus den Akten, die endlich einmal abgeschlossen werden sollten. Dafür opfert er sogar seinen Sonntag, so die offizielle Ansage. Aber der eigentliche Grund ist, dass er keine Lust auf einen Ausflug mit Frau und Kind auf die Insel nach Norderney hat, obwohl das Wetter an diesem Vormittag dazu einlädt. Immerhin ist es über zwanzig Grad warm und nur ein paar Wolken ziehen langsam über den Himmel.

„Was gibt's?", fragt er etwas ungehalten.

„Mord auf einer Segelyacht in Greetsiel, Chef!"

Helmut Brunner ist inzwischen weit über Vierzig, eher Fünfzig, ein Alter in dem er den *Kommissar Derrick* quasi noch ‚live' am Fernseher erlebt hat. Er versucht zwar sich jugendlich und modern zu geben, kleidet sich aber doch eher konservativ: Dunkle Stoffhose, gestreiftes Hemd mit langen Ärmeln, darüber einen Pullover oder ein Jackett, wenn es kalt ist. Und immer ordentliche Lederschuhe, damit kommt er sogar in Ostfriesland gut an.

„Chef geht gar nicht, Susi. Entweder du sagst Herr Kriminalhauptkommissar oder Helmut. Meine Spezeln in Franken nennen mich übrigens Helmers."

Susi überlegt kurz, sie hat immer noch Probleme, ältere Vorgesetzte mit dem Vornamen und ‚du' anzureden. Aber ‚Herr Kriminalhauptkommissar' ist auf die Dauer auch zu sperrig.

„Mord auf einer Segelyacht, Helmut."

„Na also, geht doch! So alt bin ich doch gar nicht. Hm, Mord auf einem Schiff, ist da nicht die Wasserschutzpolizei zuständig?"

Helmut Brunner ist gebürtiger Franke, Nürnberger um genau zu sein. Er hat es sich angewöhnt für seine Verhältnisse ein gutes Hochdeutsch zu sprechen, damit er verstanden wird. Nur manchmal, unter Stress oder wenn es sehr spontan sein soll – was der Franke an sich aber selten ist – fällt in seinen Dialekt. Über verschlungene Wege, über die er gar nicht glücklich ist, hat es ihn in das beschauliche Aurich im hohen Norden Deutschlands verschlagen. Inzwischen gilt er äußerlich als etabliert, er hat seine Frau aus Franken mitgebracht und beide haben ein gemeinsames schulpflichtiges Kind, das in Ostfriesland geboren wurde. Natürlich hat er auch, wie fast alle hier, ein Haus mit Vorgarten, für das er noch lange die Hypothek bezahlen wird. Das Eigenheim befindet sich etwas außerhalb von Aurich, in Extum, also immerhin noch in Fahrradentfernung. Bei gutem Wetter jedenfalls und wenn er denn Fahrrad fahren würde. Aber so richtig ans Herz gewachsen ist ihm Ostfriesland und speziell Aurich nicht. Dafür hat er zu viele fränkische Eigenarten und die möchte er auch weiter pflegen: Seinen Bocksbeutel am Abend statt des hier bevorzugten Jever-Bieres samt Schnaps, ein bequemer PKW statt Fahrrad mit Gegenwind. Und lauschige, fröhliche Abende im fränkischen Biergarten und *Stadtwurst mit Musik* statt des ewigen kalten Windes der ihn sogar jetzt noch, Ende Juni, abends in das Wohnzimmer oder in eine sehr geschützte Ecke seines kleinen Gartens zwingt.

Und überall gibt es Wasser: Von oben sowieso, es regnet gefühlt an vierhundert Tagen im Jahr und alle paar Kilometer überquert man auf schmalen Brücken einen Kanal, ein Tief, wie das hier heißt. Aurich rüstet da sowieso und seiner Meinung nach völlig unnötigerweise auf. Ein aus seiner Sicht völlig nutzloser Hafen ist fast mitten im Zentrum von Aurich entstanden. Eine maßlose Steuerverschwendung, die nur den paar Paddlern und Tretbootfahrern nutzt. Touristen meistens, die dort bei schönem Wetter herumkurven. Eine sinnlose Beschäftigung findet er. Nie würde er einen Schritt auf ein Boot oder Schiff setzen, wenn es irgendwie zu vermeiden ist. Wasser hat keine Balken, haben seine Eltern ihm eingetrichtert und die müssen es ja wissen. Deshalb hat das Wort Segelyacht auch gleich negative Gefühle bei ihm ausgelöst. Nicht das er noch so ein schwankendes Teil betreten müsste.

„Nee, erst mal nicht Chef, Helmut", antwortet Susi. „Die Yacht liegt in einem Sportboothafen, theoretisch kann der Mord auch an Land begangen worden sein und die Leiche wurde dort abgelegt."

„Oder auf Hoher See und das Schiff wurde samt Leiche in den Hafen geschleppt", schöpft er neue Hoffnung. „Wer hat uns überhaupt angefordert?", fragt er dann.

„Die Polizeistation Pewsum, die haben schon eine Streife dorthin geschickt und die Kollegen meinten, dass es eindeutig ein Mord sei."

„Hm. Gibt es schon Informationen?" Vielleicht kann er den Fall am Schreibtisch lösen. Etwas Hoffnung besteht noch.

„Nein, nichts Wesentliches! Nur das es eine männliche Leiche sein soll, die im Cockpit einer Segelyacht liegt und angeblich von ein paar frühen Joggern entdeckt wurde. So sagen die von der Wache jedenfalls. Alles weitere bleibt uns überlassen."

„Jogger auf einer Segelyacht", wundert Brunner sich. „Na, dann müssen wir wohl mal!" Er stemmt sich hoch und stöhnt unüberhörbar, obwohl er das bei seinem zwar vorhandenen, aber noch tolerierbarem Übergewicht gar nicht nötig hätte.

„Aber sag' der Streife vor Ort noch einmal, dass mir da ja keiner was anfasst."

„Habe ich natürlich schon gemacht und die Rechtsmedizin ist bereits unterwegs. Die Kriminaltechnik übrigens auch!"

„Gut! Pack' mers!"

„Jo, nu geiht los", übersetzt Susi in ihre Muttersprache.

Susi weiß natürlich auf Anhieb wo Greetsiel liegt, einer ihrer liebsten Orte in Ostfriesland. Ein malerisches Dorf an der Leybucht, das in den Fünfziger Jahren von sogenannten Kunstmalern entdeckt wurde. Damals vermieteten die Greetsieler ihr letztes Bett an die ersten *Kurgäste*, so nannte man die Touristen, und schliefen selber in der Badewanne, um neben der Fischerei und der Landwirtschaft ein paar harte D-Mark zu verdienen, die es damals erst seit kurzem gab.

Sie versteht überhaupt nicht, dass ihr Chef so gar nichts Gutes an Ostfriesland finden kann. Aber vielleicht kann sie ihm bei dieser Dienstreise, die für sie eher ein angenehmer Ausflug mit der Aussicht auf einen spannenden Fall ist, die schönen Seiten Ostfrieslands etwas näher bringen. Besonders Greetsiel mit dem alten Fischerhafen, den interessanten Hausfassaden um den Hafen herum und den Zwillingsmühlen, sollte ihm gefallen.

Sie verlässt den Parkplatz der Polizeiinspektion am Fischteichweg und fährt durch Aurichs Innenstadt auf die B 72 in Richtung Georgsheil. Dort gibt es einen bekannten und allerseits beliebten Imbissstand. Ihr wird plötzlich bewusst, dass ihr Frühstück heute Morgen äußerst karg war. Genau genommen gab es nur ein paar Tassen Tee mit Kluntjes und Sahne und dazu die Bildzeitung aus dem Briefkasten.

„Currywurst gefällig, Chef? Da hinten wäre eine Bude!"

„Um Gottes Willen, habe ich dir was getan? *Drei im Weckla* oder a *Leberkas Semmel*. Sonst gar nichts."

Susi guckt ihn verwirrt an.

„Ja Madla, was schaust 'n so? *Drei im Weckla*, des sind drei

Nämbercher Bratwörscht inam Brötle, su lang und su dick wei der klanne Finger", übersetzt er bereitwillig, und weil es um seine geliebte Heimat geht, auch mit dem entsprechenden Dialekt. Er bedauert seinerseits das geringe Kulturverständnis der Ostfriesen. Die allgegenwärtige Currywurst oder eine Bratwurst im Pappdeckel sind absolut nicht sein Geschmack.

„Aber wir sollten uns sowieso lieber beeilen", mahnt er. „Das hier ist kein Sonntagsausflug. Willst du nicht das Blaulicht anmachen?"

Susi wundert sich. Es ist ein Sonntagmorgen wie viele andere, die Kirchen sind ohnehin mal wieder leer geblieben und deshalb ist auch fast kein Auto weit und breit zu sehen. Höchstens ein paar Touristen befinden sich auf dem Weg nach Norddeich, um die Fähre nach Norderney noch zu erwischen. Wofür dann das Blaulicht und diese ungewohnte Eile?

„Es geht immerhin um eine Leiche", ergänzt der Hauptkommissar.

Nun denn, freut sich Susi, dann spielen wir mal Street-Racing. Sie mag schnelle Autos, kann sich aber zumindest im Moment keines leisten. Aber zu ihrer Zeit als Streifenpolizistin haben sie und ihre Kollegen sich im langweiligen Dienst gelegentlich etwas Adrenalin durch kleine aber illegale Autorennen verschafft und die oft schnurgeraden Straßen in Ostfriesland laden direkt dazu ein. Sie zieht den Wagen scharf nach rechts, um der B 72 in Richtung Norden zu folgen, überfährt dabei die Ampel, die aber ohnehin gerade grünes Licht zeigt und rast dann mit höchstmöglicher Geschwindigkeit weiter. Die Straße ist ohne Kurven und gut zu überblicken. Zu ihrer Freude kommen aber doch noch zwei Ampeln, deren Rotlicht sie mit amtlichen Segen und Blaulicht ignoriert und dann biegt sie kurz vor Marienhafe mit quietschenden Reifen links auf die schmale, kurvige Kreisstraße in den Leybuchtpolder ab.

Brunner hält sich krampfhaft an den Griffen fest: „Ja mei, was ist denn bloß in dich g'fahren, willst' uns umbringen?" Schlingernde Autos sind für ihn mindestens genauso schlimm wie schwankende Schiffe.

„Sie haben schnell gesagt, Chef, Helmut." Sie drückt leicht auf die Bremse, weil sie ohnehin gleich schon wieder rechts abbiegen muss.

„Aber wenn wir schon mal hier sind, wir fahren gerade an Marienhafe vorbei. Kennen Sie den Störtebekerturm?" Susi zeigt nach rechts.

„Ja, ich hab' davon g'hört. Störtebeker-Festspiele in Marienhafe, ich war sogar schon mal dort, hab' aber kein Wort verstanden, bei dem plattdeutschen Genuschele. Obwohl die sagen, es sei ein gemäßigter und leicht verständlicher Dialekt. Ha ha, man kann sich gar nicht vorstellen, dass das je einer versteht."

„Das ist kein plattdeutsches Genuschele, Chef, sondern Ostfriesisch. Könnten Sie längst schon gelernt haben, es gibt da sogar Sprachkurse in der Volkshochschule. Plattdeutsch spricht man in Hamburg und um zu."

„Helmut", sagt Brunner um davon abzulenken, dass er sich überhaupt nie um die Sprache bemühte. Sie klingt für ihn fremd und seine fränkische Zunge kriegt es auch nicht hin. Wozu auch, fast alle sprechen perfekt hochdeutsch, anders als in seiner Heimat, das muss er zugeben. „Aber was ist denn nun mit dem Turm?"

Susi liebt den Freibeuter Klaus Störtebeker, Gottes Freund und aller Welt Feind, und alle Geschichten die um ihn ranken.

Sie könnte wahrscheinlich bis nach Greetsiel und wieder zurück nach Aurich darüber erzählen, aber der Chef hat es eilig.

„In dem Turm hat früher Klaus Störtebeker Unterschlupf gefunden, wenn ihn die Schiffe der Hanse verfolgten. Die Fugger waren übrigens auch mit der Hanse verbandelt", spielt sie auf Brunners süddeutschen Ursprung an.

„Marienhafe lag früher direkt am Wasser und war eine reiche Hafenstadt. Der Turm war früher aus Prestigegründen so hoch wie das Osnabrücker Münster, 67 Meter nämlich, und Störtebeker hat ihn zum Seezeichen als Ansteuerungshilfe für den Hafen umfunktioniert. Die Nordseite des Daches lies er mit Kupfer beschlagen und die Westseite mit Blei. So konnte er sich orientieren, je nachdem welche Seite er sah. Die Leybucht und Kopersand haben so ihre Namen erhalten, Ley ist Ostfriesisch für Blei und Koper für Kupfer", erklärt sie und Helmut Brunner findet das sogar interessant. Das hätte ihm auch schon früher mal jemand sagen können.

„Und jetzt Chef, Helmut, fahren wir über ehemaligen Meeresgrund. Mein Ur-Opa ist hier noch mit seinem Fischerkahn herumgefahren."

„Wie, das wurde alles aufgeschüttet?", fragt Brunner ungläubig.

„Nein, so nicht. Man baut Dämme aus Strauchwerk, sogenannte Buhnen, weit ins Meer hinein. Schlick und Sand bleiben darin hängen wenn bei Ebbe das Wasser abläuft. Im Lauf der Jahre verlandet das Ganze dann. Immer wieder wird Schlick über das Land gespült, es wird höher und höher bis die ersten Salzwiesen entstehen. Schließlich baut man einen neuen Deich und Kanäle mit einem Siel zur Entwässerung vor das Gebiet und das ganze Spiel beginnt von neuem. Das neue Land heißt dann Polder und ist bester Ackerboden, besonders für Kartoffeln."

„Respekt, Susi, du hast wirklich deine Hausaufgaben gemacht!", lobt Brunner.

„Nee Helmut", beim dem Lob kommt ihr der Vorname gleich viel leichter über die Lippen. „Das wissen wir doch automatisch, es ist doch unsere Heimat. Und außerdem habe ich früher viel mit meinem Papa im Wattenmeer gesegelt."

„Was, du kannst segeln?", wundert sich Brunner. „Wirst du denn nicht seekrank ...?" ‚So als Frau', hätte er fast noch hinzugesetzt, verkneift sich das aber rechtzeitig.

„Ist alles eine Sache der Psychologie, auf Schiffen fühle ich mich wohl und sicher. Und ein paar Tricks gibt es natürlich auch dagegen."

„So, welche denn?"

„Immer den Horizont und das Ziel im Blick behalten!"

Bald kommen die Windmühlen von Greetsiel in Sicht. Eine der beiden Mühlen hat im letzten Wintersturm ihre Kappe mit den Flügeln verloren und die ist immer noch nicht wieder aufgebaut, stellt Susi fest. Sie parkt vor der Marina und läuft zügig auf das große, verschließbare Eingangstor aus verzinktem Stahl zu. Brunner bleibt nichts anders übrig als ihr zu folgen, sie scheint sich auszukennen.

Zwei uniformierte Polizisten bewachen den Eingang und da kein anderer Zugang von Land aus zu der Steganlage möglich ist, hat sich bereits eine beträchtliche Anzahl neugieriger Touristen versammelt. Aber auch etliche Bootsbesitzer, die auf ihr Schiff wollen und nun Angst haben nicht mehr rechtzeitig auslaufen zu können und das Hochwasser zu verpassen, warten dort. Einige Reporter von verschiedenen Zeitungen, erkennbar an den wichtig aussehenden Fotoapparaten, sind auch schon da und diskutieren mit den Polizisten.

„Moin", begrüßt Susi die beiden Kollegen. Sie scheint sie zu kennen, weil keine weiteren Fragen gestellt werden, vermutet Brunner.

„Das ist übrigens der Chef, Hauptkommissar Brunner", stellt sie vor.

Die beiden Polizisten nicken. „Moin", sagte der eine und „Moin" auch der andere.

Der Chef, wie man eben erfahren hatte, wird sofort von einigen Leuten umzingelt. Besonders die Damen und Herren von der Presse wollen von ihm lautstark wissen was denn genau passiert sei, wann es verwertbare Informationen gibt und sie machen ihre Fotos. Susi dagegen wird von den Bootsbesitzern umlagert und gefragt, wann man denn endlich auf die Boote darf.

Brunner aber lässt sich nur zu einem „Guten Morgen, kein Kommentar", herab und wird gleich dienstlich: „Wo ist der Tatort?", fragt er einen der beiden Polizisten.

„Das wissen wir nicht, Herr Hauptkommissar", antwortet der vorne stehende Kollege. „Aber die Leiche liegt da hinten. Auf dem letzten Schiff am Außensteg."

Susi grinst, da hat ein Streifenpolizist direkt kapiert, dass Fundort und Tatort nicht identisch sein müssen und der reibt das nun ihrem Chef unter die Nase.

„Gut", sagt der, „Sie passen hier weiter auf, dass keiner reinkommt und das niemand den Hafen verlässt bis ich das erlaube, ist klar – oder?"

„Klar Chef!"

„Also, dann lassen Sie uns mal durch. An die Arbeit, Susi!"

Brunner tastet sich die ersten Schritte auf dem etwa zwei Meter breiten, mit Holz belegtem Steg vorsichtig voran, als ob dort Glatteis läge. Erst als er merkt, dass dieser weder wackelt noch rutschig ist, sondern wie eine normale Straße begangen werden kann, schreitet er zügig weiter. Susi ist ihm allerdings schon weit voraus. Nach etwa zwanzig Metern geht es rechts ab auf den vielleicht fünfzig Meter langen Außen- und Hauptsteg. Rechts, auf der Innenseite, haben Segelyachten und einige Motorboote mit dem Bug zum Steg festgemacht. An der Außenseite liegen überwiegend größere Yachten längsseits am Steg. Viele Boote sind mit Persenningen ganz oder zumindest teilweise abgedeckt, dort scheint sich kein Mensch an Bord zu befinden. Einige sind offenbar aber auch bewohnt, Niedergänge und Luken sind weit geöffnet und die Eigner oder Crewmitglieder stehen größtenteils auf dem Steg, schauen auf den Kopf des Steges und unterhalten sich.

„Die müssen wir nachher alle befragen, Susi. Aber erst mal sehen wir uns die Leiche an."

Am Ende des Steges liegt links auf der Außenseite ein größeres Schiff. Der hohe Mast mit den zwei Salingen an jeder Seite, welche die Wanten vom Mast abspreizen, ist von weitem zu sehen. Offenbar handelt es sich um die Segelyacht mit dem Toten. Es wurde an der Backbordseite festgemacht, die blauen Fender reiben sich leicht am Rumpf. Ein rotes Stromkabel führt vom Heck des Schiffes zu einem Versorgungskasten etwas weiter vorne am Steg. Der Bereich davor ist großzügig mit Flatterbändern abgesperrt. Beamte von der KTU, der Kriminaltechnischen Untersuchung, haben bereits einen Klapptisch mit verschiedenen Gerätekoffern auf den Steg gestellt und sich selber auf dem Schiff verteilt. Sie nehmen Proben und pinseln fleißig, um Fingerabdrücke und andere Spuren zu sichern. Ein Fotograf macht Bilder und im Cockpit des Schiffes beugen sich einige Menschen über etwas. Offenbar die Leiche, die aber vom Steg aus nicht zu erkennen ist.

„Wow", Susi stößt einen Ausruf der Überraschung aus. „So ein tolles Schiff, Chef. Das müssen wir uns genau ansehen!"

„Wieso, was hat das mit dem Fall zu tun?" will Brunner wissen, er interessiert sich nur für die Leiche. Für ihn ist es ein Schiff wie jedes andere, ein bisschen größer als die Nachbarschiffe vielleicht, aber im letzten Urlaub auf Mallorca hat er schon viel größere gesehen.

„Mensch Chef, so etwas ist richtig teuer. Es gibt nicht viele Leute hier in Ostfriesland, die sich das leisten können."

„Was ist Besonderes an dieser Yacht? Erkläre es mir, Susi!" Das könnte vielleicht doch wichtig sein und solange er auf dem Steg stehen bleiben kann, ist die Welt für Brunner noch in Ordnung. Aber er ahnt schon, das es im Sinne einer objektiven Ermittlung nicht zu vermeiden sein wird, das Schiff zu betreten. Gottseidank scheint das Wasser ruhig zu sein.

„Also fürs Protokoll: Wir haben hier eine klassische, konservative Segelyacht in der Luxusversion. Der Rumpf und Aufbauten sind aus Alu, der hintere Teil der Kajüte ist höher. Vorne ragt ein stummelartiges, breites und begehbares Bugspriet, eine Art Klüverbaum, der etwas weniger als einen Meter lang ist, über den Bug hinaus. Nach unten wird das Bugspriet durch ein sogenanntes Wasserstag gehalten, ein dickes, solides Drahtseil aus Edelstahl, das etwa zwanzig Zentimeter über der Wasserlinie am Steven befestigt ist. Die Rumpffarbe ist blau, die Aufbauten sind weiß. Das Deck ist komplett aus Teakholz.

Geil", entfährt es ihr. „Mein Papa träumte davon, so was konnte er sich nie leisten. Und allein die Festmacherleinen kosten schon ein Vermögen. Für meine Gehaltsklasse jedenfalls!"

Die Yacht ist ordnungsgemäß festgemacht: Je eine Vor- und eine Achterleine sind auf Slip belegt, so dass sie von Bord aus zu bequem zu lösen sind. Weitere Leinen, die Springleinen, führen von einer Klampe, die sich etwa in Höhe des Mastes befindet, nach hinten und nach vorne. Und alles ist aus edlem, dunkelblauem, vierkant geflochtenem Tauwerk.

Sie tritt näher zum Schiff. „Der Name ist *Scharhörn* und es handelt sich um eine Neununddreißig-Fuß-Yacht", liest sie ab. „Neununddreißig Fuß beträgt die Länge des Schiffes, das sind gut zwölf Meter, Chef. So etwas kostet richtig Geld."

„So? Wie viel denn etwa?", will Brunner wissen. Denn wenn da eine Leiche auf so einem teuren Schiff liegt, haben sicherlich reiche und einflussreiche Leute die Hände im Spiel. Da heißt es aufpassen und alles richtigmachen!

„Über dreihunderttausend Euro mit allem Drum und Dran, schätze ich, vielleicht auch viel mehr. Ich habe da wirklich keine Ahnung, von so etwas kann ich nur träumen."

Galant hebt Brunner das Flatterband und lässt Susi den Vortritt. Er wendet sich an eine etwas molligere Dame mittleren Alters, welche die Gerichtsmedizinerin zu sein scheint. „Hauptkommissar Brunner", stellt er sich vor, „und das ist meine Kollegin Frau Wildtfang."

„Doktor Poppinga", stellt die Ärztin sich vor, gibt Brunner die Hand und wendet sich an dann an Susi. „Moin Susi. Hab' dich lange nicht gesehen. Deine erste Leiche als Kommissarin?"

Man kennt sich offensichtlich, stellt Brunner fest. Ganz Ostfriesland scheint ein Dorf zu sein und jeder kennt jeden. Er selber lebt schon einige Jahre in Aurich, aber irgendwie fehlt ihm der innige Kontakt zu den Menschen.

„Moin Karin, die erste Leiche gerade nicht, aber zum ersten mal ganz dicht dran. Hast du schon was für uns?"

„Ja, es handelt sich um eine männliche Leiche in eindeutiger Position."

„Wie ...?" will Brunner fragen. Er hat immer noch keinen freien Blick auf das Cockpit.

„Guckt es euch an", schneidet ihm Poppinga das Wort ab. „Tod durch eine heftige Kopfwunde, wahrscheinlich ein SHT, ein Schädel-Hirn-Trauma. Normalerweise stirbt man da nicht sofort dran, aber hier muss jemand ordentlich zugeschlagen haben, ich tippe auf eine kräftige, sportliche Person."

„Und wie lange liegt der da schon?"

Frau Doktor Poppinga zuckt die Schultern: „Vielleicht sieben Stunden, plus minus eine Stunde. Der Todeszeitpunkt muss also etwa zwischen drei bis fünf Uhr heute früh gewesen sein."

„Also kurz vor Sonnenaufgang, in der Dämmerung", kombiniert Susi.

„Sehr gut", meint Brunner, „das könnte wichtig sein, lasse dir nachher mal die genauen Zeiten vom Wetteramt geben oder hast du dafür eine App auf deinem Smartphone? Und was gibt es sonst noch? Wurde die Tatwaffe schon gefunden?"

Frau Dr. Poppinga zuckt die Schultern. „Keine Ahnung, irgendein stumpfer, harter Gegenstand. Vielleicht aus Stahl. Ist ungefähr zwei Zentimeter tief in den Schädel über der rechten Schläfe eingedrungen."

„Eine Winschkurbel", vermutete Susi sofort. Frau Doktor Poppinga nickt: „Vielleicht! Aber das ist euer Job."

Nur Brunner steht auf der Leitung. „Winschkurbel?"

„Erkläre ich Ihnen später, Chef!"

Damit er nicht allzu dumm erscheint, fragt Brunner dann aber doch noch: „Kann es ein Unfall gewesen sein? Selbstmord scheint ausgeschlossen zu sein, oder?"

„Selbstmord ist definitiv ausgeschlossen und ein Unfall ...? Susi, du weißt ja, Schiffe können Gefahren bergen, wenn man sich nicht auskennt. Aber ich wüsste nicht, woran der mit solcher Wucht seinen Kopf gestoßen haben sollte. Der Großbaum scheidet aus, der ist zu hoch. Aber ihr dürft jetzt meinetwegen aufs Schiff."

Susi grinst schon wieder, heute scheint ein lustiger Tag zu werden. Da hat die Karin aber den Chef sofort als Landratte richtig eingeschätzt. Sie nickt kurz dem Fotografen zu, der gerade seine Ausrüstung verpackt: „Dürfen wir!"

„Klar", nickt der zurück. „Wenn die Pinseler nichts dagegen haben."

Einer der Techniker fühlt sich angesprochen: „Okay, ins Cockpit könnt Ihr, aber vorläufig bitte nur bis zum Niedergang. Im Salon fangen wir gerade erst an."

Brunner ist wieder verwirrt. Cockpit, Niedergang, alles so fremde Begriffe, aber jeder scheint die hier zu verstehen.

Susi zieht einige Gummihandschuhe aus ihrem Anorak, reicht Brunner zwei davon und zieht sich selber ein Paar über.

Dann will Brunner vorsichtig vom Steg auf das Deck steigen, aber Susi hält ihn fest. „Stopp, Chef, so etwas betritt man nicht mit Straßenschuhen. Das schöne Teakdeck könnte verkratzen. Schon gar nicht mit Ledersohlen, das ist auch viel zu rutschig."

Sie selber streift ihre Ballerinas ab und Brunner öffnet seine Schnürsenkel in der Hoffnung, dass seine Socken kein Loch haben.

Aber bevor er einen Fuß auf das Deck setzen kann kommt einer der Techniker und reicht ihm und Susi ein paar Überzieher aus Plastikfolie für die Füße. „Bitte überziehen, wir haben vielleicht noch ein paar Spuren übersehen und nicht gesichert."

Dann macht Brunner es Susi nach, er hebt erst den einen Fuß über den weiß ummantelten Relingsdraht und setzt ihn auf das schmale Deck neben dem Cockpit. Mit der linken Hand hält er sich an einem langen Handgriff auf dem Dach der Kajüte fest, zieht den anderen Fuß nach und steigt dann herunter auf die Sitzbank.

Eng ist es hier, findet er. Das Cockpit ist etwa zwei Meter lang, das hatte er sich viel größer vorgestellt. Die Sitzbank, auf der er steht, ist weniger als einen halben Meter breit, und wird nach hinten sogar noch schmaler. Auf der anderen Seite des Schiffes befindet sich die gleiche Bank. Der tiefere Raum dazwischen, der Cockpitboden, auf dem noch eine aufwändig gearbeitete Teakholz-Gräting liegt, ist etwa einen Meter breit. Das Schiff schwankt weniger als Brunner erwartet hat, nur kommt er sich in seinen Socken samt Überzieher ziemlich dämlich und gar nicht wie der Chef vor.

Die Leiche liegt mit dem Unterkörper auf dem Cockpitboden, der Oberkörper ruht mit dem Gesicht nach unten auf der Sitzbank auf der anderen Seite des Cockpits. Der Steuerbordseite, erklärt ihm Susi. „Links ist Backbord, die rechte Seite heißt Steuerbord, Chef. Nur damit sie sich orientieren können."

Der Kopf ist blutverschmiert, die Wunde befindet sich an der rechten Schläfe und es befindet sich auch viel Blut auf der Bank. Die rechte Hand der Leiche umfasst eine Winsch, die vielleicht fünfzehn Zentimeter hoch ist und den gleichen Durchmesser hat.

„Das ist eine Winde. Winsch nennen Segler das", antwortet Susi auf seinen fragenden Blick. „Damit werden die Schoten, also die Leinen für die Segel, dichtgeholt."

Die Winsch befindet sich oberhalb der Rückenlehne, die eigens dafür eine Aussparung hat, neben dem schmalen Seitendeck. Es sieht aus, als ob der Mann sich kurz vor seinem Tod dort hochziehen oder festhalten wollte. Der andere Arm hängt neben seinem Körper. Bekleidet ist die Leiche mit einem Hemd, das sich über das nackte Gesäß geschoben hat und blauen Socken.

„Da ist auch schon die Winschkurbel", stellte Susi sofort fest. Tatsächlich steckt in der silberfarbenen Winsch eine schwarze Kurbel, etwa dreißig Zentimeter lang, am freien Ende befindet ein Handgriff. Damit wird offenbar die Winsch bewegt, das erschließt sich auch Brunner sofort. Susi entsperrt mit einem Griff die Kurbel, ein kleiner Hebel an der Oberseite wird dazu umgelegt und hebt sie aus der Winsch heraus.

An der Unterseite befindet sich ein zahnradähnlicher Dorn aus Stahl, mit dem die Kurbel offenbar in der Winsch verankert wird. Susi gibt das Teil Brunner in die Hand: „Könnte zu der Wunde passen, die Frau Poppinga beschrieben hat. Mein Vater meinte übrigens immer, dass so eine Winschkurbel ein geeignetes Instrument sei, um jemanden umzubringen. Aber er hat damit beim Angeln immer nur den Fischen eins über den Kopf gezogen."

Brunner betrachtet die Kurbel eingehend und wiegt sie in der Hand. „Leichter als ich dachte, aber da sind überhaupt keine Blutspuren dran. Kommt dann als Tatwerkzeug nicht in Frage, oder?", fragte er in Richtung der Techniker.

„Kaum, aber wir untersuchen das", antwortet der, nimmt die Kurbel und steckt sie in eine entsprechend große Plastiktüte.

„Die wird aus Titan sein, darum ist sie so leicht", vermutet Susi. „Auf diesem Schiff wurde wirklich an nichts gespart. Aber normalerweise sind mehrere Winschkurbeln auf einem Schiff, auf jeder Seite mindestens eine und ein paar als Reserve, denn die gehen auch gerne mal über Bord."

Sie blickte auf die Winsch an der anderen Seite des Cockpits, die dem Land zugewandte Backbordseite, dort wo Brunner immer noch steht: „Nein, da ist keine!"

„Sucht mal die andere Winschkurbel", ordnete Brunner in Richtung Techniker an.

„Oder die wurde über Bord geworfen", vermutete Susi. „Da werden wir Taucher anfordern müssen. Und die sollen dann mal gucken, was da sonst noch so um das Schiff herum auf Grund liegt."

„Machen wir", sagte der Techniker und lässt im Unklaren, ob er damit auch die Suche nach weiteren Winschkurbeln oder nur die Anforderung der Taucher meint. „Wird aber schwer sein etwas zu finden bei dem Schlick."

„Wie tief ist das Wasser hier?" will Brunner dann wissen.

„Drei Meter ungefähr", weiß Susi aus Erfahrung. „Seitdem die Ley-Schleuse gebaut wurde, ist Greetsiel kein Tidehafen mehr."

„Dort unten könnten also auch noch weitere Leichen liegen", stellt Brunner fest. Der Fall scheint kompliziert zu werden.

Susi nimmt hinter dem Ruderrad Platz und ganz unprofessionell träumt sie davon, mal so ein Schiff steuern zu dürfen. Als Skipperin ein großes Schiff zu führen, das wäre etwas. Nach Helgoland oder Sylt zu segeln, oder sogar an die holländische oder die englische Küste. Bis nach Cowes, dem Mekka der Segler und von da aus bis zum Fastnet Rock. Oder mal eine richtige Hochseeregatta zu segeln, quer über den Atlantik in die Karibik. Aber für eine Kommissarin wird es ein Traum bleiben – oder man hat einen Mann wie den Besitzer dieses Schiffes. Ein fester, gut betuchter Freund täte es natürlich auch.

Auf der Konsole, an der das Ruderrad befestigt ist, befinden sich der Kompass und noch weitere Instrumente: Logge, Lot, Windmesser. Und ein Kontrollpanel für den Autopiloten, vermutet sie. Aber die Instrumente sind mit weißen Plastikdeckeln abgedeckt und so kann sie auch nicht erkennen, ob die in Betrieb sind und ob es einen Speicher gibt, der die letzten Fahrten des Schiffes dokumentiert. Aber das würden die Jungs von der KTU schon checken. Dann schweift ihr Blick über das Cockpit und die Leiche.

„Das viele Blut, schade um das schöne Teak!", entfährt es Susi. „Wo ist denn die Hose?"

„Liegt unten", ruft einer der Techniker, „Schuhe und Boxershorts auch."

„Ach so", kombiniert Susi. „Das meinte Karin mit eindeutiger Position. Eine kleine Störung mitten beim Sex. Und mit wem? Frau oder Mann? Mit sich selber?"

„Noch keine Hinweise", ruft der Techniker zurück. „Wir können auch nicht zaubern."

„Ach, ich dachte, das wäre euer Job", frotzelt Susi, „und wir nehmen dann nur noch den Mörder fest. Nee, lasst mal gut sein. Ich bin nur neugierig."

Brunner stellte immer wieder fest, wie vertraut und informell die Ostfriesen miteinander umgehen, wenn sie unter sich sind. Er als Chef scheint gar nicht dazu zu gehören. Er findet sich selber im Moment aber auch nicht so wirklich respektgebietend. In Socken auf einem ungewohnten, fremden Schiff, das jeden Moment anfangen kann zu schwanken. Da braucht nur mal eine Welle vorbei zu kommen. Eine Welt, die ihm völlig fremd ist. Aber Susi scheint sich auszukennen.

Aber dann fällt ihm etwas ein: „Oder der wollte einfach mal über Bord pieseln, das macht man doch so auf dem Schiff?"

„Nee Chef," belehrt Susi ihn. „Wirklich nicht und im Hafen schon gar nicht. Es gibt bestimmt eine ordentliche Toilette samt Abwassertank an Bord. Das ist sogar vorgeschrieben. Segler sind doch meistens zivilisierte Menschen. Aber wer weiß, was einem Mann alles im Suff einfällt", überlegt sie laut nach einer kurzen Denkpause. „Es sind schon Männer im Hafen beim Pinkeln über Bord gefallen und dank eines hohen Alkoholgehaltes im Blut haben sie dann sofort einen Herzschlag bekommen", gibt Susi zu.

„War er alkoholisiert?", nimmt Brunner das Stichwort auf.

„Das sagt ihnen die Frau Doktor bestimmt nach der Obduktion, wie üblich", wird er schon wieder von einem der Techniker belehrt.

Brunner findet das gar nicht lustig, wie er hier vorgeführt wird. Er ist doch der Chef, es wird Zeit, mal wieder dienstlich und förmlich zu werden.

„So, Frau Wildtfang, jetzt gehen sie mal wieder an Land und befragen sie die Leute auf dem Steg. Was haben die gesehen? Wann ist das Schiff hereingekommen? Wer war an Bord? Er muss doch eine Mannschaft gehabt haben oder fährt sich so ein Schiff von alleine?"

„Doch Chef, das könnte auch fast alleine fahren. Selbststeueranlage und Autopilot sind Standard auf solchen Schiffen."

„Egal, wird schon jemand dabei gewesen sein, wo sind die Leute jetzt? Das wird doch hoffentlich irgendwo registriert, oder?"

„Nee, Chef, aber ich finde es heraus." Theoretisch sollte das alles im Logbuch stehen, so hat sie es im Segelkurs gelernt. Aber viele Schiffe führen heute kein Logbuch mehr, weil die Elektronik alles aufzeichnet. Jede größere Yacht hat ja mindestens einen Computer an Bord. Aber es wird doch ein Hafenbüro geben, denn die Marina will in der Regel Gebühren kassieren, vermutet sie.

„Und vor allen Dingen, wem gehört das Schiff? Ist der Tote der Inhaber? Oder haben die Polizisten, die zuerst hier am Fundort waren, das schon festgestellt? Das könnte man zumindest erwarten!"

„Eigner, Chef. Es heißt Eigner bei Schiffen!"

„Worscht, gemer gemer, ich will Antworten! Net labern, macht euer Sach", fällt Brunner in heimatlichen Dialekt. Ein untrügliches Zeichen dafür, dass der Fall ihm an die Nerven geht.

Nachdem Brunner sich auf diese Weise selber Mut gemacht hat, wagt er es sich weiter auf dem Schiff zu bewegen. Probehalber stellt er sich auch einmal hinter das Ruder und befühlt das weiche und warme Wildleder, mit dem der äußere Reifen umwickelt ist. Die Sitzbänke sind um das Ruderrad herumgeführt und bieten dort einen bequemen Platz für den Rudergänger. Er setzt sich und schaut über das Schiff. Der Mast, der auf dem Kajütdeck steht, scheint aus Aluminium zu sein. Ungefähr auf halber Höhe befindet sich eine Radarantenne. Oben am Mast dreht sich träge ein Schaufelrädchen in der schwachen Brise. Ein Windmesser, vermutet er. Dann gibt es dort oben noch, von unten mit bloßem Auge schwer zu erkennen, einen Pfeil mit einer roten Spitze und einem schräg nach hinten verlaufenden Armpaar. Neben diesem Verklicker, der sich im schwachen Wind bewegt und die aktuelle Windrichtung anzeigt, sind noch verschiedene Antennen angebracht. Mit den ganzen Stahldrähten und Leinen, die sich an dem Mast befinden, will er sich gar nicht weiter befassen. Da kann Susi noch mal einen Blick drauf werfen, falls das relevant werden sollte.

Dann schaut er noch einmal die Leiche an. Ein kräftiger Mann, sportlich und offensichtlich gut trainiert. Das blaugestreifte Hemd hätte allerdings eher zu einem Businessanzug als auf ein Schiff gepasst, findet er. Ein weißes Unterhemd trägt er darunter, irgendetwas glattes, seidiges, jedenfalls kein Feinripp. Teure Kleidung, registriert er. Und der Mann schien es eilig gehabt zu haben, zum Ausziehen der Socken hatte er ganz offensichtlich keine Zeit mehr. Sehr unerotisch findet er, das hätte seine Frau nie geduldet, auch oder gerade in ihren besten gemeinsamen Zeiten nicht.

Nach vorne ist das Cockpit durch die Kajüte abgegrenzt. In deren hinterer Wand befindet sich ein Durchgang. Die dazu passenden Lukenbretter, mit denen diese Öffnung offenbar verschlossen werden kann, liegen auf der Cockpitbank. Eines von den Brettern hat ein Schloss, in dem ein Schlüssel mit einem Schlüsselbund und weiteren Schlüsseln steckt. Auch ein Autoschlüssel befindet sich darunter, der Besitzer scheint einen Audi gefahren zu haben, das ist klar zu erkennen. Gleich hinter dem Durchgang gibt es eine Treppe mit drei Stufen, dem Niedergang.

„Kann ich runterkommen", fragt Brunner nach innen.

„Okay, Chef, nur noch nichts anfassen!"

Brunner steigt die Stufen nach unten. „Ja mei", stößt er überrascht aus. So viel Luxus hat er nicht erwartet. Alles wurde aus edlem Mahagoniholz hergestellt, es sieht teuer und richtig gemütlich aus. Gleich neben ihm an der Backbordseite, wurde ein U-förmiges Sofa eingebaut. Der Bezugsstoff ist geschmackvoll blau-weiß gemustert und offensichtlich von sehr guter Qualität. Vor diesem Sofa ist ein Tisch im Boden verankert. Die Tischplatte hat ringsum Leisten, damit nichts herunterrutschen kann und in der Mitte ist ein Deckel mit einem Fingerloch eingelassen. Auf dem Tisch stehen eine halbvolle Flasche Prosecco, zwei Gläser, die unschöne Ringe auf dem edlen Mahagoni hinterlassen haben und eine halb abgebrannte Kerze. Das sieht nach einem romantischen Abend aus, findet Brunner.

„Darf ich den Deckel aufmachen?"

„Okay, aber nicht besaufen", grinst der Techniker.

Die Warnung war nicht grundlos ausgesprochen: Unter dem Deckel befinden sich etliche Flaschen Rotwein, Whisky, Rum und einige Liköre, alles ordentlich durch eine Holzplatte mit entsprechenden Löchern fixiert. Vorsichtig legt Brunner den Deckel wieder auf seinen Platz.

Auf dem Sofa liegt eine achtlos hingeworfene helle Herrenhose und eine Boxer-Short mit maritimen Muster: Anker und Knoten.

Gegenüber auf der anderen Seite des Schiffes befindet sich eine weitere aber kleinere Tischplatte mit einer kurzen Sitzbank daneben, der Kartentisch. Auf der Platte liegen Seekarten und ein zugeklapptes Notebook auf einer rutschfesten Unterlage. An der Wand sind verschiedene Instrumente, ähnlich wie die oben am Steuerstand, und zwei Bildschirme montiert.

„Den Computer bitte sicherstellen", weist Brunner an.

„Das sowieso", brummte der Techniker, offenbar etwas genervt. „Ist aber nur nautischer Kram drauf."

Weiter nach vorne ist ein Durchgang zu sehen, rechts in diesem Gang gibt es eine Art Küche, die Pantry. Interessiert geht Brunner vor. Eine großzügige Arbeitsfläche, in die nicht nur ein dreiflammiger Gasherd und eine Doppelspüle eingelassen sind, sondern auch ein Deckel, unter dem sich der Kühlschrank befindet. Neugierig öffnet Brunner ihn. Der Kühlschrank ist in Betrieb, darin befinden sich einige Flaschen Sekt, Weißwein und ein Aquavit-Linie, ein Schnaps vom Feinsten. Den kennt er zwar, aber das ist nicht sein Geschmack. Oberhalb der Arbeitsplatte befinden sich zahlreiche Türen, hinter denen er Küchengeräte, Geschirr und Vorräte vermutet.

Links des Durchgangs, also gegenüber der Pantry, befindet sich eine schmale, jetzt offenstehende Tür. Neugierig geht Brunner einen Schritt nach vorn und schaut hindurch: Ein winziges Badezimmer mit Toilette, einer Glastür vor der Dusche und ein kleines Waschbecken, sieht er dort. Ein Glas mit einer Zahnbürste und Zahnpaste darin ist an der Wand befestigt, er findet aber keinen Lippenstift oder andere weibliche Utensilien. An einigen Haken an der Wand hängen Handtücher, in der

Dusche liegen auf einer Ablage ein Duschgel und ein Shampoo. Beide werben deutlich mit einem Aufdruck for men und verheißen Frische und Abenteuer. Zumindest in jüngster Vergangenheit scheint also keine Frau hier auf dem Schiff gelebt zu haben.

Noch weiter nach vorne befindet sich eine weitere offenstehende Tür, durch die Brunner auf eine Doppelkoje sieht.

Einer der Techniker sitzt dort und macht sich an den Schränken, die sich vor den Kojen befinden, zu schaffen.

„Komisch", meinte der. „Hier ist alles clean, als ob da noch nie jemand geschlafen hat. Auch die Schränke sind absolut leer, bis auf ein paar Schwimmwesten, Pullover und Segeljacken. Beides für Damen und Herren, scheinen aber ziemlich neu zu sein. Die Damensachen sind sämtlich garantiert unbenutzt."

Brunner quittiert das mit einem „hm", er dreht sich um und geht wieder zurück. Im hinteren Teil der Kajüte befindet sich an der Steuerbordseite eine weitere Tür, die ebenfalls zu einer Schlafkabine mit einer Doppelkoje führt. Hierauf liegt der andere Techniker zwischen ungemachtem Bettzeug und untersucht die Schränke.

„Schon etwas gefunden?", fragt Brunner ihn. Aber der winkt genervt ab: „Steht dann alles im Bericht!"

Für Brunner ist klar, was sich hier abgespielt haben musste: Zwei benutzte Sektgläser, eine offene Flasche Prosecco, ein Mann ohne Hose im Cockpit ... Das alles erscheint ihm sehr eindeutig. Es hätte eine schöne Nacht werden können, wenn der Mann am Ende nicht tot gewesen wäre. Er geht von einem Eifersuchtsdrama aus. Aber wer waren der oder die Sexpartner, fragt er sich. Es können auch mehrere gewesen sein.

Vielleicht auch ein Mann? War der Tote schwul? Oder gibt es tatsächlich im Wasser unter dem Schiff noch eine Leiche? Oder sogar mehrere? Kampfspuren im Cockpit hat er nicht feststellen können. Hoffentlich sind die Taucher bald da, wünscht er sich, damit das geklärt werden kann. Zeit für ihn, wieder an sicheres Land zu gehen. Er klettert den Niedergang hinauf und steigt auf das Deck.

„Ich bin fertig", ruft er den anderen Technikern zu, die sich noch auf dem vorderen Deck und auf dem Steg zu schaffen machen. „Ich brauche dann eure Berichte so schnell wie möglich."

Schon wieder etwas mutiger springt er selbstsicher an Land, befreit sich von den Plastikhüllen und zieht seine Schuhe wieder an.

Dann schaut er auf das Wasser, eine schlammige Brühe, findet er. Keinen halben Meter kann man da hinunterschauen, wer weiß, was dort unten alles liegt.

Dann kommt Susi heran, ihren Notizblock noch in der Hand.

„Bist du fertig, Susi?"

„Ja, soweit schon! Wenn Sie wollen, können wir fahren."

„Und welche neuen Erkenntnisse hast du?"

„Kommt drauf an, Chef! Keiner will in der Nacht etwas gesehen oder gehört haben. Die angeblichen Jogger waren die Leute vom Schiff an der anderen Seite des Steges. Aber ich weiß, wer die Leiche ist!"

3. Kapitel (Zwei Wochen vor der Regatta)

Kommodore Geerd Geerdes läutet die Glocke. Es handelt sich um eine echte alte Schiffglocke aus massivem Messing. Acht Schläge macht er, acht Glasen - Wachwechsel, eine neue Wache beginnt.

Er sitzt an einem langen Tisch, dem Vorstandstisch, der mit dem Stander des OYC geschmückt ist. Von hier aus hat er alle Vereinsmitglieder, die zur Versammlung erschienen sind und nun an verschiedenen Tischen bunt durcheinander sitzen, fest im Blick. Fast alle haben eine Flasche Bier, eine Coladose oder einen Kaffee vor sich stehen. An einem der vorderen Tische sitzen Hinni, Karl und Jan. Renate als Gast ist auch dabei. Durch Hinni ist sie inzwischen zwar in das Vereinsleben integriert und akzeptiert, aber sie ist noch kein Mitglied.

Das kann auch vorläufig so bleiben, findet Renate. Denn wo Geerd Geerdes den Verein hintreiben wird, ist ihr etwas suspekt und für sie noch schwer abzuschätzen. Sie trinkt einen Cappuccino, den die neue Senseo-Kaffeemaschine des Yacht Clubs auch zubereiten kann.

Rechts neben Geerd am Vorstandstisch sitzt der stellvertretende Vereinsvorsitzende Heiko Heiken. Auf der anderen Seite wird er von Enno Ennen dem Schriftführer und von Joke Coordes, dem Sportwart, flankiert.

Alle sind leger gekleidet. Jeans, Hemd, manche mit einer Weste oder einem Pullover über den Schultern, weil es für einen Sommertag Mitte Juni doch recht frisch ist. Nur Geerd hat sich in eine helle Stoffhose, ein weißes Hemd und einen marineblauen Blazer geworfen. Natürlich mit einem goldfarbenen Anker auf der Brusttasche und das gleiche Motiv ist auch auf die Messingknöpfe geprägt.

„Moin allerseits", fängt Geerd an, als es ruhig geworden ist. „Ich begrüße euch zu unserer außerordentlichen Versammlung des Ostfriesischen Yacht Clubs. Die Tagesordnung ist klar, es geht ausschließlich um die Regatten, die am nächsten und am übernächsten Wochenende stattfinden sollen und etwas anders verlaufen werden, als wir es bisher gewohnt waren. Aber vorher sollten wir noch einen Schluck trinken. Ich gebe einen aus."

Diese Ankündigung wird wohlwollend mit kräftigen Tischklopfern quittiert und Geerd winkt zur Theke, wo Imke und ein paar andere Mädchen, den Töchtern von Vereinsmitgliedern, schon bereitstehen. Ihre Tabletts sind mit eisgekühlten, reifbeschlagenen Gläsern mit edlem Linie-Aquavit beladen, die nun auf die Tische verteilt werden.

„Ich dachte, so ein ordentlicher Schnaps kann uns ein wenig aufmuntern bei dem kalten Wetter!" Erneut wird kräftig auf den Tisch geklopft.

„Aber der eigentliche Grund ist mein neues Schiff, ihr habt doch sicher schon davon gehört. Das soll nicht auf dem Trocknen liegen. Prost, Leute!"

Erneut wird auf den Tisch geklopft, die Köpfe werden in den Nacken geworfen und Rufe wie „Allzeit gute Fahrt" und „Immer eine Handbreit Wasser unter dem Kiel" oder auch „Mast und Schotenbruch" werden in den Raum gebrüllt. Was man einem neuen Schiff eben so wünscht.

„Danke, danke!" Geerd hebt abwehrend beide Hände hoch. Dann fährt er fort: „Mein neues Schiff liegt nun in Greetsiel, ich habe dort einen Dauerliegeplatz bekommen. Das Fahrwasser zwischen Greetsiel und Borkum ist ein gutes Revier für unsere Dickschiffregatta, finde ich. Ich muss euch dazu nicht viel sagen, es ist ein anspruchsvolles Revier, ein Tidengewässer. Die Strömungen und der Verlauf des Fahrwasser sind nicht immer ganz klar erkennbar und aus den Karten oft nicht ersichtlich. Aber wir alle sind erfahrene Segler und wir lieben Herausforderungen – Spannung und Abenteuer. Jetzt kommt Leben in unseren Yacht Club. In zwei Wochen wird die Regatta stattfinden, das war angekündigt. Ich habe das auch schon alles mit dem RAO, dem Regatta-Ausschuss-Ostfriesland abgesprochen und die finden die Idee einer Regatta im Wattenmeer sehr gut. Deren Segen haben wir. Hat jemand dazu etwas zu sagen?"

Alles bleibt ruhig, allen ist bekannt, dass Regatten auf dem Großen Meer für größere Schiffe wegen der zu geringen Wassertiefe nicht mehr möglich sind. Insofern gibt es stillschweigende Zustimmung. Weitere Details wird man sicher gleich von Geerd erfahren.

„Gut, sehr schön", fährt Geerd fort. „Aber zuerst reden wir mal über die Regatten für die Jollen und Katamarane, die finden schon am nächsten Wochenende am Großen Meer statt. Aber darüber kann unser Sportwart am besten etwas sagen."

Joke Coordes erhebt sich: „Jo, wir fahren wie immer getrennte Regatten für Jollen und Katamarane. Jollen segeln am Samstag und die Katamarane am Sonntag. Für beide gibt es jeweils drei Durchgänge, alle drei Durchgänge werden gewertet. Der erste startet jeweils um elf Uhr. Der nächste um vierzehn Uhr und der letzte um sechzehn Uhr, so wie immer. Das hängt aber alles noch vom Wetter ab. Vielleicht müssen wir auch verkürzen, wenn der Wind plötzlich einschläft oder kräftig aufbrist. Aber das kennt ihr alles. Hauptsache, ihr meldet euch rechtzeitig an. Anmeldebögen gibt es hier."

Er hält einen Stoß Formulare in die Luft und gibt sie dann Imke, die den Stapel auf die Theke legt.

„Ich brauche aber wie immer einige Freiwillige als Helfer: Bojen auslegen, zwei für das Begleitboot, Zeitnehmer auf dem Startboot und so weiter. Karl, kannst du die Regattaleitung übernehmen? Du fährst sicher erst eine Woche später mit Hinni. Da bist du doch frei, oder?"

Karl nickt: „Klar!"

„Und du Jan, fährst du das Begleitboot? Such' dir noch einen, der mitfährt!"

Auch Jan machte klar, dass er einverstanden ist. Das wird Spaß machen, mal richtig Gas zu geben. Auf dem Großen Meer sind Motorboote strikt verboten, aber aus Sicherheitsgründen dürfen die bei einer Regatta als Sicherungsschiff fahren oder wenn ein Notfall eingetreten ist. Er wendet sich an Hinni: „Fährst du mit?"

„Jo, soll ja keiner absaufen!"

„Und du Imke", macht Joke weiter, „gehst du diesmal auf das Start- und Zielboot, um den Zeitnehmern zu helfen? Die Jungs sollen doch Freude haben, wenn sie im Ziel einlaufen."

Imke zögert ein wenig, nicht weil sie dort zur Freude der Jungs eingesetzt werden soll. Wäre doch schlimm, wenn Männer keine Freude mehr an ihr hätten. Aber die gemessenen Zeiten müssen auch noch in verschiedene Tabellen eingetragen werden, aus denen dann nach den Yardstick-Formeln die gerechnete Zeit ermittelt wird, die dann maßgeblich für die Rangfolge der Sieger ist. Wenn man sich da vertut und jemand um seinen verdienten Sieg bringt, wäre das peinlich und mit der Freude wäre es dahin. Aber anderseits halten sich die Presseleute auch immer auf dem Zielboot auf, um ihre Bilder zu schießen ... Sie nickt: „Aber klar doch!"

Es werden noch viele Details besprochen und Fragen beantwortet. Schließlich scheint alles geklärt zu sein.

„Pinkelpause", verkündet Geerd. „Wer will, kann auch nach Hause gehen oder eine Runde segeln. Aber alle, die an der Buten-Regatta teilnehmen wollen, bleiben natürlich hier."

Auch Hinni und Renate stehen auf. „Ich brauch' mal ein bisserl frische Luft", verkündet sie und strebt nach draußen. Hinni, Karl und Jan folgen ihr und sie stellen sich alle draußen vor die Tür.

Hinni wendet sich an seine Freunde: „Also, ihr segelt bei mir mit, ist doch klar, oder?"

„Klar, Hinni!" Alle sind sich einig.

„Du auch Renate? Bleibst du noch ein bisschen in Aurich oder gehst du auf dein Schiff ins Mittelmeer?", möchte Karl wissen. In der Vergangenheit haben sie die Regatten mit Hinni immer zu Dritt gesegelt, die ideale Besatzung für einen Jollenkreuzer. Karl vermutet aber, dass Renate auf die Regatta nicht verzichten will. Und sie ist als Crewmitglied durchaus willkommen, denn Segeln liegt ihr im Blut. Und wer weiß, wie das Wetter wird, manchmal ist ein bisschen zusätzliches Gewicht auf der hohen Kante ein klarer Vorteil.

„Natürlich segelt Renate mit", stellt Hinni klar. „Wir segeln zu viert und zwar so: Ich gehe an die Pinne als Skipper, Karl du bist für Tide, Strömung und Wind zuständig, Regattataktik eben! Ich besorge dir noch aktuelle Karten und den Tidenkalender. Die kannst du aber auch selbst kaufen und ich gebe dir das Geld wieder. Renate, du gehst an die Vorschoten und Karl unterstützt dich in der Wende. Jan, du bist für das Schwert zuständig und dann habe ich noch eine Sonderaufgabe für dich."

„So, was denn?"

„Später! Da kommt Geerd."

Tatsächlich hat sich Geerd auch an die frische Luft begeben und steuert die Gruppe um Hinni an. Seinen Clubblazer hat er wegen des frischen Windes zugeknöpft, die linke Hand steckt lässig in der Hosentasche. Renate muss mal wieder feststellen, dass eine ordentliche Hose und ein Jackett aus einem Kerl einen richtigen Mann machen können. Kein Wunder, dass Geerd auch geschäftlich erfolgreich ist.

„Was meint ihr, so langsam bekommt unser OYC doch ein Gesicht, oder? Eine Abteilung für die Butensegler bildet sich, wir werden als Yachtclub und nicht mehr als miefiger Segelverein wahrgenommen und die Medien interessieren sich für uns. Zumindest die Ostfriesischen."

„Jo, es geht voran", pflichtet ihm Jan bei. Jan ist gleichzeitig auch der Schatzmeister des Vereins und um die Finanzen steht es tatsächlich gut. In den letzten Monaten sind eine Menge Fördermitglieder dem Verein beigetreten. Zwar keine aktiven Segler, aber sie bringen Geld in die Kasse und sponsern auch gerne mal ein Projekt. Es ist im Moment in Aurich und Umgebung einfach angesagt Mitglied des OYC zu sein. Und das er nun auch offiziell der Finanzvorstand eines renommierten und über Ostfriesland hinaus angesehenen Yachtclubs wird, schmeichelt seinem Ego gewaltig. Das klingt doch ganz anders als Kassenwart.

Hinni interessiert das wenig und er will sich schon abwenden, aber Geerd hält ihn am Pullover fest. „Was macht deine *Moi Wicht*? Ich habe gehört, du hattest vor ein paar Wochen einen Aufsitzer?"

Hinni löst Geerds Hand ruhig von seinem Arm. Diese Art der Freiheitsberaubung mag er überhaupt nicht: „Wer erzählt denn so'n Schiet? Wir waren nur ein bisschen zum Kaffeetrinken in't Reit!"

„So, so, im Schilf. Zum Kaffeetrinken", zweifelt Geerd. „Hauptsache dein Schiff ist wieder heil. Du machst doch in Greetsiel mit?"

„Soll ich nicht? Möchtest du auch mal gewinnen?"

„Natürlich sollst du mitmachen! Aber diesmal gewinne ich, Hinni."

Geerd ärgert es schon sehr, dass er noch nie gegen Hinni gewonnen hat. Auch in früheren Jahren nicht, als sie alle noch auf Jollen segelten. Er fragt sich oft, was die Leute wohl denken, wenn er, nachdem er nun Kommodore des Yachtclubs ist, gegen ein einfaches Clubmitglied verliert. Hinni hat sonst keine weitere Aufgabe im Verein. Alle Ämter, die an ihn herangetragen wurden, hatte er stets abgelehnt. Allerdings hat Hinni über Karl und Jan auch in den offiziellen Angelegenheiten entsprechenden Einfluss im Verein und das ärgert Geerd natürlich.

Außerdem ist Hinni beliebt, dass muss Geerd anerkennen. Auch bei Imke und das ärgert ihn besonders. Die Leute mögen einfach seine offene, hilfsbereite und direkte Art und merken dabei nicht einmal, wenn Hinni auch mal den einen oder anderen über den Tisch zieht und für seine Ziele benutzt, da ist sich Geerd sicher. Sie sind sich beide auf eine gewisse Weise ähnlich, gesteht Geerd sich ein, nur das Hinni keinerlei Bedürfnis hat, seine Erfolge zur Schau zu stellen und bescheiden im Hintergrund bleibt. Nicht einmal einen Facebook-Account hat Hinni. Er ist und bleibt eben ein Bauernkind und hat nicht einmal studiert.

„Das sehn wir dann", will Hinni die Diskussion beenden und reißt damit Geerd aus seinen Gedanken. Aber der ist noch nicht fertig, da ist noch etwas, was er wissen muss. Wird Hinni sich auch ein neues Schiff zulegen oder Renate überreden, ihre Yacht in die Nordsee zu überführen? Dann wären die beiden ihm in mancher Hinsicht überlegen.

„Hinni, ich weiß, dass du eine guter Seemann bist. Aber dein Boot ist zwanzig Jahre alt oder so und war damals sicher gut. Aber moderne Schiffe, so wie meine *Scharhörn*, haben doch ein ganz anderes Geschwindigkeitspotential. Willst du dir nicht auch ein neues Schiff zulegen, damit ich einen gleichwertigen Gegner habe? Es gibt da ganz neue wissenschaftliche Erkenntnisse im Yachtbau!"

„Aber dafür gibt es den Yardstick", setzt Karl an. Das wurmt ihn schon seit Wochen und er hält es für unfair, dass Geerd damit nicht herausrückt. Aber vor der Regatta wird er den schon noch nennen müssen, sonst wird er persönlich eine Beschwerde beim RAO einreichen.

Hinni aber legt seine Hand auf Karls Schulter. Jetzt nicht, bedeutete das. „So, welche denn, Geerd?", fragt er.

Geerd bläht sich auf: „Oh, eine ganze Menge, du wirst, nein ihr alle ...", er macht eine Handbewegung, welche die ganze Gruppe einbezieht, „... ihr alle werdet euch wundern. Der Bordcomputer zum Beispiel rechnet mir ständig den optimalen Kurs unter Berücksichtig von Wind und Strömung aus. Ich habe Laminatsegel, einen Schwenkkiel, wenn es mal flach wird, einen Faltpropeller ..."

„Aber ist dein Schiff nicht ein bisschen plump?", reizt Renate ihn. Sie ahnt, das Hinni auf Informationen aus ist und sie hat nun schon gelernt, dass Geerd sehr gesprächig wird, wenn es um sein Ego geht.

„Nein, gar nicht. Es ist natürlich geräumig, ja. Ich will dort schließlich standesgemäß leben. Vier Kojen, überall Stehhöhe, Bad mit Dusche. Aber du hast doch selber so ein Schiff, allerdings nur aus Plastik, oder? Wann überführst du das endlich hier zu uns an die Nordsee?"

„Nie, ich bleib im Mittelmeer. Und ich will auch keine Regatten segeln, sondern Urlaub machen und Spaß haben."

„Das kannst du auf meinem Schiff auch, das ist wie ein Wellness-Hotel eingerichtet. Kühlschrank, Gefrierfach, Mikrowelle, Warmwasser natürlich ..."

„... Und die Heizung nicht zu vergessen", fällt ihm Renate ins Wort. „Weil die braucht's hier dringend."

Hinni grinst: „Und mit so einem Hotel willst du gegen mich gewinnen, Geerd? Ich dachte, ich müsste Angst vor dir haben."

„Musst du auch, Hinni. Ich habe dir noch gar nicht alles verraten."

„Dann erzähl mal ..."

Geerd aber verlässt sich im Moment mehr auf die psychologische Kriegsführung. Dem Gegner Angst machen, aber im Unklaren lassen wovor. Deshalb beendet er das Thema, denn es gibt noch diesen anderen wichtigen Punkt, den er klären will:

„Sag mal Renate, wenn du schon dein Schiff nicht an die Nordsee bringen willst, wann ziehst du denn um?" Und mit lauerndem Blick auf Hinni: „Ihr seid doch so gut wie zusammen, oder?"

Renate gibt Hinni demonstrativ einen Kuss, sollen ruhig alle sehen, das sie ihn liebt.

„Schau 'n mer mal, Geerd. Das wird sich finden. Wenn es soweit ist, darfst du mir beim Umzug helfen."

Nachdem Renate sich nun im Yachtclub zu etablieren scheint, hat Geerd sie in den letzten Wochen ausgiebig beobachtet. Sie sieht gut aus, ist eine sehr gute Seglerin, kann sich durchsetzen und Menschen manipulieren. Und sie hat ein großes Schiff mit einem komischen Namen, *Makan Angin*, den hat er sich gemerkt. Eine Bavaria 42, die allerdings im Mittelmeer liegt. Drei Fuß länger als seins. Damit könnte sie ihn ausstechen, erkennt er realistisch. Sie hat das Zeug zum Vorsitzenden und nachdem auch Frauen in Yachtclubs akzeptiert werden, könnte sie ihm gefährlich werden. Da sollte er rechtzeitig wissen, ob da was läuft.

Renate fröstelt. Sie hat keine Lust, über ihre Absichten nach Ostfriesland umzuziehen zu reden und sie ahnt, was Geerd in Wirklichkeit wissen will. Da muss sie erst mit sich selber ins Reine kommen.

„Gehen wir wieder rein?", fragt sie. „Geerd, mach' mal weiter und treibe deine Leute zusammen, wir wollen heute noch nach Hause."

Bevor Renate sich wieder an den Tisch zu dem Männern setzt, geht sie noch zur Theke und lässt sich von Imke ein paar Flaschen Wasser geben. Sie vermutet, dass es gleich etwas hektischer werden kann und da sollten die Männer mal Wasser anstatt Bier und Schnaps trinken. Die Regatta ist das Ereignis des Jahres. Da sind die Männer emotional mehr beteiligt als an ihrem Hochzeitstag. Jedenfalls viel mehr, als sie sich anmerken lassen und Renate ist sich sicher, Hinni will und er muss unbedingt gewinnen.

Die Reihen haben sich gelichtet, es sind tatsächlich nur noch diejenigen dageblieben, die auch an der Buten-Regatta teilnehmen wollen oder als Helfer engagiert sind. Acht oder zehn Tische sind nun nur noch besetzt.

Geerd läutet wieder die Glocke und bittet um Ruhe.

„Also, zur Buten-Regatta. Start ist also von Greetsiel aus, in genau zwei Wochen, also am übernächsten Samstag. Zu Greetsiel ist einiges zu sagen: Diejenigen, die ihre Boote dort nicht liegen haben, und das sind die meisten, trailern oder segeln ihre Boote vorher dorthin. Der Yachtclub dort ist allgemein bekannt, ich bin mit dessen Kommodore befreundet und der sorgt dafür, dass einige Liegeplätze für uns freigehalten werden. Ihr könnt also eure Schiffe in Ruhe einen Tag vorher dort hinbringen und fertig machen. Meine Yacht liegt sowieso schon dort. Wer also einen Liegeplatz dort wünscht, soll das bei der Startanmeldung gleich angeben. Soweit klar?"

„Was kosten die Liegeplätze denn?", will jemand wissen.

„Ausnahmsweise nur zehn Euro pro Nacht für euch, pauschal, einschließlich Strom und Wasser. Ich habe einen guten Preis für euch ausgehandelt!"

Geerd schaut umher und stellt fest, dass es im Moment keine weiteren Wortmeldungen gibt.

„Also weiter. Die Schleuse öffnet vier Stunden vor Hochwasser. Letzte Schleusung ist drei Stunden nach Hochwasser. Die Regatta selber wird ungefähr vier Stunden dauern, das sollte also reichen. Wir werden alle gemeinsam schleusen und zwar gleich mit dem ersten Durchgang. Seit also bitte also rechtzeitig an der Schleuse."

„Wann genau ist Hochwasser?", fragt wieder jemand.

Geerd zuckt mit den Schultern aber Karl hat schon den im

Vereinshaus ausliegenden Tidenkalender zur Hand: „Maßgebend ist die Tide in Norderney und demnach ist Hochwasser um dreizehn Uhr zwanzig."

„Danke Karl. Erste Schleusung also um neun zwanzig. Steht rechtzeitig auf, denn von dem Yachtclub zur Schleuse sind es auch noch ein paar Meilen. Den Regattakurs haben wir noch nicht genau festgelegt, aber wenn irgendwie möglich, wird es ein Dreieckskurs sein. Wenn nicht, legen wir einen Up and Down Kurs fest. Etwa dreizehn bis siebzehn Meilen sollte die Länge betragen. Bei starkem Wind, wenn wir ordentlich Fahrt machen können, etwas länger, bei schwachem Wind etwas kürzer. Start und Ziel werden wir an den Beginn des Fahrwassers legen. Das Startboot und die Begleitboote stellt der Yacht Club Greetsiel als Freundschaftsdienst."

Geerd blickt wieder in die Runde, ob es irgendwelche Fragen gibt.

Karl hebt die Hand: „Die Startboote könnten uns doch vom Steg in Greetsiel bis zum Start schleppen. Dann lassen wir die Außenborder an Land, ist nur unnötiger Ballast."

Joke, der Sportwart meldet sich: „Gute Idee Karl, ich bespreche das mit denen in Greetsiel.

Geerd macht weiter. „Keine weitere Fragen? Also zur Startgebühr: Pro Yacht zwanzig Euro und pro Crewmitglied nochmal fünf Euro. Dafür gibt es auch für jeden ein kleines Souvenir als Erinnerung und für den Sieger natürlich einen Pokal. Die Gebühr ist gleich mit der Anmeldung einzuzahlen und wer das Geld nicht dabei hat, kann es auch überweisen. Kontonummer steht auf der Anmeldung."

Er dreht sich zur Theke um und winkt Imke.

„Verteile doch schon mal die Anmeldungen! Bitte alle Bögen entweder gleich anschließend oder spätestens bis nächsten Samstag bei Enno abgeben!"

Imke verteilt die Bögen, diese werden studiert und dann werden Kugelschreiber gesucht.

„Wer segelt überhaupt mit", fragt Geerd, „bitte um Handzeichen. Aber nur die Skipper melden sich, sonst verliere ich den Überblick."

„Den hat er doch eh' nicht", flüstert Renate in Hinnis Richtung. „Der will doch nur sein Schiff vorführen in der Hoffnung, dass das größte Schiff auch das schnellste ist."

„Und darum geht er auch so über den Yardstick hinweg", fügt Karl leise hinzu.

Einige Hände gehen in die Luft und Geerd zählt ab: „Ich natürlich, Hinni, Ulli, Enno, fünf, sechs, Heiko, acht, neun. Gut, neun Schiffe!"

Er wartet einen kleinen Moment und will dann die Glocke läuten: „Wenn keine Fragen mehr sind, können wir den offiziellen Teil schließen."

Karls Hand schießt in die Höhe: „Stopp, Stopp! Da sind noch ein paar wesentliche Dinge."

„So, was denn, Karl? Läuft sonst alles wie früher auch."

„Nee, Geerd. Das ist unsere erste Butenregatta. Nach welchen Regel segeln wir?"

„Die hast du doch mit dem Sportbootführerschein gelernt: Lee vor Luv und Steuerbordbug vor Backbordbug."

„Klar, aber was ist mit den Zonen um die Bahnmarken? Was soll da gelten?"

„Wie meinst du das jetzt, Karl?"

„Bisher galt ein Bereich von drei Bootslängen um eine Bahnmarke herum als Zone, in der besondere Wegerechtsregeln zu

beachten sind. Zum Beispiel hat das innen liegende Boot Wegerecht und dem muss Raum gegeben werden. Da gibt es jetzt
aber einige Änderungen."

„So, welche denn?"

„Zum Beispiel gilt diese Regel nach den neuen Wettfahrt-
regel Segeln 2013 bis 2016 ..." Er unterbricht sich und hält ein
Buch in die Höhe, so dass alle es sehen können. „Also diese
Regel gilt nicht mehr zwischen Schiffen, wenn das eine die
Bahnmarke verlässt und das andere sich ihr nähert."

„Das sind doch Spitzfindigkeiten, Karl! Oder?", wirft Geerd
ein.

Karl schaut in die Runde und stellt betretenes Schweigen
fest. Die offiziellen Wettfahrtregeln nach der ISAF, der Inter-
nationalen Sailing Federation, sind für die meisten von ihnen
ein schwer verständliches Regelwerk. Gesegelt wird nach den
üblichen Regeln und dem gesunden Menschverstand.

„Hast ja Recht, Geerd, aber wenn du schon die RAO in Spiel
bringst, wir sozusagen unter deren Aufsicht segeln und ein an-
erkannter Yacht Club sein wollen, dann müssen wir uns auch
über deren Regeln im Klaren sein. Und vielleicht gibt es auch
noch ein paar externe Teilnehmer, die müssen auch wissen wie
sie dran sind.

„Gut", sagt Geerd. Er will das Thema schnell beenden. Er
kann seine Yacht segeln und auch Wind und Wetter abreiten,
aber in die Feinheiten der Regattaregeln ist auch er nie eingedrungen. „Ich dank dir, Karl, für den Hinweis. Dann nehmen
wir also noch die Ausschreibung auf, das wir nach den Wettfahrtregeln", er schielt auf Karls Buch, „nach den Wettfahrtregeln Segeln 2013 bis 2016 segeln. Ist damit alles klar?"

Karls Hand geht erneut in die Höhe. „Nein Geerd, absolut

nicht. Schade, das ich dich daran erinnern muss."

„Was habe ich denn noch vergessen, ist doch alles geregelt."
Er schaut in die Runde aber einige Mitglieder schütteln be-
denklich den Kopf. Sie ahnen, wo Karl darauf hinaus will.

„Es sollen bei dieser Regatta doch alle eine faire Chance haben, den Pott zu gewinnen, oder?" Karl Aussage wird mit einem heftigen Tischklopfen bestätigt.

„Vor jeder Regatta gibt es doch eine Teilnehmerliste, so wie
immer, oder?

„Natürlich!"

„In dieser Liste stehen der Name des Skippers und der Crew,
der Bootsname, der Bootstyp und der Yardstick. Richtig?"

„Richtig!"

„Und welche Yardstickzahl wird bei deinem Schiff eingetragen sein, Geerd? Jetzt frage ich dich mal ganz offiziell."

Geerd wird unruhig, er schaut nach Enno Ennen, dem
Schriftführer. „Das weiß ich jetzt im Moment nicht. Da muss
ich noch mal die Werft fragen. Ich mache das gleich am Mon-
tag. Ist das okay?"

„Geerd, auch wenn du unser Kommodore bist, verarschen
kannst du uns nicht. Die Werft hat damit wirklich nichts zu
tun!"

Karl holt einen Papierbogen aus der Hosentasche: „Willst
du wissen, wie das offiziell geht, ja?

Geerd schaut wieder hilfesuchend nach Enno.

„Hier, ich lese euch mal wörtlich vor: *Anträge auf Zuweisung
einer Yardstickzahl sind bei dem Verein, dessen Stander die Yacht
führt, einzureichen!"*

Karl blickt zu Enno. „Hat Geerd das gemacht? Du bist der
Schriftführer, du musst das wissen."

Enno bleibt stumm und stützt den Kopf auf seine Hände.

„Dann lese ich mal weiter vor: *Der Verein prüft die im Antrag gemachten Angaben, er ergänzt sie erforderlichenfalls und bestätigt sie durch Unterschrift und reicht den Antrag an die FYS weiter.* FYS ist die Fachgruppe Yardstick", ergänzte Karl.

„Hast du das gemacht Enno? Den Antrag weitergereicht."

Wieder will Enno nichts sagen.

„Dann also weiter", sagt Karl. „*Die FYS vergibt darauf eine YSZ,* also eine Yardstickzahl", erklärt er, *„welche umgehend vom zuständigen Landessegelverband veröffentlicht wird sowie auch dem Verein per E-Mail mitgeteilt wird.*" Karl legt den Papierbogen auf den Tisch und blickt Enno an: „Enno, ich möchte diese E-Mail sehen!"

Enno bleibt weiterhin stumm, er schaut nur hilfesuchend Geerd an,

„Gut", sagt Karl. „Dann stelle ich hiermit fest, dass Geerds Schiff an dieser Regatta nicht teilnehmen kann!"

„Das ist aber lustig", schaltet sich nun auch Heiko Heiken, der stellvertretende Vorsitzende ein. „Hast du dafür einen plausiblen Grund, ich meine, wir können das nicht nach Belieben entscheiden und du allein schon gar nicht!"

„Weil sein Schiff über keine Yardstickzahl verfügt und somit nicht gewertet werden kann! Aber Geerd, du darfst gerne außer Konkurrenz mitsegeln. Oder du leihst dir einen Opti vom Verein aus, der hat einen Yardstick von 144. Vielleicht leiht dir auch jemand eine Piratenjolle, da bist du schon bei 115."

Im Vereinshaus herrschte eisiges Schweigen. Karl hat vollkommen recht, dass weiß jeder. Bei einer Regatta sollte es immer reell und sportlich zugehen, zumindest unter Ostfriesen, da ist auch jeder mit einverstanden. Aber keiner mag sich öffentlich gegen Geerd auflehnen. Zu fest und zu eng hat der sein Netz gezogen.

Geerd steht langsam auf, seine Gesichtsfarbe ist ins Hochrote gewechselt und er lässt schuldbewusst die Schultern hängen. „Es ist alles ganz anders als ihr denkt!"

Damit erzielt er schon mal ein paar Lacher, denn das ist die Standardantwort, wenn man bei einem Seitensprung ertappt wird. Er atmet tief durch. Es gibt noch Hoffnung.

„Also, ich habe den Antrag natürlich ganz offiziell gestellt und Enno hat den auch weitergereicht. Stimmt doch, Enno?"

Enno antwortet mit einem Kopfnicken.

Karl aber drängt: „Ja und? Los, wo ist die Antwort? Was hat der Verband entschieden?"

„Hundertdrei", sagt Enno einfach.

Jetzt geht ein Aufruhr durch die Menge, hundertdrei, das muss ein ziemlich schnelles Schiff sein. Katamarane ja, die sind noch schneller, aber das ist eine ganz andere Klasse. Proteste und einzelne Buh-Rufe werden laut.

„Und das wolltest du uns vorenthalten?", schaltet sich nun auch Hinni ein.

Aber Geerd hat eine schnelle Antwort bereit: „Ich sag' doch, es ist anders als ihr denkt. Die vom Verband haben sich bestimmt vertan und ich habe bereits Protest eingelegt. Das wollte ich doch erst abwarten, bevor ich es euch sage.

„Vertan?", Hinni lacht schallend, so dass Renate erschreckt auffährt.

„Vertan? Bestimmt! So wie du mit deinem Schiff vorhin angegeben hast, liegt der Yardstick bestimmt noch unter Hundert. Was hast du uns nicht gerade von Laminatsegeln, Faltpropeller und neuen wissenschaftlichen Erkenntnissen erzählt?" Eine lange Rede für Hinni, aber das Thema berührt ihn natürlich sehr.

Karl aber versucht sachlich zu bleiben: „Wenn du wirklich meinst, die Zahl müsste korrigiert werden, dann kannst du natürlich einen Antrag stellen. Aber ich lese dir noch einmal etwas vor."

Er nimmt sein Blatt wieder in die Hand: „*Anträge auf Änderung einer YSZ sind sinngemäß zu behandeln und bedürfen der Begründung durch den zuständigen Verein. Jedoch werden diese für die laufende Saison nur bis zum ersten Juni wirksam behandelt, danach erst wirksam auf die nächste Saison.*"

Karl schaute auf und blickt in die Runde: „Geerd, welches Datum haben wir heute?"

„Vierzehnter Juni", ruft jemand aus der Menge.

„Siehst du Geerd! Wenn das bis zum nächsten Jahr geklärt ist, dann kannst du wieder bei der Regatta mitsegeln."

„Aber ich muss doch mitsegeln, ich bin doch der Kommodore", ruft Geerd kleinlaut und seine Stimme drückt aus, dass er sich offensichtlich hilflos fühlt.

Einige aus der Menge lachen, auch Renate prustet.

„Geerd, du solltest doch noch einmal unsere Satzung lesen. Der Kommodore hat viele Aufgaben, aber er ist nicht verpflichtet, persönlich und aktiv an den Vereins-Regatten teilzunehmen. Im Regattafeld bist du ein ganz normaler Segler." Karl setzt sich und trinkt einen Schluck Wasser.

„Und nu?" fragt Hinni.

„Ja, und nun?" Karl steht wieder auf und sieht die Vereinskameraden an: „Es gibt eine Lösung, aber ihr müsst alle einverstanden sein. Wir wollen schließlich alle Geerds neues Schiff segeln sehen."

Alle klopfen auf den Tisch.

„Geerd, wir machen das einfach so: Du akzeptierst, was der Verband da ausgerechnet hat und kannst mitsegeln. Und wenn du gewinnst ..."

„Das passiert nicht!", unterbrach ihn Hinni.

„Wenn du wider Erwarten gewinnen solltest, dann überprüfen wir den Yardstick deines Schiffes und lassen ihn korrigieren. Aber nach unten!"

Die Spannung befreit sich in lautem Gelächter. Da hat Karl aber Geerd mal deutlich in seine Schranken verwiesen und trotzdem die Regatta gerettet. Viele kommen an seinen Tisch und klopfen ihm auf die Schulter. „Gut gemacht", flüstert einer leise, „kannst direkt wieder unser nächster Kommodore werden."

„Nee, antwortet Karl, „Wenn schon, dann bleibt es jedenfalls beim Vorsitzenden. Genau so, wie es in der Satzung steht. Eine Jacke mit goldenen Knöpfen kann ich mir doch gar nicht leisten."

Renate nimmt Karl in den Arm, drückt ihn und Hinni stößt ihm seine Faust in die Rippen: „Super Karl, das war ein gutes Beispiel für eine Konfliktlösung. Du wirst noch mal ein richtiger Skipper – oder Chef eines Vorstandes. Mit Yardstick hundertdrei können wir leben, oder?"

Renate aber mahnt, sie denkt einen Schritt weiter: „Aber die Regatta müssen wir trotzdem noch gewinnen, das wird nicht von selber gehen, nur weil Geerd einen Yardstick von 103 hat. Und wir sollten aufpassen, der lässt sich was einfallen. Er muss nun gewinnen, wenn er sein Gesicht nicht völlig verlieren will."

Dann sieht sie Karl fest an. „Karl, du hast zwar heute eine Menge Fans gewonnen, dir aber auch einen echten Feind gemacht. Das dürfen wir nicht auf die leichte Schulter nehmen."

„Hätte ich ihn denn gewähren lassen sollen?", versucht Karl sich zu rechtfertigen.

„Nein, passt schon. Aber pass einfach ein bisschen auf dich auf! Vielleicht braucht der Verein tatsächlich bald einen neuen Vorsitzenden."

4. Kapitel (Zweiter Tag nach der Regatta)

Susi Wildtfang klopft bei ihrem Chef an die Tür, wartet ein ‚Herein' aber gar nicht ab sondern tritt gleich darauf ein. Sie hat einige Blätter Papier und einen Stapel Bilder in der Hand.

„Moin, Chef!"

„Guten Morgen, Susi." Brunner schaut auf, seine Miene zeigt einen gewissen Unmut. „Aber jetzt zum letzten Mal, Himmelherrgottdonnerwetter! Ich mag Chef nicht hören. Schließlich habe ich einen Namen. Oder ist Helmut so schlimm?"

„Nein, schlimm nicht!" Susi schaut Hauptkommissar Brunner etwas zweifelnd an. Warum will er unbedingt, dass sie ihn duzt? Eigentlich ist das völlig normal, Ostfriesen duzen sich normalerweise immer untereinander und fast alle auf der Dienststelle tun das. Aber erstens ist Brunner kein Ostfriese und will offensichtlich auch keiner werden. Er bekommt nicht einmal ein ‚Moin' über die Lippen. Er ist ein Franke und kommt damit fast von einem anderen Stern. Zweitens ist er ihr Chef. Will er etwas von ihr, das nicht unbedingt Bestandteil des Dienstvertrages, der Dienstanweisung oder sonstiger Vorschriften ist? Aber das kann nicht sein, der steht doch überhaupt nicht auf Ostfriesinnen. Er hat eine fränkische Frau, die übrigens kaum jemand mal zu Gesicht bekommen hat. Andererseits, sinniert sie weiter, hat sie das Gefühl, dass sie gestern am Tatort bei ihrem ersten Fall eine recht gute Figur gemacht hat und vielleicht will Brunner ihr auf seine Art durch die Blume sagen, dass er sie fachlich akzeptiert und sie nun dazu gehört und im Team angekommen ist? Verstehe einer fränkische Männer!

Sie geht zur Tür zurück kommt nochmals herein und sagt grinsend: „Moin Helmut! Besser so?"

Auch Brunner grinst: „Viel besser, ich fühl mich direkt als Mensch akzeptiert."

Susi legt ihm die Papiere auf den Tisch: „Die Berichte von der KTU. Steht aber nichts Wesentliches drin außer dem, was wir gestern schon selber festgestellt haben. Die gefundene Winschkurbel ist nicht die Mordwaffe!"

„Das haben wir uns schon gedacht! Aber was ist dann die Mordwaffe und wo ist die?"

„Wie schon gesagt, die wird wahrscheinlich im Schlick liegen. Die Taucher bewegen sich gerade in Richtung Greetsiel."

„Jetzt erst, ging das gestern nicht?"

Susi zuckt mit den Schultern. „Einer allein geht da nicht runter und gestern war schließlich Sonntag. Übrigens hat der Staatsanwalt gestern Mittag den Steg schon wieder freigegeben, nachdem die Kollegen von der KTU ihre Koffer eingepackt hatten und die Leiche abtransportiert war. Die Leute wollten schließlich auf ihre Boote und rausfahren."

„Ja, gut. Und das Schiff?"

„Der Niedergang wurde geschlossen und versiegelt und ansonsten wurde drum herum alles mit Flatterband abgesperrt."

„Und was hat die Obduktion ergeben?"

„Todesursache war ziemlich eindeutig die Winschkurbel oder zumindest ein sehr ähnlicher Gegenstand. Kein Gift keine Drogen, keine weiteren Verletzungen. Es war reichlich Alkohol im Blut, fast eine Promille, aber daran wird er nicht gestorben sein."

Brunner langt nach den Bildern: „Die helfen uns im Moment

auch nicht weiter. Das haben wir schon alles live gesehen. Was ist mit Fingerabdrücken, DNA-Spuren und so weiter?"

„Wurden gesichert, sagen die Kollegen. Stammen aber sämtlich von dem Toten oder sind unbekannt, das war aber nicht anders zu erwarten. Weibliche DNA wurde von mindestens zwei Personen gefunden und an einem der beiden Sektgläser befand sich Lippenstift. Die Marke ist bis jetzt unbekannt, aber die Techniker arbeiten dran"

„Na also, sag ich doch. Eine Sex Orgie!"

Susi grinst: „Ich dachte immer, zu einer Orgie gehören mehrere Personen, aber ich kenn' mich da nicht so aus."

„Wir wissen noch gar nicht, wie viele Menschen dort auf dem Schiff waren. Aber jetzt mal zur Leiche. Name, Dienstgrad, Alter?"

Susi hat da schon einiges recherchiert: „Also, die Leiche ist der Besitzer des Schiffes, das übrigens erst einige Wochen alt ist und seitdem in Greetsiel liegt. Es hat dort einen festen Liegeplatz. Und wie ich gestern schon sagte, der Name des Toten ist Geerd Geerdes, der Dienstgrad Kommodore und das Alter zweiundvierzig Jahre."

„Wie, Kommodore? Jemand von der Marine?"

„Nein, eher nicht, er besitzt eine bekannte Versicherungsagentur hier in Aurich. Geerdes ist aber auch Vorsitzender eines Yachtclubs und lässt sich gerne als Kommodore bezeichnen, das hat mir sein Stegnachbar gestern schon verraten. Den habe ich übrigens für heute Nachmittag vorgeladen, damit er als möglicher Zeuge offiziell befragt werden kann. Der kommt etwas später, nachdem er Feierabend hat. Arbeitet hier in Aurich bei Enercon als Ingenieur."

„Dem Windmühlenhersteller? Hat das etwas mit dem Fall

zu tun?"

„Nein, Helmut, überhaupt nicht. Da verdient der nur so gut, dass er sich eine kleine Segelyacht leisten kann. Sollte ich mir auch überlegen."

Brunner hebt warnend den Finger: „Bloß nicht, wo du doch gerade so gut hier eingestiegen bist. Ich habe von dem ganzen Segelkram doch keine Ahnung!"

„Danke Helmut." Susi errötet etwas bei diesem unerwarteten Kompliment. „Geerdes hat auch eine Wohnung in Aurich, die Anschrift und die Telefonnummer habe ich. Er ist nicht verheiratet. Auf dem Schiff in der Hose des Toten haben die Kollegen übrigens noch ein Smartphone gefunden. Da ist zwar nichts Wesentliches drauf, aber die Kollegen versuchen gerade, die gespeicherten Nummern und Gespräche zuzuordnen."

„Und seine Festnetznummer in Aurich?"

„Dort habe ich es einige Male durchklingeln lassen, aber es geht niemand ran."

Brunner überlegt. Es sieht alles nach Wohlstand aus. Ein Mann im besten Alter, er sieht gut aus und ist attraktiv. Okay, als Leiche nicht mehr, aber ansonsten durchaus für Frauen interessant. Die Spuren auf dem Schiff sehen nicht nach einer einsamen Nacht aus, da muss es doch irgendwo eine Frau geben, oder mehrere? Eifersuchtsdrama? Er wählt die Nummer, die auf dem Zettel steht, aber wieder geht niemand ans Telefon.

Er steht auf: „Wir fahren jetzt erst in seine Wohnung, damit etwas Bewegung in die Sache kommt. Vielleicht wissen auch die Nachbarn etwas. Den Rest kannst du mir noch unterwegs erzählen.

Susi fährt in eine ruhige Seitenstraße im Zentrum Aurichs

hinein. Sie hält vor einem größeren, gepflegten Einfamilienhaus, vor dem sich ein professionell angelegter, nicht einsehbarer Garten befindet. Mit etwas Wohlwollen könnte man die Lage noch als Innenstadt bezeichnen, jedenfalls ist man zu Fuß schnell in der Fußgängerzone. Teure Lage, teures Haus, teurer Garten: Das alles passt zu dem Schiff, registriert Susi.

Brunner klingelt und die Haustür geht fast sofort auf. Eine junge, gut aussehende Frau steht vor ihm: „Ja bitte?"

Überrascht weicht Brunner zurück, er hat mit einer längeren Wartezeit gerechnet. „Guten Morgen, ich bin Hauptkommissar Brunner und dies ist meine Kollegin Frau Wildtfang."

Er zeigt seinen Dienstausweis und auch Susi holt ihren aus der Handtasche. Die Frau guckt gar nicht darauf.

„Wohnt hier ein Herr Geerdes?", fragt Brunner dann.

„Der ist nicht da, am besten fragen sie in seinem Büro."

Susi versucht die Frau einzuschätzen: Sekretärin, Geliebte, Putzfrau? Sie ist vielleicht fünfundzwanzig Jahre alt, schätzt sie. Sie hat eine schlanke, sportliche Figur, einen kräftigen Busen, der durch ihr silberfarbenes Top kaum verborgen wird. Sie trägt enge Designer-Jeans und Heels sowie eine Menge teuer aussehenden Schmuck am helllichten Vormittag. Kostspielige Sachen, die sie sich nie wird leisten können. Insgesamt erscheint sie vielleicht etwas lasziv oder sogar nuttig, aber auf Männer wird es wirken.

Susi drängt sich vor: „Nein, da ist der nicht! Wir haben auch hier schon angerufen, aber niemand ging ran."

„Ach so, ja, ich bin gerade erst zurückgekommen."

„Dürfen wir hereinkommen", fragt Brunner.

Die junge Frau öffnet die Tür: „Okay!"

Sie geht vor, in die große Diele und deutet auf eine wuchtige

Sitzgruppe, die aus einem Sofa und zwei Sesseln besteht.

„Danke", sagt Brunner. „Dürfen wir uns setzen?"

Er wartet die Antwort nicht ab und setzt sich einfach auf das Sofa. Susi nimmt in einem Sessel Platz, aber die junge Frau bleibt stehen.

„Tut mir leid, aber wir haben ein paar Fragen. Sie wohnen hier?", fängt Brunner an.

„Ja."

„Darf ich sie um ihren Namen bitten? Schließlich sind sie hier nicht gemeldet."

„Warum, was wollen Sie?"

„Einfach ihren Namen! Und wenn sie den nicht nennen wollen und auch keinen Personalausweis vorlegen können, müssten wir sie zur Feststellung ihrer Personalien mitnehmen", stellt Brunner klar.

„Entschuldigung, okay! Ich heiße Julia."

"Ist das der Vorname oder der Familienname?", fragt Susi etwas spitz.

„Alle nennen mich Julia und mehr wollten die meisten Leute nicht wissen. Julia Becker."

„Danke." Susi schreibt sich den Namen auf, dann deutet sie auf die Reisetaschen, die in der Diele stehen. „Sie waren verreist? Wo waren sie?"

„Was ist denn los? Habe ich etwas ausgefressen?"

„Wir hoffen doch nicht", lenkt Brunner ein. „Aber sie kennen Herrn Geerdes?"

„Ja, das ist mein Freund. Ich wohne hier bei ihm, seit ich in der Uni rausgeflogen bin."

„Wann war das?"

„Weiß ich nicht genau, vor fünf Jahren vielleicht. Aber was

ist denn los?"

„Setzen sich doch erst einmal, Frau Becker, bitte", fordert Susi sie auf.

Julia setzt sich folgsam in den anderen Sessel und dann herrscht für einen kurzen Moment Schweigen.

Susi räuspert sich: „Wir haben Herrn Geerdes gestern gefunden. Tot! Er wurde umgebracht!"

Julia wird starr, ihr Gesicht versteinert sich und sie schaut die beiden ungläubig an. Dann hält sie beide Hände vor das Gesicht, schaut aber nach kurzer Zeit wieder auf: „Weshalb?"

Susi stellt fest, dass sie keine Tränen in den Augen hat. „Das wissen wir noch nicht. Aber er wurde offenbar gestern Morgen sehr früh auf seiner Segelyacht umgebracht."

„Ist er ertrunken?"

„Wie kommen sie darauf, Julia? Ich darf sie doch Julia nennen?"

Julia nickt. „Ach, ständig ist der auf seiner Segelyacht, ich habe ihm immer gesagt, dass er noch einmal ertrinkt."

Brunner nickt verständnisvoll. Das Julia auch nichts für den Segelsport übrig hat, ist ihm direkt sympathisch. „Sie segeln nicht?"

„Nein, das interessiert mich nicht. Das habe ich einmal mit Geerd gemacht, auf seinem alten Schiff. Dabei habe ich mir alle Fingernägel abgebrochen."

„Aber an Bord waren sie doch schon? Ist doch ein tolles Schiff, oder?"

„Klar, Geerd war mächtig stolz drauf. Aber ich war immer nur nach Feierabend mit ihm dort. Wir saßen dann nur ein wenig im Cockpit, haben geredet, etwas getrunken und gingen dann in die Koje."

Susi fällt auf, dass Julia von Geerd bereits in der Vergangenheitsform spricht.

„So, so!", meint Brunner. „Ich muss sie nun leider fragen, wo sie Samstagnacht waren."

Julia nickt, ihre Antwort kommt sofort: „Ich bin am Freitag nach Köln gefahren. Freunde hatten für Samstagabend eine Party geplant und da wollte ich hin. Geerd war doch sowieso nur noch im Büro oder auf seinem Schiff und am Samstag war doch diese Regatta. Damit war ich abgeschrieben."

„Und gestern Abend sind sie wieder zurückgekommen?"

„Nein, ja, wollte ich. Aber dann habe ich auf der Party noch diesen Typen kennengelernt. Einen Fotografen."

„Und dann?"

„Nichts und dann. Ich habe mich von ihm fotografieren lassen, der wollte dafür ordentlich Kohle rausrücken. Ich muss auch sehen, wo ich bleibe."

„Nur fotografiert?", fragt Susi.

Julia schaut sie mitleidig an: „Natürlich nicht. Ohne Vögeln geht da nichts. Aber ich will ins Geschäft bevor es zu spät ist."

Susi schaute sich um. „Aber sie leben hier doch sehr gut, an Geld hat es nicht gefehlt, oder?"

„Nein, Geerd war auch recht großzügig. Ich habe sogar etwas zurücklegen können. Ich wollte aber auf Dauer nicht von ihm abhängig sein. Und in letzter Zeit war er so abweisend. Ich glaube, der hatte eine neue Freundin."

„Waren sie eifersüchtig?"

„Nicht wirklich, ich wollte sowieso weg. Wer will schon ewig in Aurich leben?"

„Woher stammen Sie?", will Brunner wissen.

„Aus Köln. Da hat Geerd auch studiert und noch viele alte

Kontakte, die er immer mal wieder besucht hat. Darüber haben wir uns kennengelernt."

„Soweit gut! Haben sie die Fahrkarte noch?"

„Nein. Ich bin mit meinem Wagen gefahren. Aber ich habe Tankquittungen. Die wollte Geerd immer fürs Finanzamt haben."

Sie sucht kurz in ihrer Handtasche und zieht dann die Kassenbelege heraus. „Und die Anschrift von dem Fotografen können sie auch haben. Ich vermute, dass ich ein Alibi brauche."

„Haben sie eine Ahnung, wer Herrn Geerdes getötet haben könnte und vor allen Dingen warum?"

„Ach, Geerd hat oft damit geprahlt, wie leicht man die Leute bescheißen kann. Aber er meinte auch immer, das ihm keiner was kann. Alles sei juristisch hundertpro abgesichert. Er hatte sie alle in der Hand, sagte er."

„Also gibt es eine Menge unzufriedener Kunden. Kennen sie da welche?"

„Ja, die gibt es, vermute ich. Aber mit seinen Geschäften habe ich nie etwas zu tun gehabt. Da kenne ich niemanden."

Brunner erhebt sich: „Ich glaube, das war es erst einmal. Sie haben uns weitergeholfen. Aber ich muss sie bitten, morgen zu uns zu kommen, fürs Protokoll." Er reicht ihr seine Karte. „Zehn Uhr, wenn das nicht zu früh ist, Polizeigebäude am Fischteichweg. Mein aufrichtiges Beileid übrigens."

Auch Susi drückt ihr Beileid aus und gibt ihr zum Abschied die Hand. „Aber eine Frage hätte ich noch: Wer bekommt das hier alles, Sie? Kinder oder Exfrauen gibt es doch keine, oder?"

„Nein, ich bekomme nichts davon. Es gibt ein Testament

und demnach bleibt alles in seiner Familie. Er hat Geschwister. Aber Geerd hatte zu meinen Gunsten eine Lebensversicherung abgeschlossen, falls ihm mal was passiert."

„Wird das dann reichen?"

„Eine kleine Weile schon. Eine halbe Million!"

Kurze Zeit später sind sie wieder in der Polizeiinspektion. Susi sitzt an ihrem Schreibtisch vor einem Kaffee, schreibt an ihren Berichten und kann es immer noch nicht fassen. Eine habe Million wird diese - ja was denn nun? - zweifelhafte junge Frau mit ihrem lasziven Getue bekommen. Das geht doch nicht mit rechten Dingen zu. Für sie scheint das fast klar zu sein: Die macht sich an reiche Männer heran, bietet Sex, nimmt Geld, soviel sie bekommen kann und geht dafür auch über Leichen. Susi trinkt ihren Kaffee aus, wirft den Becher in den Papierkorb und machte sich auf zu Brunner.

Der hat dazu noch gar nichts gesagt. Auf dem Heimweg hat er geschwiegen und danach ist er direkt in sein Büro gegangen und hat die Tür zugezogen. Vorsichtshalber geht sie noch am Kaffeeautomaten vorbei, um für Brunner einen Kaffee durchlaufen zu lassen. Ihr persönliches Kaffeepensum ist für heute erreicht.

„Sag mal, kommt dir das mit der halben Million nicht auch komisch vor? Das geht doch nicht mit rechten Dingen zu! Die kann jetzt die reiche Witwe spielen und ist nicht mal eine. Denn so richtig hinterher getrauert hat sie ihrem Lover ja nicht."

„Das sehe ich auch so, Susi. Ich habe die Kollegen schon darauf angesetzt und die prüfen das mit der Lebensversicherung. Das ist schon eine stolze Summe, aber wer so ein Haus und so eine Yacht hat ..."

„Helmut, das gibt es doch nicht! Die hat den doch selber umgebracht! Für das viele Geld!" Susi muss sich beherrschen, diese Ungerechtigkeit regt sie auf.

„Aber sie hat ein Alibi, der Fotograf hat es bestätigt. Ich habe schon angerufen. Mich bewegt das auch."

„Von Köln nach Greetsiel sind es vielleicht dreieinhalb Stunden mit dem Auto. In der Nacht bei wenig Verkehr vielleicht nur drei. Die kann doch bequem einmal mal kurz nach Greetsiel gefahren sein und dem nicht mehr benötigten Lover eins über die Rübe geschlagen haben, oder? Sie wusste von der Regatta und dass danach noch gefeiert wird. Sie ahnte auch, dass es da eine andere gibt und offensichtlich lag sie da nicht falsch."

„Unwahrscheinlich, sie war die ganze Nacht erst auf der Party und dann mit dem Fotografen zugange."

„Wir sollten uns die Bilder mal zeigen lassen", schlägt Susi vor.

„Da habe ich nichts dagegen, die sind sicher sehenswert. Bestimmt waren das keine Aufnahmen für Wintermoden", grinst er.

„Aber warum erzählt sie uns das mit der Versicherung?", überlegt Brunner laut. „Entweder ist sie besonders dumm oder besonders schlau. Wir hätten das auf jeden Fall erfahren, das kann sie sich auch denken."

„War es denn richtig, dass wir sie nicht sofort mitgenommen haben? In meinen Augen ist sie tatverdächtig. Dringend sogar."

„Langsam Susi! Nur weil sie uns die Versicherungssumme freiwillig mitgeteilt hat begründet das keinen Tatverdacht, ganz im Gegenteil. Ein ordentlicher Richter würde bei dieser Sachlage niemals einen Beschluss unterschreiben. Und für die Tatzeit hat sie ein plausibles Alibi. Jedenfalls solange wir ihr nichts Gegenteiliges beweisen. Was haben wir denn sonst noch für Hinweise?"

Susi blättert in den Unterlagen: „Die Rechtsmedizin geht davon aus, das ein kräftiger Schlag die Todesursache war. Eine Winschkurbel ist sehr wahrscheinlich. Zwar hat er vorher auch reichlich getrunken, aber daran ist er natürlich nicht gestorben. Sonst nichts Wesentliches, keine weiteren Verletzungen, keine Drogen, keine Betäubungsmittel ..."

Brunner winkt ab: „Ja, das haben wir alles gerade schon gelesen. Aber wie ist der nach Greetsiel gekommen?"

„Okay, da haben wir auch etwas. Ein Auto wurde auf dem Parkplatz vor dem Yachtclub in Greetsiel sichergestellt, ein dunkler SUV, Audi Q5. Eigentümer ist die Firma von Herrn Geerdes."

„Der war mit schon aufgefallen als wir in Greetsiel ankamen, ich habe mir aber nichts dabei gedacht. Es standen mehrere Autos dort. Wurde in dem PKW etwas gefunden?"

„Die Untersuchung läuft. Die Kollegen haben den mitgenommen. Es gibt natürlich viele verschiedene Fingerabdrücke und drei davon sind mit denen auf der Yacht identisch, aber sonst bisher nichts. Vor allen Dingen kein Blut."

„Und sonstige Zeugen? Du hast doch jemand geladen, den Stegnachbarn glaube ich?"

„Der kommt bald. Willst du dabei sein?"

„Nein, das machst du alleine, ist vorerst ja lediglich eine Befragung. Das wird doch sicher wieder so ein plattdeutsches Genuschele."

Susi ist beleidigt. Klar unterhalten Ostfriesen sich auf Plattdeutsch, wenn sie unter sich sind. Aber wenn offensichtlich
Sprachunkundige dabei sind, dann wird mehr oder weniger
astreines Hochdeutsch gesprochen. Im Gegensatz zu manchen Gegenden in Süddeutschland, wo alle ausschließlich im
Dialekt daher brabbeln, egal wer der Gesprächspartner ist.
„Wenn du das so siehst, sage ich wieder Chef, Chef!"

Walter Heinrichs, der Stegnachbar der *Scharhörn* erscheint
pünktlich nach seinem Schichtende in dem Inspektionsgebäu-
de am Fischteichweg. Susi nimmt ihn in Empfang und bringt
ihn in ein kleines Besprechungszimmer. Den offiziellen Verhörraum mit dem Einwegspiegel, den Kameras und Mikrofo-
nen will sie ihm und sich ersparen. Sie will Informationen von
dem Mann und ihm keine Angst machen. Schließlich hat der
nur zufällig sein Schiff nebenan liegen. Nach Feststellung der
Personalien und einigen allgemeinen Fragen kommt Susi zur
Sache:
„Und sie haben wirklich in der Nacht von Samstag auf Sonntag nichts gehört und gesehen? War da keine Party an Bord?"
„Nein! Am Tag vorher war die Regatta draußen in der Osterems. An der hat auch Geerd, also Herr Geerdes, teilgenommen. Kurz nach der letzten Schleusung kamen alle wieder an
den Steg, Geerd war ziemlich happy, weil er gewonnen hatte
und hat das auch überall herumerzählt."
„Wann war die letzte Schleusung?"
„Kurz nach drei am Nachmittag, aber bis die festgemacht
hatten, war es bestimmt schon vier oder fünf. Ich habe nicht
genau darauf geachtet."
„Haben Sie an der Regatta nicht teilgenommen?"

„Nee, das war eine Sache vom Yacht Club Ostfriesland. Da waren zwar auch ein paar Externe dabei, aber ich nicht. Alle haben Ihre Boote aber ziemlich schnell festgemacht, aufgeklart und sind weggefahren. Da war für den Abend eine große Siegerehrung mit Party und so geplant."

„Okay, und in der Nacht? Sie lagen in der Koje, waren sie allein?"

„Ja, so ähnlich."

„Was heißt denn so ähnlich?"

„Da war 'ne Frau dabei, aber nicht meine. Das kann doch unter uns bleiben, oder? Ihren Namen und die Adresse haben sie ja gestern schon aufgeschrieben."

„Wenn die Dame mit dem Fall weiter nichts zu tun hat, dann bleibt das unter uns. Aber irgendwas müssen sie doch mitbekommen haben? Da passiert auf dem Nachbarschiff ein Mord und keiner hat was gehört?"

Walter Heinrich schüttelt vehement den Kopf. „Nee, wir haben tief geschlafen, alle Luken waren zu, weil es doch ein bisschen frisch war. Aber irgendwann habe ich gehört, dass da jemand gekommen ist. Eine Frau oder ein Mädchen hat laut gelacht."

„Eine oder mehrere? Und wann war das?"

„Ich schätze mal, das war nur eine. Und dann war da eine Männerstimme, klang nach Geerd. Wir sind abends um elf in die Koje gegangen und ich hatte schon eine Weile geschlafen. Es war aber noch dunkel."

„Und sie haben sich nichts dabei gedacht?"

„Nee, das kam doch schon mal vor, dass Geerd mit seiner Freundin auf dem Schiff war. Julia heißt sie. Und irgendwann habe ich mehrere Schreie von einer Frau gehört. Das klang mir aber so, als wenn die gerade besonders glücklich war, wenn sie wissen was ich meine."

„Sie meinen, die hatten Geschlechtsverkehr?"

„Jo, die waren recht gut zu Gange."

„Können das auch Schreie nach Hilfe gewesen sein?", schlägt Susi vor. „Da wurde immerhin jemand ermordet."

„So genau habe ich das nun auch wieder nicht mitgekriegt. Wir waren ja im Halbschlaf und alle Luken waren geschlossen. Nein, ich habe das nicht als Hilferufe wahrgenommen, sonst wäre ich aufgestanden und hätte nachgesehen."

Oder du warst nur zu faul um aus der warmen Koje zu kriechen, denkt Susi. Aber sie hat zu wenig in der Hand, um ihm diesen Vorwurf zu machen. Stattdessen fragt sie weiter: „Und sie vermuteten, das waren Herr Geerdes und diese Julia?"

„Ja. Kann aber auch Julia mit einem anderen Mann oder Geerd mit einer anderen Frau gewesen sein. So genau weiß man das bei denen nie."

„Aber sie wissen immer, mit wem sie im Bett liegen?"

Walter Heinrichs grinste: „Das will ich meinen. Hauptsache meine Frau weiß das nicht!"

„Und am nächsten Morgen?"

„Na ja, ich bin aufgestanden, meine Bekannte auch."

„Wann war das?"

„So gegen acht. Ich wollte etwas joggen und gleich Brötchen mitbringen. Aber als ich auf dem Steg stand, sah ich Geerd dort in seinem Cockpit liegen."

„Sonst war da Niemand?"

„Nee, war sonst keiner da. Ich habe als erstes mit dem Handy die Polizei angerufen, eins-eins-null und wollte dann dem Hafenmeister Bescheid sagen. Der war aber noch nicht da und kurz darauf kam schon die Polizei. Das ging echt fix."

Susi fällt etwas ein, sie zögert, aber dann beendet sie das Gespräch abrupt: „Okay, wenn sie sonst nichts gesehen haben, dann war es das erst einmal. Danke fürs Kommen. Ich habe ihre Telefonnummer, wenn ich noch was brauche."

Der Hafenmeister! Siedend heiß ist ihr das eingefallen. Ihr Puls schießt nach oben. Natürlich, in so einem Yachtclub gibt es doch einen Hafenmeister. Irgendjemand muss die Gebühren kassieren und nach dem Rechten sehen. Den hat sie den glatt vergessen! Der Schnitzer ist Susi peinlich, das hätte nicht passieren dürfen. Sie kennt sich doch mit Yachthäfen aus und fast immer gibt es dort einen Hafenmeister. Meistens griesgrämige Männer, die ihren Job abreißen, aber es gibt auch einige nette, die selber Segler sind und gerne Hilfe leisten, wenn es ein kleines oder größeres Problem gibt. Und die bei der Angabe der Schiffslänge, nach der die Liegegebühr berechnet wird, auch schon mal ein Auge zudrücken, wenn man ihm sympathisch ist. Hoffentlich ist das einer von der letzteren Sorte. Aber Segler, die sich als Mitglied einer Gemeinschaft verstehen, gibt es ohnehin immer seltener. Leider! Leider zu oft sind das vermögende Leute, die so ein Schiff nur kaufen weil es gerade schick ist, aber keine wirkliche, innere Beziehung zur Seefahrt oder zum Segelsport haben. Geerd Geerdes wird auch dazu gehört haben. Vielleicht auch nicht, schließlich war der sogar Regattasegler und Vorsitzender eines Yachtclubs.

Sie sucht die Nummer des Hafenmeisters in Greetsiel heraus, erreichte ihn auch sofort, schildert ihr Anliegen und bittet ihn, entweder noch heute Abend oder gleich morgen früh ins Präsidium zu kommen.

„Zehn Uhr", schlägt der Hafenmeister vor. Susi will ihm gerade einen anderen Termin vorschlagen, weil da diese Julia doch kommen soll. Aber vielleicht ist es auch ganz gut, wenn die beiden zur gleichen Zeit da sind.

Sie trifft Brunner auf dem Gang. „Wie läuft es, Susi? Gibt es erhellende Neuigkeiten?"

„Nichts wesentliches, Helmut. Nur das in der Nacht eine Frau erst gekichert und dann geschrien hat. Aber der Zeuge meint, das seien Geerd und Julia gewesen und er hat das für Lustschreie gehalten. Oder Julia mit jemand anderem oder Geerd mit einer anderen Frau. Aber jedenfalls ist die Frau gerade sehr glücklich gewesen, so seine Worte. Hilferufe schließt er zwar nicht kategorisch aus, aber er meint, es seien Lustschreie gewesen."

„Aber Julia war doch angeblich in Köln."

„Er legt sich auch nicht auf Julia fest, er hat auch nichts gesehen, nur gehört. Es kann sich um fast jedes Mädchen handeln, das beim Sex schreit."

„Hat er auf die Uhr gesehen?"

„Nein, nur das es spät in der Nacht und noch dunkel war."

„Hast du schon festgestellt, wann genau der Sonnenaufgang war."

„Klar! Genau um fünf Uhr vier, die Dämmerung wird ab vier Uhr eingesetzt haben. Es war eine dunkle Nacht, denn gerade ein paar Tage vorher hatten wir Neumond."

„Wenn laut Gerichtsmedizin der Todeszeitpunkt also um vier herum gewesen war, muss sich das Ganze noch in fast stockdunkler Nacht abgespielt haben. Gibt es da Lampen auf dem Steg?"

„So eine Art Notbeleuchtung, damit niemand ins Wasser fällt. Die Lampen bescheinen nur den Steg, nicht die Umgebung."

Dann fällt Brunner aber noch etwas ein: „Sag' mal, da vor dem Yachtclub, da gibt es doch ein verschließbares Tor. Das wird doch sicherlich abends abgeschlossen, oder? Dann können in der Nacht doch nur Leute auf den Steg, die einen Schlüssel haben."

„Stimmt Helmut. Es sei denn, man kommt mit einem Boot. Aber ich kläre das. Ich habe den Hafenmeister schon für morgen früh eingeladen."

„Ah, der Hafenmeister! Sehr gut Susi!"

5. Kapitel (Drei Tage vor der Regatta)

Kaum liegt der Jollenkreuzer auf dem Trailer, setzt auch schon wieder ein zwar erwarteter, aber trotzdem unwillkommener Regenguss ein. Hinni, Karl und Renate flüchten in Hinnis nun schon etwas betagten Landcruiser mit dem die *Moi Wicht* auf ihrem Trailer vom Großen Meer nach Greetsiel gezogen werden soll. Renate ist mal wieder ganz unzufrieden mit dem ostfriesischen Wetter: Bis auf ein paar schöne Tage im Mai war es viel zu kalt für die Jahreszeit und nun regnet es bereits seit Tagen immer wieder. Und der Gedanke, in wenigen Tagen während der Regatta bei kaltem Wind und Regen auf der hohen Kante von Hinnis Jollenkreuzer zu sitzen und die Vorschoten zu reißen, behagt ihr gar nicht. Nicht, dass sie etwas gegen das Segeln an sich oder gegen Regatten hätte – aber es sollte doch bitte schön warm dabei sein.

„Wir hätten die Regatta lieber im Mittelmeer machen sollen, so wie du es schon mal im Yachtclub angekündigt hattest", macht Renate sich bei Hinni Luft. „Erst waren alle Feuer und Flamme und plötzlich spricht keiner mehr davon."

Karl versucht das zu erklären, die Idee entstand während der kurzen Zeit, als er Vereinsvorsitzender war: „Klar hat die Jungs die Aussicht auf ewig blauen Himmel, Sonne und einen warmen Wind gelockt, aber in der Praxis sieht das wieder ganz anders aus. Wer hat schon soviel Zeit, um sein Schiff durch ganz Deutschland und über die Alpen zu trailern, mal ganz abgesehen von den Kosten."

„Und deshalb frieren wir uns hier jetzt den Arsch ab", stellt Renate schlechtgelaunt fest.

Hinni zeigt auf den Himmel, nachdem er die Windschutzscheibe von innen mit einem Tempotuch notdürftig vom Kondenswasser befreit hat: „Kiek, da hinten klart das schon auf. Wird noch ein schöner Tag heute."

Wie fast alle Ostfriesen glaubt auch Hinni daran, dass sich das Wetter bis elf Uhr morgens entscheidet, was es denn will. Regnet es um elf Uhr noch, dann regnet es den ganzen Tag. Scheint dagegen die Sonne, oder lässt sie sich zumindest bis dahin einmal blicken, dann lässt das auf gutes Wetter hoffen. Und jetzt ist es erst zehn Uhr!

„Zum Wochenende hat der Seewetterbricht gutes Wetter angesagt." Karl versucht etwas Hoffnung zu machen. „Bis dahin soll das Tief durch sein."

„Gut, dann wissen wir das ja", stellt Hinni fest. Er fährt seinen SUV etwas zurück und bittet Karl, ihn einzuweisen und den Trailer anzukuppeln.

„Kontrolle! Mach mal den Blinker an", ruft der dann Hinni zu. Nachdem er festgestellt hat, dass alle Lichter einwandfrei funktionieren, überprüft er noch die Zurrgurte, mit denen der Jollenkreuzer auf dem Trailer festgemacht ist. Dann wackelt er noch einmal an dem Mast, der hinten etwas über den Trailer und die Lichtleiste hinausragt und deshalb mit einer roten Flagge gekennzeichnet ist. „Alles klar, wir können fahren!"

In Greetsiel angekommen, fährt Hinni das Gespann nicht auf den Parkplatz der Marina, wie Karl angenommen hatte. Er steuert quer durch die Ortsmitte, obwohl die für Kraftfahrzeuge gesperrt ist, bis zu dem alten Fischerhafen. Der Hafen ist aus früheren Zeiten noch vollkommen mit einem Deich und soliden Mauern umgeben, die bei einer Sturmflut das Dorf schützen sollten. Seitdem aber Teile der Leybucht komplett einge-deicht sind und das Greetsieler Fahrwasser nur noch durch die neue Schleuse in Leysiel erreicht werden kann, wären diese Deiche eigentlich nicht mehr notwendig. Sie prägen aber das Aussehen und den Charakter des Dorfes und so hat man sie erhalten. Besonders die alten, markanten Fassaden der umlie-genden Häuser sind immer wieder ein Anziehungspunkt für Touristen. Der Hafen ist nur durch ein Tor zu erreichen, das früher bei einer Sturmflut mit mächtigen Holzbalken geschlos-sen werden konnte. Hinter dem Tor zum Hafen gibt es parallel zum gemauerten Kai mit den Dalben, an denen die Fischkutter festmachen, eine breite gepflasterte Straße. Einige Netze, Kurr-bäume, Anker, schwere Motorteile und anderes Zubehör für die Fischkutter liegen dort. Links der Straße, gegenüber dem Kai, befinden sich einige Schuppen aus rotem Klinker. Früher waren dies die Genossenschaftsgebäude, in denen der Fang gewogen, verkauft und verrechnet wurde. Heute befinden sich ein Souvenirshop und eine aus dem *Otto-Film* bekannte Knei-pe darin. Nicht viele Fischkutter liegen zu dieser Tageszeit im Hafen. Die meisten sind rausgefahren, um den bekannten und beliebten Granat, so heißen hier die Nordseekrabben, zu fan-gen. Sie werden am Abend oder vielleicht auch erst in einigen Tagen wieder einlaufen.

Hinni fährt langsam durch das Hafentor und dann bis an das Ende des Kais. Sein Blick gilt den Fischkuttern, er sucht be-kannte Gesichter. Seitdem er als Junge mit seinem Onkel zum Fischen herausgefahren ist, hat sich hier manches verändert. Aber einige seiner früheren Freunde haben immer noch ihre Kutter, die aber inzwischen nicht nur mit starken Motoren aufgerüstet, sondern auch mit Radaranlagen und anderen modernen Navigations- und Funkanlagen ausgestattet sind.

Am Ende der Straße steht eine einsame Holzbude. Ein Schild preist an, dass hier Fischbrötchen und Getränke verkauft werden. Normalerweise ist der Stand um diese Jahreszeit von Menschen umlagert, die dort nicht nur den handgepulten Greetsieler Granat probieren, sondern gleichzeitig ihren Hunger stillen wollen. Heute aber stehen dort nur wenige Touristen in gelben Jacken und modischen Südwestern, die schnell und hastig in die Krabbenbrötchen beißen. Vielleicht trinken sie noch einen Kaffee, aber bei dem ungemütlichen Regenwetter mag sich niemand länger als notwendig dort aufhalten.

Hier geht auch der gemauerte Kai zu Ende, das Ufer geht in Schlick und flaches Wasser über. Das Fahrwasser, das aus dem Hafen heraus führt, fließt etwa dreißig Meter vom Ufer entfernt vorbei. Aber hier, zwischen Straße und Schlick, gibt es noch eine alte Helling, eine Art Rutsche, die vor vielen Jahrzehnten genutzt wurde, um die Boote der Seenotrettung im Bedarfsfall ins Wasser zu lassen. Aus irgendeinem Grund wurde die nie abgerissen, im Gegenteil. Sie erfährt nun neue Beachtung, weil landseitig am Ende der Helling auf dem Deich immer noch der alte Rettungsbootschuppen steht, der nun zu einem gut besuchten Bistro umfunktioniert wurde.

Zielsicher fährt Hinni rückwärts an die Helling heran, bis der Trailer kurz vor dem Wasser steht. Ohne das viel Worte gewechselt werden müssen, montiert er die Lichtleiste des Trailers ab, während Karl bereits eine längere Festmacherleine an die Steuerbord-Klampe am Bug des Jollenkreuzer knotet und die Zurrgurte entfernt. Dann klettert Karl an Bord und greift nach dem Bootshaken aus der Backskiste, während Renate die Festmacherleine hält.

„Okay, kannst zurücksetzen!"

Hinni fährt langsam rückwärts, bis der Trailer fast ganz in dem trüben schlickigen Wasser verschwunden ist. Als dann das Heck des Jollenkreuzers aufschwimmt, stößt Karl das Boot mit dem Bootshaken soweit zurück, das es vollkommen frei schwimmen kann. „Kannst den Trailer wieder rausfahren Hinni!"

Hinni macht das, die *Moi Wicht* ist nun frei und Renate zieht das Schiff mit der Leine an den Kai heran, drückt dann mit der Hand den Bug nach rechts, während Karl mit dem Bootshaken das Heck an Land zieht. Er hat auch schon die Fender in der Hand, die er an der Landseite des Schiffes an dem Handlauf auf dem Kajütdeck befestigt. Dann macht er die Achterleine auf der hinteren Klampe fest und wirft sie Hinni zu, der inzwischen sein Auto abgestellt hat. Der legt diese einmal um den Dalben, einen dicken Pfahl an dem normalerweise die Fischkutter festmachen und reicht sie zurück an Bord, damit Karl sie auf der Klampe auf dem Jollenkreuzer belegen kann. Auf Slip belegen wird das genannt und hat den Vorteil, dass das Schiff von Bord aus losgemacht werden kann, ohne das irgendeine Hilfe an Land nötig wäre. Dann belegt Karl noch die Vorderleine, die Renate durch einen auf dem Kai vorhandenen Ring gezogen hat und ihm reicht.

„Super", freut sich Hinni. „Hat ja wieder alles geklappt."

Für ihn ist es ein bewegender Moment. Endlich einmal liegt sein selbstgebauter Jollenkreuzer, seine *Moi Wicht*, im Greetsieler Hafen zwischen den Fischkuttern. Das war schon sein Traum als Junge, einmal von hier aus ins Watt zu fahren, ohne ständig dran denken zu müssen, ob auch genügend Granat gefangen wurde, damit die Kosten für den Diesel, den Verschleiß der Netze und anderer dringender Reparaturen gedeckt werden konnten.

„Wenn das mit dem Mastaufstellen auch so klappt, gebe ich nachher ein Granatbrötchen aus", versucht er Renate und Karl zu motivieren.

Das ist aber gar nicht notwendig, beide sind schon auf dem Schiff. Renate löst die Bändsel, mit denen der Mast für den Transport gesichert war, Karl überprüft die Wanten und das Vorstag mit dem Profil für das Rollsegel und montiert noch den Verklicker, den Windanzeiger, auf das Masttopp neben die rot-grüne Positionslampe.

„Alles klar, wo ist der Mastbolzen, Hinni?"

Hinni springt ohne Antwort auch auf das Boot und zu Dritt legen sie den Mast so, dass das untere Ende genau in den Mastkoker auf dem Kajütdeck passt. Der Masttopp ragt nun achtern weit über das Heck hinaus. Dann holt er den Mastbolzen aus der Hosentasche, steckt ihn in das rechte Loch in den Koker und weiter durch die Bohrung in dem Mast. Er bewegt den Mast etwas, bis der Bolzen auch durch das Loch auf der anderen Seite des Kokers gleitet und schließlich das Gewinde herausschaut. Dann schiebt er noch eine Unterlegscheibe, die sich auch in seiner Hosentasche findet, darüber und schraubt zwei Gewindemuttern darauf, die sich gegenseitig sichern. „Mastbolzen ist klar!"

Der nun folgende Akt des Maststellens ist eine heikle Aufgabe, die man sich mit Hilfe eines Mastkrans oder eines Jütbaums, einer speziell konstruierten Hilfsvorrichtung, erleichtern kann. Im Greetsieler Hafen gibt es aber keinen Kran und einen Jütbaum braucht Hinni auch nicht. Sein Mast ist aus Holz, aus sehr leichter aber biege- und bruchfester kanadischer Spruce-Fichte und zudem noch aus vier Brettern verleimt. Dadurch ist der Mast innen hohl und entsprechend leicht. Das ist nicht nur ein großer Vorteil beim Segeln, weil die Krängung dadurch verringert wird, es erleichtert natürlich auch das Stellen des Mastes erheblich.

„Renate, du gehst nach vorne, ziehst am Vorstag und schäkelst es ein, sobald der Mast steht."

„Okay, pack' mers!"

Karl und Hinni heben erst hinten den Mast an, drücken ihn hoch bis über ihre Köpfe, gehen dabei durch das Cockpit nach vorne und drücken immer weiter, bis er fast senkrecht steht. „Renate ...", schnauft Hinni.

Renate hat die Aktion durch kräftiges Ziehen an dem Vorstag unterstützt und dreht schon den Schäkelbolzen durch den Beschlag, mit dem das Vorstag ganz vorne auf dem Deck befestigt wird. „Alles klar! Der Bolzen ist drin."

Der Mast steht, aber er wackelt noch. Die Wanten sind noch nicht richtig festgezogen und das Achterstag, dass den Mast nach achtern sichert, baumelt auch noch lose am Mast herunter.

Hinni legt sich auf das Kajütdeck, den Kopf direkt neben dem Mast. Er peilt nach oben und weist dann Karl und Renate an, die beiden Wanten, die sich an jeder Seite befinden, mit den Wantenspannern so anzuziehen, das der Mast exakt gerade ausgerichtet ist. Das dauert eine Weile, aber schließlich ist Hinni zufrieden, er geht auf das Achterschiff und stellt sich genau in der Schiffsmitte auf. „Karl und Renate, stellt ihr euch bitte auch genau in die Mitte, damit wir absolut keine

Schlagseite haben. Ich will noch mal peilen, ob der Mast auch genau senkrecht steht."

Er bringt die Peilung des Mastes mit der senkrechten Wand eines Hauses an Land zur Deckung und stellt befriedigt fest, dass die beiden Linien genau übereinstimmen.

„Super", freut er sich. „Wenn die Maurer dort drüben sauber gearbeitet haben, dann steht unser Mast auch lotrecht. Ihr könnt das Achterstag festmachen."

Das Achterstag – wie der Name schon sagt – hält den Mast nach hinten. Da jedoch das Vorstag etwas tiefer am Mast ansetzt als das Achterstag, kann man eine Krümmung des Mastes bewirken, wenn man es fest genug anzieht. Diese Krümmung ist teilweise erwünscht und für den Segeltrimm des Schiffes wichtig. Denn dadurch bekommt das Segel, wenn es am Mast angeschlagen ist, einen mehr oder weniger ausgeprägten Bauch. Dieser Bauch verändert die Segeleigenschaften und als grobe Regel gilt, dass das Segel bei wenig Wind viel Bauch und bei viel Wind weniger Bauch haben sollte. Aus diesen Grund befindet sich auf Hinnis Jollenkreuzer am unteren Ende des Achterstags eine Talje, eine Art Flaschenzug, mit dessen Hilfe das Achterstag verkürzt oder verlängert werden kann. Im Moment wird die Spannung aber nur grob eingestellt. Die Feinheiten erfolgen später beim Segeln, je nach Wind und Kurs.

Das Wetter hatte sich bisher gehalten, ab und zu kam in der letzten Stunde sogar die Sonne heraus, aber nun ziehen wieder Wolken auf. Die Elf-Uhr-Regel scheint heute außer Kraft gesetzt zu sein. Hinni schaut prüfend in den Himmel: „Wird gleich nochmal einen Schauer geben", vermutet er. „Los, wir hängen das Ruder noch ein und mit dem Anschlagen der Segel warten wir, bis der Schauer vorbei ist."

Er holt die Pinne und den Ruderkoker aus dem Landcruiser, der zum Glück Platz genug für diese sperrigen Teile hat und montiert ihn mit Karls Hilfe in die entsprechen Bolzen am Spiegel des Jollenkreuzers. Karl arretiert noch den Sicherungsstift, während Hinni schon die Ruderpinne anbringt. Dann krempeln beide die Ärmel auf, legen sich auf das Achterdeck und befestigen das bewegliche Ruderblatt aus Edelstahl in dem Ruderkoker. Hinni bringt noch das Fall zum Hochziehen des Ruderblattes an und prüft, ob auch alles richtig funktioniert. Er ist zufrieden. „Jo, passt!"

„Vesper", fordert Renate dann. „Allmächd, hab' ich an Hunger und Durscht!"

Hinni nickt: „Geht klar! Bierchen, Karl?"

Karl schüttelt den Kopf: „Nee, lass mal, jetzt nicht. Lieber einen Kaffee."

Die Verkaufsbude am Hafen ist auch mit den modernen Segnungen eines *Coffee-To-Go* ausgestattet. Renate lässt sich von Hinni seine Geldbörse geben und geht an den Stand. Es ist sein Schiff, es ist seine Regatta, es ist sein Greetsiel, also darf er auch bezahlen. Sie und Karl frieren sich hier nur den Hintern für ihn ab.

„Drei Kaffee, drei Granatbrötchen", bestellt sie und als nach ein paar Minuten das Ganze über die Theke gereicht wird, drückt sie einen Teil davon Hinni in die Hand, der ihr gefolgt ist.

„Moin Wipke", begrüßt der die nicht mehr ganz so junge Frau, die dort offensichtlich für das Pulen der Krabben und das Belegen der Brötchen zuständig ist. Die dreht sich um und ruft erstaunt: „Hinni! Wor kummst du dann weg? Di hebb ich ja lang neit seen."

Hinni gibt ihr die Hand und dann drückt er sie über den Tresen hinweg. Ein Wangenkuss, das hat sich sogar bei den Ostfriesen eingebürgert, aber hier geht es doch etwas intensiver zu. Eine alte Jugendliebe, vermutet Renate.

Die beiden unterhalten sich sehr angeregt und schnell, Renate versteht kaum etwas, nur das Hinni sich unter anderem nach einem Stinus, was auch immer das sein mag, erkundigt und wo ein bestimmtes Schiff liegt. Als die ersten Regentropfen fallen, zupft sie Hinni am Arm: „Los, wir gehen unter Deck, nass werden möchte ich hier nicht"

„Jo", sagt der zu Renate und zu seiner alten Freundin, die offensichtlich Wipke heißt: „Ick mutt, wi proten uns noch!"

„Ick segg di Bescheed, Hinni", ruft die ihm noch nach, während Hinni und Renate zum Boot sprinten.

Karl hat den Niedergang schon geöffnet und so können die beiden durch das Cockpit direkt in den Niedergang springen. Die Polster hat Hinni schon zu Hause herausgenommen und in seiner Scheune gelagert – bei der Regatta muss jedes Gramm Gewicht gespart werden – und so müssen sie es sich auf den harten Polsterunterlagen aus Sperrholz so bequem wie möglich machen.

Sie genießen die Brötchen mit dem frischen Granat, von Hand gepult in Greetsiel und nicht irgendwo in Marokko oder Polen. Ohne einige tausend Kilometer Transport dazwischen und ohne wahrscheinlich dreimal eingefroren und aufgetaut worden zu sein. Richtig gut und frisch schmecken die, nach See, Salzluft und Schiff.

Karl und Hinni vermissen Zucker in ihrem Kaffee, da hat

Renate mal wieder nicht dran gedacht. Sie selber braucht keinen Zucker und dafür darf sie dann auch mal einen Becher mehr trinken. Karl findet aber noch die Zuckerdose in der Pantry, schüttet davon etwas in seinen Becher und gibt die Dose an Hinni weiter. Einen Löffel zum Umrühren findet er auch noch, aber der muss für beide genügen. „Das muss alles noch von Bord", ordnet Hinni an. „Pott un Pann und alles was da noch rumsteht. Plünnen, Handtücher und Werkzeuge. Alles was nicht unbedingt gebraucht wird. Ich fahre nachher das Auto ran, dann können wir das gleich umladen."

„Aber die Segel dürfen schon noch an Bord bleiben?", fragt Karl etwas spitz.

„Jo, die schlagen wir nachher an, aber erst muss es aufhören zu regnen! Mach' mal die Luke überm Niedergang zu, sonst regnet es hier noch herein."

Renate sitzt mit dem Rücken zur hinteren Kajütwand, dem Schott. Sie hat die Beine herangezogen und kuschelt sich in ihre Segeljacke.

„War das gerade eine alte Freundin von dir, Hinni?", fragt sie. „Die scheint dich immer noch zu mögen!"

„Nee, aber von Stinus!"

„Was ist denn bitte ein Stinus?", will Renate wissen und Karl grinst heimlich.

Hinni guckt etwas verwirrt: „Wie, was ist ein Stinus? Stinus ist Stinus, der heißt so!"

„Ein Name?", Renate kann es nicht fassen. Mit welch merkwürdigen Namen ihr schon Leute in Ostfriesland vorgestellt wurden ... Boje, Tjark, Eibo, Klaas, Enno, Tammo, Immo ... Und dann immer noch mit den gleichen Nachnamen.

Tammo Tammen, Enno Ennen, Tjark Tjarksen, Klaas Klaasen ... Und die Mädchen sind auch nicht besser dran, findet sie. Welcher halbwegs intakte Mann will schon mal eine Okka, Mareike, Frauke, Rieke, Wipke, Wiebke oder Talea heiraten? Ihrer Meinung nach fällt es unter den Straftatbestand der seelischen Grausamkeit, den Kindern solche Namen zu geben. Schorsch, Bibbi, Riene, Helmers und Dieder, das sind doch ehrliche christliche Namen, die den Leuten ein Gesicht und Profil geben.

Hinni aber erzählt schon weiter: „Stinus ist der Sohn von einem Kumpel meines Onkels. Der hatte auch einen Fischkutter, den Stinus übernommen hat. *Meine Heimat*, hieß der oder heißt immer noch so. Und Wipke hat mir gerade erzählt, das der nachher noch hereinkommt, wenn er es bei der ablaufenden Tide noch schafft, bis zur Schleuse zu kommen. Dann gibt es frischen Granat für heute Abend, zum selber pulen."

„Fein, da freue ich mich. Ich kaufe dann nachher noch Schwarzbrot dazu und scharfe Sauce, die magst du doch so gern, Karl? Oder nicht mehr? Du kommst dann doch mit zu uns, hoffe ich mal!"

„Das lässt sich machen, gerne sogar", freut sich auch Karl.

Der Regen ist inzwischen weniger geworden und wird gleich ganz aufhören, behauptet Hinni. „Wollen wir noch die Segel anschlagen?"

Karl zieht den Großbaum aus dem Vorschiff und trägt ihn mit Renates Hilfe auf das Deck. Er steckt den Lümmel, den Befestigungsbolzen, in den Beschlag am Mast. Renate hält den Großbaum hinten hoch und schlägt die Dirk an, die Karl ihr reicht. Mit der Dirk, einer langen Leine, die oben am Mast durch eine Rolle läuft, kann der Großbaum waagrecht in der richtigen Höhe gehalten werden kann. Dann sucht Karl die

Großschot aus der Backskiste und bringt auch diese an. Probehalber zieht er ein paar Mal und ist mit dem Resultat zufrieden. Nichts hat sich verdreht oder vertörnt und die Schot läuft leicht in den Rollen. Dann wird noch der Baumniederholer, der den Großbaum nach unten fixiert, angebracht und die Segel können angeschlagen werden.

„Fertig! Wo bleibt denn Hinni mit den Segeln?"

Hinni hat auf dem Weg zum Auto noch einen Abstecher zu Wipke gemacht. Er steht nun an der Bude, unterhält sich angeregt mit ihr und scheint ganz vertieft in das Gespräch zu sein.

„Komm', wir müssen die Segel selber holen. Hinni scheint seine Jugendliebe wieder entdeckt zu haben. Von wegen ehemalige Freundin von Stinus", meint Renate.

Drei Segelsäcke liegen in Hinnis Landcruiser und Karl und Renate schleppen die zum Schiff.

„Die Säcke sehen so neu aus", stellt Karl fest. „Hat Hinni mal wieder einen Besuch beim Segelmacher gemacht?"

„Kann man wohl sagen! Seitdem die Regatta in seinem Kopf herumspukt, spinnt er total. Ich weiß gar nicht, was daran so wichtig für ihn ist. Klar, ich mag Regatten, ich will auch gewinnen, stelle aber doch nicht mein ganzes Leben deshalb auf den Kopf."

Karl wirft die beiden Segelsäcke in das Cockpit und Renate wirft ihren hinterher. „Das sitzt ganz tief, Renate. Der Vater von Geerd Geerdes hatte die Agentur gegründet, die Geerd jetzt weiterführt. Der hat alles in Ostfriesland versichert, von der Kuh bis zum Fischkutter. Und irgendwann hat er mal die Mutter von Hinni ordentlich beschissen, als Hinnis Vater gestorben war. Was da genau war, erzählt Hinni nicht! Vielleicht weiß er es auch gar nicht so ganz genau. Das Ganze war

allerdings rechtlich einwandfrei oder zumindest Auslegungs-
sache, und der alte Herr Geerdes hat das sehr zu seinen Gunsten ausgelegt. Es geht Hinni auch nicht nur ums Geld, sondern um das unfaire Verhalten. Unter Ostfriesen macht man
so etwas nicht, trauernde Witwen übers Ohr zu hauen. Und
Geerd scheint nun in die gleichen Fußstapfen zu treten. Wenn
du einmal genau herumfragst, wirst du erfahren, dass er nicht
wirklich beliebt ist. Die Leute im Verein folgen ihm, weil er
Einfluss hat und man sich Vorteile erhofft."

„Also ist der ein richtiges Arschloch!"

„Genau. Für Hinni war es bisher immer ein Triumph, dass
er jede Regatta gegen Geerd überlegen gewonnen hat. Aber
nun rüstet der auf, weil er das Geld dazu hat und das wurmt
Hinni. Für ihn soll der Bessere siegen und nicht der, der sich
das teuerste Schiff und das beste Material kaufen kann."

„Aber Hinni könnte sich doch ein größeres Schiff kaufen?"

„Locker! Das sagt jedenfalls Jan, der seine Vermögensver-
hältnisse etwas besser kennt. Aber dieses Wettrüsten mag er
nicht."

„Was passiert, wenn Geerd diesmal tatsächlich Sieger wird.
Der scheint einige unsportliche Tricks auf Lager zu haben, so
wie die Sache neulich mit dem Yardstick."

Karl schaut Renate an: „Das weiß ich auch nicht, dann geht
die Welt unter. Aber nun schlagen wir das Großsegel an."

Er schüttelt das funkelnagelneue Segel aus dem Sack und
stößt einen erstaunten Pfiff aus, als er das Logo eines renommierten Segelmachers entdeckt. „Da hat Hinnis Konto aber ein
großes Loch bekommen, oder?"

„Ach, ich glaube noch teurer waren die ständigen Fahrten

nach Hamburg. Er wollte jedes Detail wissen und seine Vorstellungen einbringen. Schau", sie hält einen Teil des Segels in der Hand und zeigt ihn Karl. „Dacron, 240 Gramm pro Quadratmeter, Semiradialschnitt. Formstabil getempert und mit Harz fixiert. Und natürlich im Vakuumbett mit Laser zugeschnitten, da sollte auch nicht die kleinste Falte sichtbar sein."

„Wow", Karl befühlt das feine Tuch. „Und in den beiden anderen Säcken sind die Vorsegel?"

„Ja, Hinni hat sich eine kleinere Fock gekauft, die will er bei starkem Wind anschlagen. 320 Gramm Dacron mit Horizontalschnitt, also ganz klassisch. Und für leichteren Wind hat er sich eine große Genua Eins mit Radialschnitt angeschafft, fast 20 Quadratmeter, also viel größer als das Großsegel."

„Nobel, nobel", meint Karl nur. Ob das klassenkonform ist, darüber will er lieber erst gar nicht nachdenken. Das soll Hinni mit sich selber ausmachen. Beide ziehen das Unterliek des Großsegels in die Nute am Großbaum, dann pickt Karl den Schäkel des Großfalls in den Kopfbeschlag ein und wartet auf Renate, die gerade die kugelgelagerten Rutscher am Vorliek des Segels in die Schiene am Mast einführt.

„Okay, kannst das Segel hissen! Zeich 'nauf, Karl!"

Der Wind drückt nun in das Segel und will die *Moi Wicht* vom Steg wegdrücken. Karl öffnet deshalb die Großschot noch weiter und lässt das Segel lose flattern.

Das Geräusch der knatternden Segel hat Hinni zurück auf das Schiff gelockt und als ob er die ganze Zeit dabei gewesen wäre, stellt er fest: „Jo, passt alles. Nur die Reffleinen müssen wir noch einziehen."

Er legt die Leinen bereit und dann ziehen er und Renate die Reffleinen durch die Ösen im Achterliek und belegen sie an den kleinen Klampen am Großbaum. Erst wird die untere Leine eingezogen, dann die obere. Dann lässt Karl das Segel fallen, es rauscht ohne zu klemmen herunter und fällt in die Lazy Jacks. Schließlich wird es noch ordentlich auf dem Großbaum aufgetucht, also fein säuberlich zusammengefaltet und mit Bändseln befestigt. Gerade noch rechtzeitig, denn schon wieder naht ein Regenschauer.

„Und nu?" Für Hinni ist das keine Frage, sondern eine Feststellung nach getaner Arbeit.

„Und nu", sagt Renate, „brauche ich nochmal einen Kaffee. Der kalte Wind ist mir in die Knochen gegangen. Soll ich euch einen mitbringen?"

„Nee", lehnt Karl ab. „Ein richtiger Tee wäre mir lieber." Ein richtiger Tee ist für ihn ein Ostfriesischer Tee, aus dünnen Tassen getrunken, mit Kandis und Rahm. Den bekommt er hier in dem Fischbrötchenstand aber nicht.

Renate geht also alleine zu der Bude. „Moin Renate", wird sie gleich von Wipke begrüßt. „Hinni hat mir schon von dir erzählt und dass du jetzt mit ihm zusammen bist. Wird auch mal Zeit, das der in feste Hände kommt."

Renate ist erstaunt. Erstens weil Wipke sie gleich duzt, das bedeutet, dass Hinni nur Gutes über sie erzählt hat und zweitens, dass Wipke fehlerfreies Hochdeutsch spricht. Sie ist wieder einmal überrascht, wie schnell die meisten Ostfriesen von ihrem Genuschele ins Hochdeutsche wechseln können.

„Hallo Wipke!" Renate lässt sich ihre Überraschung nicht anmerken. „Machst du mir einen Kaffee? Oder kann ich auch einen Cappuccino haben?"

„Cappuccino geht auch. Dauert nur einen kleinen Moment.

Zwei Euro!"

Renate legt das Kleingeld auf den Tisch und nimmt nach einer Weile ihren Becher in Empfang. Wortlos schiebt ihr Wipke den Zucker hin und mustert Renate intensiv. „Du hast es also geschafft Hinni einzufangen? Hast du etwas Besonderes an dir?"

Renate hört ein wenig Eifersucht oder Wehmut aus ihrer Stimme, aber soll sie hier mit einer unbekannten Frau ihre Beziehung diskutieren? Sie weiß, dass Hinni früher – und auch jetzt noch – von vielen Mädchen oder Frauen angehimmelt wurde. Aber das blieben alles kurzfristige Beziehungen. Hinni wollte im Grunde genommen und auf Dauer nie willige Mädchen. Er braucht auf Dauer eine starke Frau, die er respektieren kann.

„Was soll Besonderes an mir sein? Ich war auf einem Törn mal Hinnis Skipper und er musste spuren!"

„Von dem Törn hat Hinni gerade erzählt. Im Mittelmeer war das, oder? Aber kein Wort, das er spuren musste." Wipke lacht, die Vorstellung erheitert sie ganz offensichtlich. „Und das hat er wirklich getan? Oh, wenn ich das hätte sehen können! Früher mussten wir Mädchen spuren, Hinni wusste immer genau wo es lang ging."

„Und zum Heiraten hat es nie gelangt?" Jetzt lacht auch Renate. „Habt ihr nicht genug gespurt?"

„Vielleicht. Aber ich hätte ihn auch nicht wirklich heiraten wollen. Dafür hatte er zu viele Weibergeschichten gleichzeitig. Obwohl er ein toller Kerl war und ein guter Mann gewesen wäre, aber die Mädchen haben es ihm zu leicht gemacht. Nee, ich habe den Stinus genommen! Willst du noch einen Cappuccino?"

„Nein danke. Ich muss zurück, Hinni will das Schiff fertigmachen!"

„Oh ja, die Regatta. Da habe ich schon von gehört. Wir drücken Hinni natürlich alle die Daumen." Und dann fällt sie doch ins Ostfriesische: „Man de Geerd mit sien Angeberschipp ..."

Und bevor Renate geht fügt sie noch hinzu: „Und dann kannst du Hinni noch sagen, das er sein Schiff im Moment da liegenlassen kann wo es jetzt liegt. Ich habe gerade mit Stinus über Funk telefoniert. Der kommt erst heute Abend spät mit der Flut herein und ab morgen kann Hinni dann bei ihm längsseits liegen. Stinus fährt diese Woche nicht mehr raus."

Jan hat sich den nächsten Nachmittag freinehmen können und sie sind alle Vier nach Greetsiel gefahren. „Regattatraining für alle", hat Hinni angeordnet.

Sie haben die *Moi Wicht* neben den Kutter *Meine Heimat* von Stinus verholt und vorher einige schwere Kanister an Bord gebracht, die nun in der Kajüte liegen. Je drei Stück liegen auf der Backbord- und Steuerbordseite.

„Was ist da eigentlich drin?", fragt Jan und zeigt auf die Zwanzigliter-Kanister.

„Wasser", meint Hinni gelassen. „Dachtest du Schnaps?"

„Nee, aber was willst du mit soviel Wasser. Ich dachte wir wollen Gewicht sparen?"

„Nicht wenn das Gewicht an der richtigen Stelle ist. Karl, was sagt der Wetterbericht für Samstag?"

Karl kratzt sich am Kopf: „Ist zwar bisher nur eine Drei-Tage-Vorhersage, aber es scheint einen steifen Nordwest zu geben. Vier bis fünf Beaufort. In Böen auch sechs. Das Tief bleibt uns etwas länger erhalten, als gestern noch vorhergesagt."

Sechs Beaufort, das ist für einen Jollenkreuzer, der keinen schweren Ballastkiel sondern nur ein 25 Kilogramm schweres Schwert hat, schon ein ordentlicher Wind. Große Yachten, so wie das von Geerd, die einige Tonnen Blei oder Stahl im Kiel haben, kommen bei diesen Windgeschwindigkeiten erst richtig ins Laufen. Aber Jollenkreuzer erreichen fast ihre Grenze und erfordern gute Seemannschaft und viel Erfahrung um sicher zu segeln. Erst Recht bei einer Regatta mit hoher emotionaler Belastung und vielen Ausweichmanövern.

Dazu kommt, dass Jollenkreuzer bei diesem Wind eine starke Krängung bekommen und das verringert natürlich die Geschwindigkeit enorm. Jeder Skipper versucht, sein Schiff möglichst aufrecht oder nur mit leichter Schräglage zu segeln.

„Dann schlagen wir am besten die kleine Fock an. Kannst die Genua gleich wieder ins Auto bringen, Jan."

„Aber was ist denn nun mit den Kanistern", will Jan endlich wissen und auch Karl schaut Hinni fragend an.

„Trimmballast", sagt der lapidarisch. Karl ahnt etwas, aber Jan steht noch auf der Leitung. „Aha, Trimmballast", wiederholt er etwas einfältig.

„Meinst du so etwas wie auf Kreuzfahrtschiffen oder manchen großen Regattayachten?", überlegt Karl. „Wo sich große Wassertanks auf jeder Seite befinden und riesige Pumpen das Wasser auf die jeweils richtige Seite befördern."

„Genau!", sagt Hinni.

„Wo bitte ist die Pumpe und wo bekommen wir die Energie her?", will Jan wissen.

„Du bist die Pumpe, Jan! Und Energie? Must vorher eben gut essen!"

„Was? Wie nun genau?"

„Also, ich gehe ans Ruder als Skipper, das hatten wir ja schon so ausgemacht!"

„Klar!"

„Karl macht die Regattataktik, der kennt sich mit den Regeln am besten aus."

Karl nickt.

„Renate geht an die Vorschot."

Jan wird ungeduldig, das war alles schon besprochen.

Hinni lässt sich nicht beirren: „Und bei dem Wind brauchen wir ordentlich Gewicht auf der Kante. Karl bringt achtzig Kilo, ich auch, aber Renate ist ja man nu 'n bietje spillich. Das ist zusammen nicht sehr viel, aber normalerweise reicht das. Um aber schnell und aufrecht zu segeln, brauchen wir mehr Gewicht in Luv. Und deshalb, Jan, wirst du die Regatta entscheiden!"

Jan hat es kapiert. „Das heißt, ich soll andauernd 120 Kilo Wasser von Lee nach Luv stauen und das nach jeder Wende?"

Hinni grinst: „Sogar ein bisschen mehr, Jan. Ich habe Salzwasser eingefüllt, das ist etwas schwerer."

Jan kann es kaum fassen, er fürchtet schon jetzt um seinen Rücken. Im engen Fahrwasser und gegen den Wind müssen viele Wenden gefahren werden. Da werden diejenigen, die den Regattakurs auslegen, schon für sorgen. Sonst wäre es nicht wirklich spannend. „Nicht im Ernst, oder?"

Renate rückt näher zu ihm und nimmt ihn in den Arm: „Jan, wir wissen, das du ein guter Vorschoter bist und wir dich eigentlich auch im Cockpit gebrauchen. Aber wer soll das mit dem Trimm sonst machen? Wie Hinni schon sagte, ich bin dafür ja zu – spillig, oder wie das heißt!"

„Das war ein Kompliment, Renate", erklärt ihr Karl. „Spillig bedeutet dünn oder schlank!"

Karl geht auch davon aus, dass Jan diese Aufgabe übernimmt. „Aber Jan, du darfst dich dabei natürlich nicht sehen lassen. So ganz regelkonform ist das nämlich nicht. Aber wirkungsvoll, sonst wäre es erlaubt!"

„Also wollt ihr mich da unten auch noch einsperren", fragt Jan ganz entgeistert.

„Müssen wir ja wohl", meint Hinni darauf. „Zum Glück wirst du nicht seekrank."

Damit ist für ihn das Thema erledigt. Jan zweifelt immer noch aber als Hinni „Ablegen" anordnet, ist er fürs erste versöhnt. Einfach ein paar Schläge segeln, so hatte er sich den Nachmittag vorgestellt und einen halben Urlaubstag geopfert.

Das Großsegel ist schon oben, Karl und Renate lösen die Leinen, stoßen die *Moi Wicht* von dem Fischkutter ab und dann fasst der Wind auch schon in das Segel. Hinni manövriert es vorsichtig durch das enge Fahrwasser, an den anderen Kuttern vorbei, bis er die Ausfahrt des Hafens erreicht hat. Jan zieht die Rollfock heraus und belegt die Schot. Der Wind ist heute nicht so stark, zwei oder drei Beaufort vielleicht. Da aber die große Genua an Land geblieben ist, muss die kleinere Fock heute genügen. Und es ist auch besser, die Manöver mit der Fock zu üben, wenn dieses Segel mit hoher Wahrscheinlichkeit auch bei der Regatta eingesetzt werden soll.

Rechts von ihnen liegt die Yacht Marina von Greetsiel, in der Geerds neues Schiff liegt.

„Warum liegt die *Moi Wicht* im Fischerhafen und nicht hier in der Marina", will Jan wissen. „Hier wäre es doch viel praktischer. Alle Liegeplätze haben Wasser- und Stromanschluss und wir müssten nicht über andere Fischkutter turnen, um an Bord zu kommen."

„Stimmt", meint Hinni, „Aber Geerd hätte gleichzeitig auch ständig ein Auge auf uns. Der muss gar nicht wissen, was wir an Bord so machen und die Trimmkanister gehen ihn auch nichts an."

Hinni entdeckt auch gleich Geerds Schiff, unübersehbar liegt es am Außensteg.

„Alle Schoten los", kommandiert er. Er möchte so langsam wie möglich an dem Schiff seines Gegners vorbei treiben, vielleicht gibt es noch etwas zu entdecken. Nicht das Hinni das Schiff noch nie gesehen hätte. Er war in den letzten Wochen schon ein paar Mal in Greetsiel, um es sich genau anzusehen und das Potential abzuschätzen. Heimlich natürlich, nicht das noch jemand denkt, er interessiere sich für Geerds Schiff. Nur den Hafenmeister, einen alten Kumpel aus seinen Greetsieler Zeiten, hat er gefragt. Aber viel konnte der ihm auch nicht mitteilen. Nur soviel, dass das Schiff dort nur liegt und kaum bewegt wird. Geerd fährt selten damit heraus, kommt aber öfter mal in Damenbegleitung an Bord. „Dann wird aber nicht gesegelt", fügte er noch grinsend hinzu.

Es hat sich nichts verändert, stellt Hinni nun beruhigt fest. Keine neuen High-Tech-Segel, keine professionelle Crew an Bord, die fleißig übt. Auch Karl und Jan betrachten das Schiff gelassen. Ihr Segeltörn mit Renates Schiff, das noch einige Fuß länger ist, verlief ohne größere Aufregung oder Probleme und sie haben gelernt, dass auch große Schiffe ganz normal im Salzwasser schwimmen und die gleichen Regeln der Physik gelten. Aber große Schiffe sind eben nach diesen Regeln etwas schneller. Länge läuft, heißt es nicht ohne Grund, aber das wird durch den Yardstick ausgeglichen.

Auch Renate betrachtet das Schiff aufmerksam und vergleicht mit ihrer *Makan Angin*. Ein kurzes Bugspriet hat es und zwei Vorstage hintereinander mit je einem Rollsegel, stellt sie fest. Das ist praktisch, weil man dann bei starkem Wind das größere Segel, die Genua, nicht so weit einrollen muss. Man nimmt es einfach ganz weg und rollt dafür die kleinere Fock aus. Wenn nämlich die großen Vorsegel zu weit eingerollt werden, verlieren sie ihre bauchige Form. Die Wirkung des Segels wird dadurch geringer, es zieht nicht mehr und das Schiff wird langsamer.

Das Großsegel hat ein *Main Drop System*. Es liegt auf dem Großbaum aufgetucht in sogenannten Lazy Jacks, einer Hilfsvorrichtung, bei der seitliche Leinen neben dem Segel gespannt sind. Diese führen das Segel beim Herunterlassen so, das es genau in den Lazy Bag, eine Art länglichem Segeltuchsack der auf dem Großbaum befestigt ist, fällt. Ist das Segel unten, braucht man nur den Reißverschluss zuzuziehen und das Segel liegt geborgen und vor Wind und Wetter geschützt in diesem Sack.

Sonst ist nicht viel zu sehen, ein relativer gerader, senkrechter Bug, der verlängert die Wasserlinie und erhöht damit das Geschwindigkeitspotential. So ist jedenfalls die gängige Meinung. Ein relativ breites Heck, das achtern für einen guten Wasserablauf sorgt und die energievernichtende Heckwelle verringert. Ansonsten ist das Schiff sehr konservativ gebaut: Teakholz auf dem Deck, die Kajüte im hinteren Bereich etwas höher damit man im Schiff aufrecht stehen kann und ein relativ kurzes Cockpit mit einem Ruderrad am Heck.

Alle zucken mit den Schultern, eine Yacht eben, etwas teurer vielleicht, aber auch teure Yachten segeln sich nicht von selber. Selbststeueranlagen, Autopilot, Radar und Kartenplotter nutzen bei einer Regatta wenig, und wenn die auch noch im Wattenmeer bei ständig wechselnden Strömungen stattfindet schon gar nichts. Da braucht man Revierkenntnisse, Erfahrung und Instinkt.

„Holt die Schoten man wieder dicht", ordnet Hinni an. „Viel gibt es da nicht zu sehen."

Das Fahrwasser biegt westlich nach links ab, der Wind kommt nun fast von vorne. Eine gute Gelegenheit um das Kreuzen zu üben und dabei gleich Jans Fähigkeiten als Trimmer zu testen.

„Geh' du schon mal nach unten, Jan. Wenn ich ‚Klar zur Wende' sage dann weißt du, dass wir gleich auf einen anderen Bug gehen. Kannst dann schon mal anfangen, die Kanister auf die andere Seite zu stauen."

Die Schoten werden dichtgeholt, Hinni geht so weit wie möglich an den Wind. Eine kurze Weile kann er diesen Kurs halten, aber dann sind die Pricken am Rand des Fahrwassers erreicht. „Klar zur Wende!"

„Ist klar." Renate steht ist auf ihrer Seite bereit um die Schot zu lösen, Karl hat die Schot auf der anderen Seite schon in der Hand und Jan wuchtet tatsächlich schon den ersten Kanister auf die andere Seite.

Hinni drückt die Pinne: „Ree!"

Und gleich darauf kommt das Kommando: „Hol über die Fock!"

Renate wirft ihre Schot los, Karl holt die auf seiner Seite dicht und belegt sie. Das alles läuft relativ mühelos und routiniert ab. Hinni ist zufrieden.

„Und wie sieht es bei dir aus, Jan?"

Jan keucht: „Alles klar, alle Kanister sind jetzt an Backbord. Aber mach' bloß nicht zu viele Wenden."

Jans Krafteinsatz hat sich gelohnt, der Jollenkreuzer schiebt tatsächlich weniger Lage und segelt jetzt aufrecht und schnell dahin. Hinnis Idee scheint nicht schlecht zu sein, wenn auch nicht so ganz legal.

Sie üben das noch ein paarmal bis Jan schließlich protestiert: „Jetzt möchte ich mal ausgewechselt werden."

Hinni überhört das, aber da das Fahrwasser hier ohnehin breiter wird, fällt er etwas ab und fährt einen angenehmen Kurs zum Wind, ohne ständig wenden zu müssen.

„Komm rauf, Jan. Bist vorläufig erlöst. Aber du solltest zu Hause noch fleißig trainieren. Mach mal ein paar Kraftübungen, ich kann dir noch ein paar Kanister mitgeben."

6. Kapitel (Dritter Tag nach der Regatta)

Die Befragung des Hafenmeisters ist bisher nicht sonderlich ergiebig verlaufen, findet Susi Wildtfang. Nicht nur, dass der Mann in der Tatnacht nichts gesehen oder gehört haben will, er ist auch sehr wortkarg und fühlt sich in der Polizeiinspektion offensichtlich unwohl. Er nestelt unnötig mit seinen feuchten Händen herum und auf seiner Stirne bilden sich Schweißtropfen, obwohl die Raumtemperatur völlig normal ist. Die Polizei scheint nicht sein Freund zu sein, obwohl sich Susi um einen freundschaftlichen und formlosen Ton bemüht. Sogar einen Kaffee hat sie ihm spendiert. Um ihn etwas aufzulockern, fragt sie einige persönliche Dinge, nach seiner Familie und schließlich nach seinen Aufgaben. Aber der Mann bleibt verschlossen: „Ich bin man nur so'ne eine Art Hausmeister. Stege sauber halten, Lampen reparieren, morgens aufschließen und abends abschließen."

„Und wann schließen Sie abends ab?"

„Wenn's dunkel wird."

„Also im Sommer so um zehn Uhr herum! Und morgens, wann machen Sie das Tor auf?"

„Um acht Uhr, dann fängt mein Dienst offiziell an."

Susi schaut auf den Bogen, der vor ihr liegt. „Sie wohnen in Greetsiel im Schulweg, haben Sie angegeben. Wo ist das?"

„Gleich überm Deich."

„Da haben Sie es ja nicht weit, dass ist praktisch, oder?"

Der Hafenmeister nickt nur.

„In der Nacht kommen die Bootsbesitzer also nicht zu Ihren Booten oder wieder aus der Marina heraus?", hakt Susi nach.

„Doch schon, alle Liegeplatzinhaber haben einen Schlüssel für das Tor."

„Und die Gastlieger, bekommen die auch einen Schlüssel?"

„Wenn die wollen ja, gegen ein Pfand."

„Aber sie werden doch nicht nur für das Abschließen bezahlt? Sie haben doch sicher auch eine Menge anderer wichtiger Aufgaben. So eine Marina, das ist wie eine große Firma, oder?"

Jetzt lebt der Mann etwas auf. „Nee, das ist nur so eine Gefälligkeit, weil ich da gleich nebenan wohne. Ich muss natürlich auch die Liegegebühren kassieren und den Gastliegern Plätze zuweisen."

„Haben Sie da viel zu tun, wird Greetsiel oft von anderen Yachten angelaufen?"

„Das hält sich in Grenzen, aber letzten Sonnabend hatten wir viele Gäste. Wegen der Regatta."

„Regatta?" Susi erinnert sich, darüber etwas in der Zeitung gelesen zu haben und der Stegnachbar hat auch davon gesprochen. In der gesamten Presse war der Mord der Aufmacher des Tages und es war auch ein Bild von ihr und Helmut Brunner zu sehen – aber über den Rest hat sie hinweg gelesen.

„Erzählen Sie mir etwas über die Regatta, das war mit viel Stress verbunden, oder?"

„Eigentlich nicht, da hatte ich nur wenig mit zu tun. Sechs Teilnehmerboote haben ihren ständigen Liegeplatz sowieso in Greetsiel, drei davon sind von unserem eigenen Club und drei ständige Gastlieger sind vom OYC. Die andern Regattaboote kamen mit Trailern und wurden hier am Freitag gewassert. Und einer hat sowieso im alten Kutterhafen gelegen."

„Wer war das?"

„Hinni Boomgarden mit seiner *Moi Wicht.*"

„Kennen sie den?"

„Ja, war früher mal ein Kumpel von mir, ist aber lange her."

„Und woher wissen Sie, dass der dort im Kutterhafen gelegen hat?"

„Er hat mir erzählt, dass er lieber dort als in der Marina liegt. Und vor ein paar Wochen war der schon einmal bei mir und hat sich nach der Yacht von Geerd Geerdes erkundigt."

„Das hätten Sie mir auch vorher sagen können."

„Ist das denn wichtig? Der wollte doch nur wissen, wie das Schiff gebaut ist, welche Segel da drauf sind, wie oft der segelt und so."

„Kennen Sie denn alle Leute, die an der Regatta teilgenommen haben?"

„Weiß ich nicht! Nee, glaube ich nicht. Aber alle, deren Boot in der Marina gelegen hat, habe ich zumindest einmal gesehen. Die mussten schließlich bei mir bezahlen."

„Super, damit kommen wir vielleicht weiter. Können Sie mir Namen geben?"

„So aus dem Kopf nicht, muss ich nachgucken."

„Machen Sie das. Können Sie mir dann eine Mail schicken?"

„Wenn sie das wollen!"

„Gut, danke soweit. Falls ich noch etwas gebrauche, melde ich mich."

Susi gibt dem Mann noch die Visitenkarte mit ihrer dienstlichen Mailadresse, unterhält sich noch kurz über allgemeine Dinge und dann gibt sie ihm die Hand und verabschiedet sich.

Die Regatta und den Mord, das hat sie bisher überhaupt nicht in einen Bezug gebracht. Regatten sind emotionale Angelegenheiten, da kann einem schon mal die Hand oder die Winschkurbel ausrutschen. Die Winschkurbel, was ist damit eigentlich? Inzwischen sollten die Taucher doch auch fertig sein. Sie ruft bei der KTU an und erfährt, dass der Bericht per Mail unterwegs sei.

Dann kramt Susi auf Ihrem Schreibtisch herum. Sie ist auf der Suche nach der Zeitung von gestern, aber offensichtlich ist die schon am Abend im Papierkorb gelandet. Irgendjemand wird die aber schon noch haben vermutet sie, geht auf den Gang und läuft prompt Helmut Brunner in die Arme.

„Moin Chef, Helmut! Haben Sie noch eine Zeitung von gestern?"

„Herrgottdonnerwetter ist das so schwer? Helmut heiße ich, nicht Chef Helmut. Und wir haben uns auf du geeinigt!" Brunner macht eine ärgerliche Miene und schlägt die rechte Faust in die linke Hand. „Und was willst du überhaupt mit einer alten Zeitung, die kannst du nach Feierabend lesen, nicht am Vormittag während der Dienstzeit!"

Susis Gesichtsfarbe wird etwas rötlich. Das mit dem Duzen ist wirklich ein Problem für sie. „Mich interessiert nur der Bericht über die Regatta, der in der Zeitung stand. Ich glaube, da haben wir etwas übersehen."

Brunner guckt auf, weil Susi das Wörtchen wir besonders betont hat. Was soll an einem Regattabericht schon interessant und für die Ermittlung wichtig sein? Aber bei diesem Fall ist alles anders. Wenn es in Ostfriesland schon mal einen Mord gibt, dann muss die Leiche natürlich unbequemerweise auf einer Segelyacht gefunden werden.

„Komm mit, vielleicht in meinem Büro."

Brunner bietet Susi einen Platz vor seinem Schreibtisch an,

dann sucht er in einem Stapel Akten herum.

Zwischendurch fragt Susi, ob denn die Julia da gewesen ist, während sie den Hafenmeister befragt hat.

„Ja, die war hier. Es hat sich aber nichts Neues ergeben. Wir haben ein Protokoll aufgenommen, sie hat es ohne zu lesen unterschrieben und das war es."

Nach einigem weiterem herumkramen findet Brunner tatsächlich die gewünschte Zeitung. Sie lag ganz oben auf dem Stapel, wo sie natürlich schwer zu finden war. Er reicht sie Susi und vertieft sich in seine Akten.

Dann blinkt der Computer. Brunner schaut auf. „Der Bericht von dem Taucheinsatz."

„Ja und? Haben die etwas gefunden?"

Brunner überfliegt den Bericht, dann druckt er ihn aus. „Ja, die haben tatsächlich diese Winschkurbel in dem Schlamm unter dem Schiff gefunden. Und es sind Blut- und DNA-Spuren drauf, die zu dem Opfer passen. Fingerabdrücke gibt es auch, aber die konnten bisher nicht zugeordnet werden. Wir haben also die Tatwaffe. Du hattest einen guten Riecher, Susi!"

„Danke! Und sonst lag dort nichts?"

„Nein, zumindest keine weiteren Leichen, wenn du das meinst. Aber jede Menge alter Bier und Weinflaschen, Stahldrähte, Leinen, ein Männerschuh und ...", er guckt auf das Papier, „Einen Wantenspanner und ein paar Schäkel. Was auch immer das sein mag."

Also alles was über Bord fliegt, wenn gerade kein Abfalleimer in der Nähe ist oder aus Versehen im Wasser landet, denkt sich Susi. Wantenspanner sind teuer, die wirft keiner einfach so weg.

„Wegen der Fingerabdrücke müssen wir uns nun alle Personen vornehmen, die Zugang zu dem Schiff hatten."

„Und natürlich die vom Verkäufer, vom Hersteller und von der Werft, falls die auch die Winschkurbel geliefert haben. Ich glaube, das führt zu nichts, solange wir keinen Tatverdächtigen haben. Und selbst der kann Handschuhe angehabt haben."

Inzwischen hat Susi die Zeitung überflogen. Auf der Vorderseite ist die Schlagzeile unübersehbar: FINANZBERATER AUF SEINER SEGELYACHT ERMORDET steht dort in großen Lettern. Dazu gibt es einige Bilder von der Yacht und auch eines von ihr und Brunner, wie sie auf dem Steg stehen. Das muss vom Wasser aus gemacht worden sein denn die Presse hatte zu dem Zeitpunkt keinen Zugang zu dem Steg. Das alles hatte sie schon gestern gesehen oder zumindest kurz überflogen. Aber den Bericht über die Regatta findet sie weit hinten im Sportteil. Sogar einige Bilder und eine ausführliche Rangliste der Sieger sind dabei. „Das ist interessant, Helmut. Muss eine spannende Regatta gewesen sein. Geerd Geerdes, das Opfer, hat zwar gewonnen, aber vorher hat er noch einen seiner Konkurrenten gerammt."

„Eure Regatten haben beträchtliche Nebenwirkungen", stellt Brunner fest. „Das ist schlimmer als beim Arzt oder Apotheker. Harte Sitten, muss ich schon sagen!"

„War auch ein steifer Wind, der andere hatte kein Wegerecht und Geerdes konnte nicht mehr ausweichen, so steht das hier."

„Wegerecht? Gibt es neuerdings Wege auf dem Wasser?", grinst Brunner.

„Man könnte auch Vorfahrt sagen. In der KVR, den Kollisionsverhütungsregeln, heißt das eben Wegerecht! Aber auf See darf man nicht einfach draufhalten, auch der Wegerechtinhaber muss alles tun, um eine mögliche Kollision zu verhindern. Bei einem Unfall gibt es also selten nur einen Schuldigen, anders als im normalen Straßenverkehr."

„Und was ist mit dem anderen passiert?"

„Dem ist gleich der Mast runtergekommen, er musste aufgeben und sollte auch noch wegen einer Regelverletzung disqualifiziert werden."

„Dann muss der aber recht wütend gewesen sein, oder?"

Susi ist noch in die Zeitung vertieft und wird ganz aufgeregt: „Pass mal auf Chef, der Mann heißt Hinrich Boomgarden, steht hier. Den Namen habe ich heute schon gehört. Vom Hafenmeister!"

Brunner kommt eine Idee: „Der hat also die Regatta verloren und aus Wut tötet der den Sieger? Kann das sein? Vermutest du das? Ihr Segler in Ostfriesland seid da schon etwas heißblütig."

Susi grinst: „Ganz so schlimm ist es normalerweise nicht. Ich glaube nicht, dass eine verlorene Regatta ein Mordmotiv ist. Und es gibt ja nicht nur einen Sieger, sondern eine Rangliste: Gold, Silber und Bronze. Und erst am Ende der Saison werden die Punkte zusammengezählt. Wenn wir aber davon ausgehen, dass der Rest der Teilnehmer sich als Verlierer sieht, dann hätten viele ein Mordmotiv. Da muss etwas anderes dahinterstecken."

„Und außerdem", fährt sie fort, „bin ich mit der Julia Becker noch nicht fertig. So cool wie die war. Die hätte sicher ein besseres Motiv, als eine verlorene Regatta."

„Aber sie hat auch ein starkes Alibi, das hat sie zu Protokoll gegeben und solange wir das nicht widerlegen können ist die erst mal außen vor."

„Aber sie könnte doch einen Helfer gehabt haben, mit dem sie die Versicherungssumme teilt. 250 Tausend sind auch eine ganz hübsche Stange Geld."

„Ach, einen Auftragsmörder bekommst du auch für viel weniger", weiß Brunner. Schließlich hat er Großstadterfahrung mit Menschen aus allen Kulturen. „Der könnte sich auch schon vorher auf dem Steg eingeschlichen und sich auf einem der nicht bewohnten Boote versteckt haben. Nach der Tat ist der einfach weggeschwommen und sitzt nun schon wieder fröhlich in Rumänien oder sonst wo und zählt sein Geld."

„Dann müssten wir alle Boote, die in der Nacht dort lagen, untersuchen. Wenn dort jemand war, dann hat der auch Spuren hinterlassen."

Brunner nickt: „So ist das wohl."

„Aber das sind bestimmt fünfzig Boote, schätze ich. Die sind normalerweise abgeschlossen, wir müssten die Eigner ausfindig machen und für jedes Boot brauchen wir einen Durchsuchungsbeschluß vom Richter. Wie soll das denn gehen?"

„Und die Kollegen von der KTU können Überstunden ohne Ende machen", fügt Brunner hinzu. „Aber du könntest noch einmal den Hafenmeister besuchen, dir alle Boote zeigen lassen, die überhaupt in Frage kommen und dann feststellen, ob Einbruchspuren oder andere Auffälligkeiten in der Richtung vorhanden sind. Das hätten wir auch gleich machen können, aber wer kennt sich schon in so einem Yachthafen aus."

„Das kann ich gleich machen. Der Hafenmeister wird sich wundern, wenn er mich schon wieder sieht. Und dann kann er mir auch gleich die Liste mit den Namen der Greetsieler Regattateilnehmern geben. Aber sonst bekomme ich die auch bei dem Yacht Club oder dem Regattaverband."

Brunner überlegt kurz, ob es richtig war, Susi alleine nach Greetsiel fahren zu lassen. Aber was soll er selber unter den vielen Booten, ihm würde überhaupt nicht auffallen, ob da eine Luke aufsteht, die eigentlich geschlossen sein sollte, ob die Planen richtig festgezurrt sind oder sonst etwas ungewöhnlich ist. Und wenn sie etwas Auffälliges findet, dann muss das sowieso kriminaltechnisch untersucht werden.

Er setzt sich seufzend hinter seinen Computer. Lieber recherchiert er nochmals im Umfeld des Yachtclubs. Wer hat dort welche Funktion? Was für ein Mensch war das Opfer, dieser Geerd Geerdes, überhaupt? Wer ist dieser Hinrich Boomgarden und was macht der?

Nach ein paar Tastenklicks stellt er fest, dass beide bisher polizeilich unauffällig sind, keine Vergehen, keine Vorstrafen. Bei Hinrich Boomgarden findet er allerdings einen sehr alten Hinweis: Da hat es mal eine Anzeige wegen Diebstahls gegeben, aber das wurde nicht weiter verfolgt und ist längst verjährt.

Dann ruft er eine Suchmaschine auf und gibt den Namen Geerd Geerdes ein. Sofort erscheinen eine Reihe von Hinweisen: Ganz oben einige Links zu Zeitungsartikeln, in denen über den Mord berichtet und Mutmaßungen über den oder die Mörder angestellt werden. Auch überregionale Zeitungen haben inzwischen darüber geschrieben. Weiter unten wird über Geerdes als Vorsitzenden des Ostfriesischen Yacht Clubs berichtet und das er sich dort selber zum Kommodore ernannt hat. Dann folgen noch einige Einträge über die Finanzberatungs- und Versicherungsagentur, deren Inhaber er ist. Es gibt sogar einen Blog. Interessiert liest Brunner weiter und erfährt, dass es etliche Unregelmäßigkeiten gegeben hat, verschiedene Kunden fühlen sich offenbar nach einem Schaden um die Versicherungssumme oder um Geldanlagen geprellt. Dann gibt es noch Einträge verschiedener karikativer Einrichtungen, wo Geerd Geerdes als fleißiger Spender medienwirksam aufgetreten ist. Ein gerissener und erfolgreicher Geschäftsmann resümiert Brunner, keiner den man vielleicht gerne zum Freund hat aber das alles begründet noch kein Mordmotiv. Aber trotzdem hat in jemand umgebracht.

Brunner sucht die Versicherungs- und Finanzagentur Geerdes in der Fockenbollwerkstraße auf. Die ist nicht weit von der Polizeiinspektion entfernt und er macht den kurzen Weg zu Fuß. Durch eine breite, grün lackierte Tür kommt man in das Geschäft und zunächst in einen Flur. Der zweigt sich bald und führt in verschiedene Büros. Vorne rechts, gleich neben dem Eingang gibt es ein Wartezimmer und links eine Rezeption mit zwei hübschen, schwarz gekleideten jungen Damen, die hinter einem Tresen an Bildschirmen sitzen. Die Stimmung ist gedrückt, aber das ist zu erwarten, wenn der Chef tot ist. Immerhin scheint der Betrieb weiterzugehen. Eine der beiden Frauen erhebt sich, geht zu dem Tresen und bleibt abwartend vor Brunner stehen.

Brunner stellt sich vor, zeigt seinen Dienstausweis und teilt mit, dass er in dem Mordfall ermittelt. Die junge Frau nimmt das stumm zur Kenntnis. Eine Träne läuft verstohlen ihre Wange herunter.

„Haben Sie Herrn Geerdes gut gekannt", fragt Brunner mitfühlend.

Wieder bekommt er nur ein Nicken zur Antwort. Brunner

wendet sich an die andere Frau. „Und Sie? Kannten Sie Herrn Geerdes näher?"

Auch diese Frau nickt, aber sie kann auch sprechen: „Ja, Geerd war ein guter Chef. Meistens war der gut drauf und hat uns auch mal eingeladen."

„Eingeladen? Wozu?"

„Och, meistens sind wir einfach um die Häuser gezogen. Aber in letzter Zeit hat er uns auch manchmal auf seine Yacht mitgenommen."

„Sind Sie mit ihm gesegelt?" Brunner kann sich die beiden Frauen gar nicht auf einer schaukelnden Segelyacht bei Wind und Wetter vorstellen, eher schon in einem Nachtclub oder einer Disco.

„Gesegelt nicht, aber Party gemacht! Manchmal auch mit wichtigen Kunden."

„Aha." Brunner ahnt, welche Funktionen die beiden Frauen haben.

„Und seine Freundin, Julia, war die dann auch dabei?" Beide Frauen schütteln energisch den Kopf.

„Wer ist denn jetzt für das Geschäft zuständig?", will Brunner dann wissen.

„Das ist Frau Harms, unsere Prokuristin, ich führe sie hin!"

Erst greift sie aber noch zum Telefon und wählt eine kurze Nummer. Dann sagt sie, dass hier ein Herr von der Polizei wäre und Frau Harms sprechen möchte. Nach einem kurzen Moment legt sie auf und nickt: „Okay."

Frau Harms entpuppt sich als eine gestandene Frau um die Fünfzig herum, etwas füllig, aber gepflegt und gut gekleidet. Ihr Büro ist sehr gediegen eingerichtet, ein offensichtlich teurer

Teppich liegt auf dem Boden und die Möbel sehen zwar alt, aber gut restauriert und wertvoll aus.

„Moin", begrüßt sie Brunner und ohne seinen Gruß abzuwarten fährt sie fort. „Micha hat mir schon gesagt, worum es geht. Ja, das kam für uns alle sehr unerwartet, aber da müssen wir jetzt durch."

„Herr Geerdes war doch auch Inhaber der Firma, oder? Wer bekommt das nun alles?"

„Geerd war zwar Inhaber, aber nicht der alleinige. Ich zum Beispiel habe auch ein paar Anteile. Ansonsten bleibt alles in der Familie, das ist testamentarisch geregelt."

Brunner will etwas sagen, aber Frau Harms kommt ihm zuvor: „Aber nicht das sie jetzt auf falsche Gedanken kommen, für meine Anteile würde ich keinen Mord begehen."

„Es wurden schon Menschen für ein Linsengericht umgebracht", stellt Brunner fest, aber er zweifelt nicht wirklich. „Hätte denn einer aus der Familie einen Grund ..."

„Nicht wegen des Geldes, da sind alle gut versorgt. Menschlich ist das etwas anders."

„Menschlich?"

„Ja, Geerd war nicht bei allen beliebt. Freunde kann man sich aussuchen, die Familie nicht!"

„Wer ist denn das, seine Familie?"

„Die Mutter lebt noch und er hat einen Bruder und eine Schwester. Die haben aber mit der Firma hier nichts zu tun, die machen beruflich etwas ganz anderes."

„Und Sie führen jetzt das Geschäft, wo Herr Geerdes nicht mehr da ist?"

„Ja, das habe ich schon immer gemacht. Schon beim Senior, Geerds Vater, als der hier noch der Chef war. Jedenfalls das

Alltagsgeschäft. Die größeren Sachen hat sich der Vater immer vorbehalten und Geerd machte das genauso.

„Gab es in letzter Zeit Probleme? Einige Kunden scheinen nicht zufrieden gewesen zu sein."

„Unzufriedene Kunden gibt es immer. Die Bagatellsachen habe ich erledigt, aber um die größeren Fälle hat sich Geerd gekümmert. Jedenfalls gibt es keine offiziellen Beschwerden."

„Und inoffiziell?"

„Na ja", Frau Harms wird vorsichtig. „Die Firma hat sehr gute Gewinne gemacht, da bekommt man auch schon mal Feinde."

„Können Sie mir ein paar nennen?"

„Nein, wirklich nicht. Das waren alles Geerds Angelegenheiten und ich darf und will hier nicht über unsere Kunden sprechen. Da müssten Sie schon mit einem richterlichen Beschluss kommen. Aber das würde sich für Sie nicht lohnen, es gibt keine konkreten Anhaltspunkte. Ich habe da auch schon drüber nachgedacht, ehrlich!"

Brunner merkt, dass er hier vorerst nichts ausrichten kann, aber dann fällt ihm noch etwas ein: „Sie kennen doch bestimmt auch die Freundin von Herrn Geerdes, Julia Becker."

„Ja natürlich. Mit der war Geerd mal sehr eng zusammen. Aber in letzter Zeit wurde das immer weniger, fragen Sie mal Micha vorne an der Rezeption. Aber die hat nun richtig Glück gehabt!"

„Wieso Glück? Die wird nun aus dem Haus müssen, vermute ich!"

„Ja, das schon. Aber Geerd hat eine Lebensversicherung zu ihren Gunsten abgeschlossen. Fünf ... Hundert ... Tausend Euro." Sie betont jedes einzelne Wort und Brunner stellt fest, dass offensichtlich auch sie diese hohe Summe ungerechtfertigt findet.

„Wenn die Liebe doch so groß war ..." stellte er lakonisch fest.

Frau Harms protestiert: „Liebe! Liebe gab es bei Geerd nicht, nur Sex in allen Variationen und Geerd war einfallsreich, wie ich gehört habe. Aber da hat Julia in letzter Zeit nachgelassen, denn er wollte ihre Lebensversicherung kündigen und sich von ihr trennen. Es gab aber einige Probleme mit der Kündigung und deshalb ist die noch nicht rechtswirksam. Da hat das Biest richtig Glück gehabt."

„Wusste denn Frau Becker, dass die Versicherung gekündigt werden sollte?"

Frau Harms denkt kurz nach: „Ich weiß, worauf Sie hinauswollen. Nein, eigentlich nicht. Von Geerd sicher nicht, das kann ich mir nicht vorstellen."

Da hat das Biest richtig Glück gehabt! Brunner denkt auf dem Weg zurück zum Fischteichweg über Frau Harms Worte nach. Glück? Oder hat sie nachgeholfen? Der Fall wird kompliziert, es käme halb Ostfriesland als Täter in Frage. Geerd Geerdes war zwar nicht sonderlich beliebt, aber offensichtlich einflussreich.

Brunner wundert sich allerdings, dass er noch keinen Druck von höherer Stelle bekommen hat. Denn dort scheint der Tote auch beste Kontakte gehabt zu haben und aus seiner fränkischen Heimat weiß er, das Geld und Macht immer verbandelt sind.

Plötzlich verspürt er Hunger und kurz entschlossen steuert er die Schlachterei in der Fußgängerzone an. Es ist kurz vor

zwölf, also noch gerade der richtige Moment für eine Weißwurst, die traditionell bis Mittag verzehrt sein muss. Eigentlich
schon bis elf zur Vesper, aber hier darf er das nicht so genau
nehmen. Es handelt sich um ein altes Auricher Unternehmen,
das aber erstaunlicherweise die beste Weißwurst Deutschlands
herstellt, dafür sogar bereits in München einen Preis bekommen hat und diese Urkunde auch stolz im Laden zeigt. Er ist
dort Stammgast, bekommt seine beiden Würste ohne große
Umstände und ohne dass er darum bitten muss. Natürlich
bekommt er auch den dazugehörigen süßen Senf nebst einer
Salzbrezen. Zufrieden lässt er sich auf einem der Imbisshocker
nieder und stellt fest, dass es Momente gibt, in denen Ostfriesland gar nicht so schlimm ist.

Nur der Fall macht ihm zu schaffen! So viele potentielle Täter und er weiß noch nicht wirklich, wo genau er mit seinen
Ermittlungen ansetzen soll. Einen Moment spielt er mit dem
Gedanken, das LKA in Hannover anzufordern. Aber das hat
noch Zeit, findet er dann. Die werden schon noch früh genüg
kommen, wenn er nicht bald Erfolge melden kann. Und außer
einer Winschkurbel als Tatwerkzeug können die auch nichts
herzaubern

Dann wird sich Brunner bewusst, dass Geerdes Firma nicht
nur Versicherungen verkauft, sondern auch eine Finanzagentur ist. Hat er vielleicht sogar mit dem ganz großen Geld zu
tun, das in den letzten Jahren verstärkt nach Ostfriesland
fließt? Der Jade-Port, ein Windmühlenhersteller mit Weltruf
in Aurich, eine neue Firma in Emden, die Offshore-Wind-
anlagen in der Nordsee baut, neue Stromkabel werden durch
Ostfriesland verlegt, Gaskavernen entstehen ... Das alles muss
mit Milliardenbeträgen finanziert werden und die Projekte

sind in den meisten Fällen auch nicht unumstritten, wenn man den Zeitungsmeldungen glauben darf. Steckt Geerdes dort mit drin, hat er sich in diesen Kreisen unbeliebt gemacht? Wenn es um Millionen oder sogar um Milliarden geht, wird nicht lange gefackelt. Geht es hier um brutale Wirtschaftskriminalität? Brunner beschließt, sich bei den Kollegen umzuhören. Aber das wird den Fall nicht einfacher machen ... Im Gegenteil.

Als die Weißwurst verzehrt ist, sinkt auch seine Laune wieder und missmutig macht er sich auf den Weg zurück in sein Büro.

Susi ist inzwischen aus Greetsiel zurückgekommen und ihr Bericht heitert ihn auch nicht auf. Alle unbewohnten Boote - so mitten in der Woche waren das die meisten - sind unversehrt und wirken unberührt. Keine Einbruchspuren, keine aufgeschlitzten oder unsachgemäß verzurrte Persenninge. Und weder dem Hafenmeister noch einem der Segler, die sich gerade in der Marina aufhielten, war am Samstag jemand aufgefallen, der irgendwie nicht dazugehört hätte. Nicht einmal einer von den Touristen, die sich gerne die Yachten ansehen, hat sich ungewöhnlich verhalten.

„Wir müssen uns mehr mit dem Yachtclub beschäftigen" schlägt Susi vor.

„Oder mit der Frau Becker", meint Brunner und erzählt von seinem Besuch in der Versicherungsagentur. „Ich habe soeben erfahren, dass die Lebensversicherung von Julia Becker zwar noch bestand, aber sie sollte gekündigt werden. Nur, wie kommen wir an diese Frau heran, die wirkt so naiv und kühl zugleich."

„Wusste sie denn davon?"

„Offiziell nicht, aber es könnte sich jemand verplappert haben. Zum Beispiel diese Micha, die dort an der Rezeption arbeitet. Ich glaube, die hat sich als Konkurrentin gesehen, sie ist auch ungefähr die gleiche Altersklasse und der gleiche Frauentyp."

„Dann müssen wir uns diese Julia Becker eben noch einmal vornehmen und richtig hart anfassen. So wirklich helle ist die nicht, vielleicht verwickelt sie sich in Widersprüche!"

„Oder die macht nur auf doof und ist in Wirklichkeit sehr clever", vermutet Brunner. „Schließlich hat sie mal studiert, wenn auch abgebrochen."

Susi überlegt ein kleine Weile, dann meint sie: „Aber nachdem wir wissen, das eine Winschkurbel die Tatwaffe war, kommt ein geplanter Mord nicht in Frage. Ein Mörder bringt doch seine Tatwaffe mit, eine Pistole oder ein Messer. Der ahnt doch nicht, dass ihm dort eine Winschkurbel bereit gelegt wird. Oder?"

„Ja, das wäre ein wichtiger Gesichtspunkt. Also nehmen wir uns den Yachtclub noch einmal vor!"

„Eine sehr gute Idee, Helmut! Ich bin dabei. Wir machen eine Dienstreise zum Großen Meer", schlägt Susi vor und freut sich auf diesen Ausflug.

Sie ruft die Homepage des OYC auf und findet auf Anhieb eine Fülle an Informationen: Regattatermine, Liste für Arbeitsdienste, Bilder von früheren Veranstaltungen, etwas Werbung für einen bestimmten Katamaran-Typ. Aber über die jüngste Regatta ist dort noch nichts eingestellt. Dann drückt sie den Button Vorstand und eine Liste mit sämtlichen Vorstandsmitgliedern und deren Mailadressen erscheint. Sie druckt diese Liste aus und reicht sie Brunner: „Das ist doch schon mal was."

„Sehr gut", findet auch Brunner. „Dann lasse ich mal die privaten Anschriften heraussuchen und wir machen uns auf den Weg."

„Und Julia?"

„Die läuft uns nicht weg, die will ganz bestimmt noch das Geld kassieren. Aber wir schicken Ihr eine formale Vorladung für ... sagen wir Freitag. Dann hat sie ein paar Tage Zeit zum Grübeln und wird hoffentlich ein bisschen nervös."

Die erste Anschrift auf ihrer Liste führt sie nach Hesel, einer kleinen Ortschaft, etwa zehn Kilometer von Aurich entfernt. Sie finden ein großes, fast luxuriöses Wohnhaus vor, daneben ein kleineres Bürogebäude und im Hintergrund ein paar Hallen. Bauunternehmung Heiken steht auf einem Schild vor dem Büro. Susi und Brunner treten ein. Eine Rezeption gibt es nicht, dafür ein paar unbesetzte Schreibtische. An einem Tisch sitzt eine junge Frau, die etwas gelangweilt in die Luft starrt. Brunner stellt sich und seine Kollegin vor und fragt nach Heiko Heiken, dem stellvertretenden Vorsitzenden des OYC. Die junge Frau läuft rot an: „Ist das wegen Geerd?"

Brunner mustert die Frau, die nach seinem Dafürhalten so gar nicht in ein Baugeschäft passt, sondern eher in eine Disco oder diesen Deutschland-sucht-den-Superstar Contest, obwohl sie mit Jeans und einem einfachen T-Shirt eher nachlässig gekleidet ist. „Darf ich erst mal fragen wer Sie sind?"

„Imke Heiken, die Tochter."

„Ist Ihr Vater zu sprechen?"

Imke steht auf und öffnet eine Nebentür. „Papa, da sind Leute von der Polizei."

Ein Mann erscheint in der Tür, bittet die beiden herein und

stellt sich vor: „Heiko Heiken. Ich habe sie schon erwartet!"
Aus seinem Mund klang das allerdings wie ‚Sie haben aber
lange gebraucht'.

Brunner gefällt dieser Ton nicht, er lässt sich aber nichts
anmerken und stellt sich seinerseits vor: „Ich bin Hauptkommissar Brunner und das ist meine Kollegin Frau Kommissarin
Wildtfang. Und wenn Sie uns schon erwartet haben, will ich
gleich fragen ob es etwas gibt, das Sie uns mitteilen wollen?"

„Nein, Entschuldigung. Der Tod von Geerd kam nur so unerwartet, da gibt es jetzt eine Menge zu klären, ich muss mich
aber gleichzeitig auch um mein Geschäft kümmern. Haben Sie
denn schon einen Verdacht?"

„Wir gehen vielen Spuren nach, aber jetzt wollten wir etwas
von Ihnen hören. Sie haben Herrn Geerdes sicher sehr gut gekannt."

„Aus dem Verein eben, ja. Privat haben wir weniger miteinander zu tun gehabt."

„Mochten Sie Herrn Geerdes nicht?", schaltet sich nun Susi
ein.

„Mochten ...? Wir beide sind Segler, haben einige gemein-
same Interessen, aber ansonsten hat jeder sein Geschäft betrie-
ben. Wobei Geerd mit der Hälfte an Arbeitszeit sicherlich deutlich mehr verdient hat als ich."

„Ja, das kenne ich, wenn die Arbeitszeit in keinem Ver-
hältnis zum Verdienst steht. Aber meine Mutter sagte immer:
Hättest einfach was Ordentliches lernen sollen!", stimmt ihm
Brunner zu.

Jetzt grinst auch Heiko: „Wohl wahr. Aber was kann ich
konkret für Sie tun?"

„Uns interessiert die Regatta, an der Sie auch teilgenommen

haben. Was ist da genau passiert?"

Heiko Heiken schildert den Ablauf aus seiner Sicht, aber viel mehr als in der Zeitung zu lesen war, kommt dabei nicht heraus. Außer den ganzen maritimen und navigatorischen Details, die aber nur Susi versteht.

„Wie war das denn genau bei der Havarie?", fragt sie noch einmal nach.

„Ja, das ist blöd gelaufen. Hinni glaubte, er hätte Wegerecht, weil er sich innerhalb der sogenannten Zone um die Bahnmarke befunden hat. Als er Geerd auf sich zukommen sah, wollte er gerade wenden, wurde aber durch eine Böe, mit der keiner gerechnet hat, ausgebremst. Jedenfalls stand er plötzlich im Wind. Er konnte nicht manövrieren und Geerd ist voll in ihn hereingerauscht."

„Aber da gibt es doch so etwas wie das Manöver des letzten Augenblicks", meint Susi. "Das habe ich mal im Segelkurs gelernt. Wenn ich das richtig einschätze, hätte er doch nur einen Aufschießer machen müssen."

„Hat er aber nicht, das hätte Zeit gekostet und Geerd wollte unbedingt gewinnen. Geerd und Hinni haben schon die ganze Zeit vorher deswegen rumgekabbelt."

„Rumgekabbelt?" fragt Brunner nach.

„Ja, gestritten eben. Jeder wollte sich bereits im Vorfeld als Sieger sehen."

„Gut", meint Brunner. „Aber eine Frage noch für das Protokoll: Wo waren sie am Sonntagmorgen?"

„Todeszeitpunkt war ungefähr vier Uhr, habe ich in der Zeitung gelesen. Da war ich im Bett!"

„Kann das jemand bezeugen?"

„Klar, meine Frau. Wir sind beide nach der Siegerehrung relativ früh nach Hause gefahren, weil ich sehr müde war."

„Gut, dann brauche ich von Ihnen noch eine Liste mit allen Mitgliedern."

„Ich kenne die zwar alle, aber eine Liste habe ich nicht. Da müssen sie am besten Enno Ennen, unseren Schriftführer fragen. Ich rufe Enno an, dann kann er die Liste schon mal vorbereiten."

„Vielen Dank, das machen wir schon selber, geben sie uns einfach seine Handynummer!"

Brunner erreicht Enno Ennen auf seinem Handy und vereinbart ein Treffen mit ihm im Vereinshaus am Großen Meer, weil sich dort im Moment nicht nur alle Unterlagen befinden, sondern er selber auch gerade an seinem Boot bastelt.

Bevor Susi aber zu dem Vereinshaus hinter dem Campingplatz fährt, macht sie noch einen Abstecher zu einer kleinen Kneipe, die sie von früher kennt, dem sogenannten Meerwarthaus. Früher war das nur eine kleine Holzbude, die jetzt aber einem Klinkerbau gewichen ist. Draußen gibt es eine durch Glasscheiben abgetrennte Terrasse, die vor dem fast immer wehenden Wind schützt.

„Moin Benno", begrüßt Susi den Inhaber, der herausgekommen ist um die Bestellung aufzunehmen.

„Polizei an't Grode Meer? Hebben wi wat utfreten of geiht dat um Geerd Geerdes?"

„Wieso Benno, hast du ein schlechtes Gewissen?" Susi antwortet hochdeutsch, weil sonst Brunner kein Wort verstehen würde und das macht ihn immer etwas gereizt. Ihm geht nicht einmal ein ‚Moin' über die Lippen.

„Wenn die Polizei kommt, habe ich immer ein schlechtes

Gewissen. Vielleicht habe ich falsch geparkt?", sagt Benno.

„Ach Benno, aus den Zeiten bin ich raus, als Falschparker noch meinen Adrenalinspiegel steigern konnten. Das ist übrigens mein Chef, Hauptkommissar Brunner von der Mordkommission."

„Mordkommission, also seid ihr doch wegen Geerd hier", stellt Benno fest.

„Dann erzähl mal", fordert Susi ihn auf.

„Daarover weit ik nix! Ich weiß nur, dass dort am Sonnabend Abend eine große Party war. War ziemlich laut und die letzten sind erst nach Sonnenaufgang nach Hause gegangen."

„Warst du auch da?"

„Nee, dor hebb ik nix verloren. Das ist nun so ein pikfeiner Verein geworden. Die nennen sich jetzt Ostfriesischer Yacht Club und Geerd stolziert als Kommodore hier herum, als wenn er der Kaiser von China wäre. Früher war das ein normaler Segelverein und die Leute haben bei mir einfach mal ein Würstchen gegessen oder ein Bier getrunken. Aber was wollt ihr denn nun essen? Ich habe Rosinenschnecken oder Bienenstich, beides ganz frisch. Oder lieber frischen Fisch?"

„Kaffee und Schnecken!"

Die Terrasse ist vom Großen Meer nur durch einen schmalen Fußweg getrennt. Viele Boote, meistens kleinere Segeljollen, liegen am Ufer. Die Besitzer haben ihre Boote einfach aus dem Wasser gezogen und auf den Grasstreifen, der sich zwischen Fußweg und Wasser befindet, gelegt. Fast alle sind mehr oder weniger voll Regenwasser und eine Behandlung mit einem Schwamm und Reinigungsmitteln täte den meisten auch mal gut. Ziemlich lieblos sind diese Boote hier abgelegt, findet

Susi. Aber die Zeiten, als hier noch mit wenig Geld und viel Leidenschaft gesegelt wurde und das eigene Boot der ganze Stolz war, sind vorbei. Bis auf die Katamarane und die Windsurfer, die selbst heute, mitten in der Woche, die Wasserfläche bevölkern.

„Hier habe ich segeln gelernt", erinnert Susi sich etwas wehmütig. „Früher gab es sogar eine Segelschule. Als ich sechs war, habe ich den Opti-Schein gemacht. Noch gerade vor meinem ersten Schultag."

„Opti-Schein?", fragt Brunner nach.

„Die Optimisten Jolle ist ein Segelboot für ganz junge Segler, mit sechs darf man schon den Segelschein dafür machen. Da drüben segelt übrigens gerade eine."

Susi zeigt auf das Wasser: Ein kurzes, fast viereckiges, knallrotes Boot ist dort zu sehen. Es hat ein kleines, rot und weiß gestreiftes Lateinersegel, das mit einer schrägen Stange, dem Spriet, am Mast befestigt ist. Mickey Mouse steht in großen Buchstaben an der Seite. Ein kleines Mädchen mit einer Schwimmweste sitzt darin und scheint keine Probleme zu haben das Segel zu bedienen, auf dem richtigen Kurs zu bleiben, Wenden zu fahren und auszuweichen, wenn ihr Surfer entgegenkommen.

„Die ist doch viel zu klein", findet Brunner. „Wenn die nun umkippt?"

„Ach, das Kentern wird als Erstes geübt und natürlich auch wie man das Boot aufrichtet und wieder herein kommt. Das war übrigens damals der interessanteste Teil für mich, das hat uns Kindern richtig Spaß gemacht. Später war Kentern verpönt. Fast alle bekannten Segler haben übrigens auf dem Opti begonnen. Es gibt sogar spezielle Regatten und Meisterschaften."

Inzwischen hat Benno Kaffee und den bestellten Kuchen gebracht und beide langen zu.

„Ich habe heute noch gar nichts gegessen", stellt Susi fest und erzählt mit vollem Mund weiter.

„Aber das war nichts für mich beziehungsweise für meine Eltern. Da muss man schon richtig viel Geld auf den Tisch legen für die Boote und Material, ständig neue Segel und Ausrüstung. Selbst die Kleinen sind da nur mit dem besten Material zufrieden und lassen sich von den Eltern jedes Wochenende zu einer anderen Regatta fahren. Zwischenahner Meer, Steinhuder Meer, Flensburg, Rostock, da geht es richtig zur Sache und fast alle, zumindest die Eltern, träumen davon, den Nachwuchs mal als Skipper für den America's Cup segeln zu sehen und das die mal richtig berühmt werden. Du weißt schon, Oracle, Alinghi und so."

Damit kann Brunner sogar etwas anfangen, er ist regelmäßiger Zuschauer der Sportschau und hat das letzte Match Race sogar im Fernseher verfolgt. Es waren tolle Aufnahmen von spannenden Manövern, futuristisch aussehenden Yachten und riesigen High-Tech-Segeln aus schwarzen Carbon-Fasern. Formel-1-Rennen auf dem Wasser, aber weiter berührt hat ihn das nicht. Dass diese Spitzen-Segler aber mal als Kinder in den kleinen viereckigen Kisten angefangen haben, hätte er nicht vermutet.

„Und hast du dann weitergemacht?", will Brunner wissen.

„Nicht wirklich, ich bekam von meinen Eltern später sogar ein kleines Regattaboot, eine 420er, und ich war im Segelteam des Ulricianum Gymnasiums in Aurich. Aber so richtig weitergebracht hat mich das nicht. Heute segele ich aber immer noch gerne mal mit meinem Papa in seinem Jollenkreuzer."

Brunner hofft, dass seine Kinder nicht auch mal so seglerische Ambitionen bekommen und er dann immer mit denen auf das Wasser und kleine schwankende Jollen muss. Aber vielleicht passiert das schneller als ihm lieb ist, befürchtet er. Jetzt wünscht er sich, bald wieder in einer Gegend zu leben, wo sich nicht alles von Morgens bis Abends um das Segeln zu drehen scheint. Er schaut auffordernd auf die Uhr und Susi schiebt sich hastig den letzten Bissen in den Mund.

„Okay, okay, bin ja schon fertig. Aber wir können zu dem Vereinshaus laufen, das sind gerade mal 500 Meter von hier. Ich muss mich ein bisschen bewegen."

Enno Ennen wartet draußen in der Sonne auf die beiden. Brunner und Susi stellen sich vor.

„Heiko hat mich schon angerufen und erzählt, worum es geht. Ist schlimm, das mit Geerd. Samstag haben wir hier noch gefeiert ..."

„Wir bemühen uns den Fall so schnell wie möglich aufzuklären", versichert Brunner. „Haben Sie die Mitgliedslisten hier?"

„Ja, zufällig."

„Sind die sonst nicht hier?", fragt Brunner.

„Nein, im Winter nicht. Da habe ich die natürlich zu Hause. Aber jetzt im Sommer verbringe ich fast meine ganze Freizeit am und auf dem Großen Meer und mache auch den Schreibkram hier."

„Und was machen Sie beruflich?"

„Bürgerbüro, früher hieß das mal Einwohnermeldeamt."

Susi grinst, da hat man sicherlich viel Freizeit für das Große

Meer.

„Sie haben auch an der Regatta teilgenommen? Haben sie ein eigenes Schiff?"

„Klar, eine FAM, die liegt dort draußen am Steg." Er zeigt in Richtung des Anlegesteges. Ein kurzes, gedrungenes Boot mit einem gelben Rumpf und einem weißen, bis zum Bug gezogenen Aufbau dümpelt dort im Wasser. Das Boot sieht aus, als ob man Bug und Heck zusammengedrückt hätte, findet Brunner. Aber Susi ist ganz begeistert. „Von Klepper, oder? Ist heute schon fast so etwas wie ein Oldtimer."

„Ja, aber segelt immer noch wie eine Eins. Sogar Buten, sie hat auch ein ziemlich schweres Schwert."

„Und haben sie gewonnen?"

Enno lacht: „Gewonnen? Nein, das war stillschweigend ausgemacht, das Geerd gewinnt. Nur Hinni hat sich dem widersetzt. Der hat geschworen, dass er gewinnt. Ich habe aber den fünften Platz gemacht."

„Schon wieder dieser Hinni", murmelt Susi. Laut aber fragt sie: „Was ist mit diesem Hinni Boomgarden. Kennen Sie den näher?"

„Klar, kenne ich den. Der ist im Segelverein so lange ich denken kann. Ist ein prima Kumpel, immer hilfsbereit und der Einzige, der Geerd herausfordern konnte und das auch gewagt hat."

„Und wo ist jetzt das Schiff von Herrn Boomgarden?"

„Das hat er in seiner Scheune, da sind eine Menge Reparaturen zu machen, nach der Kollision."

Susi bittet ihn, den Verlauf der Regatta aus seiner Sicht zu erzählen. Etwas Neues ergibt sich aber auch aus seiner Schilderung nicht. Dann erfahren sie noch, dass Hinni meistens zusammen mit Karl und Jan segelt.

„Und neuerdings ist da auch noch diese Renate dabei. Eine Frau aus Franken, die hat er sich mal im Mittelmeer angelacht. Aber segeln kann die schon, da gibt es nichts gegen zu sagen!"

Brunner wundert sich. Eine Frau aus Franken lebt freiwillig in Ostfriesland und kann auch noch segeln? Er nimmt die Mitgliederliste, die Enno ihm schon herübergereicht hat und fährt mit dem Zeigefinger die Spalten herunter: „Wo finde ich jetzt diesen Karl und diesen Jan?"

„Karl Eilers und Jan Janssen." Enno nimmt einen Marker und markiert die entsprechenden Stellen auf der Liste.

„Und diese Renate, wo wohnt die."

„Renate Reichle, die steht nicht auf der Liste, sie ist noch kein offizielles Mitglied. Aber die wohnt bei Hinni, wenn sie denn mal in Ostfriesland ist."

Hinnis Wohnsitz in Bedekaspel, einer kleinen Ortschaft, ist gar nicht so weit vom Großen Meer entfernt. Brunner beschließt deshalb, dort noch kurz vorbeizufahren bevor sie beide Feierabend machen. Sie finden ein altes Bauernhaus, einen sogenannten Resthof. Die Scheune ist noch intakt und scheint benutzt zu werden, das Wohngebäude sieht traditionell ostfriesisch und sehr ordentlich und gepflegt aus. Die soliden rotbraunen Klinker, die weiß angestrichenen Fenster und eine grüne Haustür machen den Eindruck, dass sich hier jemand um sein Anwesen kümmert.

Brunner sieht auf das Namensschild neben der Klingel. Boomgarden steht dort, sonst nichts. Er drückt auf die Klingel und wartet. Erst nach dem dritten Klingeln öffnet sich die Tür und eine Frau erscheint.

„Moin", sagt Susi

Brunner vermutet, dass es sich um die von Enno beschriebene Frau Reichle, die Fränkin, handelt und begrüßt sie mit einem herzlichen „Grüß Gott."

Renate ist etwas irritiert, sie bleibt abwartend in der Tür stehen.

Brunner tritt näher, er stellt sich und seine Kollegin vor und teilt mit, dass er zu Herrn Boomgarden möchte. Renate zögert etwas, ein fränkischer Hauptkommissar in Aurich? Zumindest dem Tonfall nach ist er Franke. Nürnberger, das hört sie nach wenigen Worten heraus. In ihren Augen sieht der aber gar nicht wie ein Polizeibeamter aus. Ein Trickbetrüger? Seine Kollegin scheint authentisch zu sein, aber um sicher zu sein, möchte sie zuerst die Ausweise sehen, die ihr auch bereitwillig gereicht werden.

„Ja, Herr Boomgarden ist wahrscheinlich in der Scheune. Ich habe ihn aber seit dem Mittagessen nicht mehr gesehen, der bastelt dort an seinem Jollenkreuzer. Um was geht es denn?"

„Um eben dieses Schiff", antwortet Susi. „Wir wurden informiert, dass der Schaden von einem der Regattateilnehmer verursacht wurde, ein Geerd Geerdes."

„Der jetzt aber tot ist. Wir ermitteln in diesem Fall", fügt Brunner hinzu.

„Das eine hat aber mit dem anderen nichts zu tun", stellt Renate abwehrend fest. „Also, worum genau geht es?"

„Es geht um den Verlauf der Regatta, wie es zu der Kollision kam und natürlich um das Tötungsdelikt an Herrn Geerdes. Wir haben dazu einige Fragen. Dürfen wir hereinkommen?"

Renate bittet die beiden in eine modern eingerichtete Küche, die mit allem ausgestattet ist, was man in einer Küche so braucht. Vor allen Dingen ist alles etwas größer, als es in einer normalen Dreizimmerwohnung üblich ist. Ein bisschen unpraktisch, findet Susi, da muss man viel mehr herumlaufen. Blickpunkt ist aber ein Tisch mit acht Stühlen drum herum, der mitten in der Küche steht. Renate bittet die beiden dort Platz zu nehmen.

„Also, was kann ich ihnen erzählen?"

Brunner bittet sie zunächst, noch einmal den Verlauf der Regatta zu schildern.

„Okay, wo soll ich anfangen?"

„Egal, wo Sie wollen."

Renate erzählt und Susi hört genau hin. Im wesentlich deckt sich ihre Schilderung mit der von Heiko Heiken, aber sie hört hier bei Renate unterdrückte Wut und Verbitterung über Geerd Geerdes heraus.

„Der hätte ganz klar einen Aufschießer machen können, dann wäre nichts passiert. Dann hätte er die Protestflagge gesetzt, Hinni hätte eine Strafrunde gedreht und alles wäre gut gewesen. Aber ich hatte ganz klar das Gefühl, der wollte uns rammen, egal was mit uns an Bord passiert. Einen Moment hatte ich Angst. Es hätte dabei auch einer von uns über Bord gehen können und ob man den dann bei dem Seegang so schnell wiedergefunden hätte ..."

Susi weiß, das die Überlebenschance in dem kalten Nordseewasser auch im Sommer nur etwa fünfzehn Minuten beträgt, bei sehr guter Konstitution und entsprechender Kleidung vielleicht etwas mehr. Deshalb wurde ihr schon immer eingetrichtert nie über Bord zu gehen. Meistens gibt es, zumindest in der offenen See, keine Rettung mehr. Aus diesem Grund konnten die alten Fischer auch oft nicht schwimmen – da dauert es nicht solange.

„Sie meinen, das war versuchte Körperverletzung?", fragt Susi herausfordernd.

„Zumindest hat er das billigend in Kauf genommen. Der war einfach stinksauer, dass Hinni nach berechneter Zeit vorne lag!"

„Ja, aber nun ist Herr Geerdes tot. Hat ihr Mann etwas damit zu tun?", fragt Brunner direkt.

„Hinni ist nicht mein Mann, ich lebe hier nur bei ihm, zumindest zeitweise. Aber mit dem Mord hat Hinni auf keinen Fall zu tun. Der hätte Geerd sein unsportliches Verhalten auf andere Weise heimgezahlt."

„So, wie denn?"

„Was weiß ich? Vielleicht hätte er ihn im Yachtclub vom Thron gestürzt. Der selbst verliehene Titel Kommodore hat Geerd viel bedeutet. Oder er hätte ihm seine Kunden vergrault, Hinni ist nicht so ganz ohne Einfluss hier in der Gegend. Das hätte Geerd nachhaltiger getroffen, als ihn zu töten."

„Und wo war Herr Boomgarden zur Tatzeit, also um vier Uhr morgens?"

„Ja, hier natürlich!"

„Was heißt hier, können Sie das etwas genauer beschreiben, bitte."

„Hier heißt hier im Haus."

„Im Bett vermutlich. Oder vor dem Fernseher?"

„Im Bett, aber gesehen habe ich das nicht. Ich war ja nicht zu Hause."

„Okay. Waren Sie auch auf der Party nach der Regatta?"

„Ja, da waren wir beide."

„Die ganze Zeit?"

„Ja, ich schon! Ich bin so gegen fünf in der Früh nach Hause gekommen, jedenfalls wurde es schon hell."

„Und Herr Boomgarden?"

„Hinni ist direkt nach der Siegerehrung und einem Tanz mit mir nach Hause gefahren. Seine Laune war natürlich nicht besonders gut!"

„Und als Sie nach Hause kamen, wo war Herr Boomgarden da? Lag er in seinem Bett?"

Renate denkt kurz nach. Was soll sie sagen? Offenbar steht Hinni unter Verdacht. Aber Hinni war es nicht, da ist sie sich ganz sicher, also bleibt sie besser bei der Wahrheit. „Das Bettzeug war zwar zerwühlt, aber er war kurz bevor ich kam aufgestanden."

„Und wo haben sie ihn gefunden, als sie kamen?"

„In seinem Schuppen. Er konnte nicht schlafen, sagte er. Er hat sich seinen Jollenkreuzer noch einmal genau angesehen und die Reparatur geplant. Da ist eine Menge kaputt!"

Brunner winkt ab. „Am besten erzählt uns das Herr Boomgarden einmal selber. Können Sie uns bitte die Scheune zeigen?"

Renate führt die beiden um das Haus herum, in die alte Scheune, die innen nun aber fast wie eine Bootswerft aussieht. Der Jollenkreuzer befindet sich dort. Er steht mit dem Kiel aufgebockt auf großen Holzklötzen, den Pallhölzern. Viele Stangen, die unter den Scheuerleisten festgeklemmt sind, halten das Boot senkrecht und schützen es vor dem Umfallen. Eine Leiter steht dort, um auf das Deck zu gelangen. Der Mast liegt auf einigen Böcken, an dem unteren Ende befindet sich noch ein Teil des Mastkokers, aus dem er herausgebrochen wurde.

Einige der beschädigten Außenhautplanken wurden schon entfernt, die Reste liegen in einer Abfallkiste. Überall liegt Werkzeug herum und im Hintergrund der Scheune befinden sich einige Maschinen: Eine Bandsäge, eine Kreissäge und eine Hobelmaschine kann Susi erkennen. An der anderen Wand der Scheune steht eine große, altmodische Hobelbank und daneben einige Regale mit Schrauben, Nägeln, Lacken und Bootsbeschlägen.

Hinni kniet auf dem Deck des Jollenkreuzers und versucht den Mastkoker auszubauen.

Renate stellt die beiden Besucher kurz vor und Hinni steigt die Leiter herunter.

„Moin!", sagt er abwartend.

Susi betrachtet interessiert das Boot. „Darf ich mir das einmal ansehen, das ist eine tolle Arbeit."

„Jo, all sülvst maakt."

„Heel moi", antwortet Susi auf Platt um Hinni weiter aufzulockern. „Die Planken sind alle mit Kupfernieten an den Spanten befestigt. Das ist bestimmt eine Mordsarbeit!"

„Viel Arbeit, ja! Aber mit Mord habe ich nichts zu tun", stellt Hinni klar. Er ahnt, dass die beiden von der Polizei sich nicht nur sein Schiff ansehen wollten.

Susi wird rot. „Nee, Entschuldigung, so habe ich das nicht gemeint. Aber so etwas gibt es doch kaum noch. Ist überhaupt ein tolles Boot. R-Klasse?"

Hinni wird wieder etwas lockerer: „Jo, ein Zwanziger."

Brunner aber will nicht über Schiffe fachsimpeln. „Herr Boomgarden, wir ermitteln in dem Mordfall Geerd Geerdes und ich muss Sie fragen, wo sie zur Tatzeit waren."

Hinni schaut Renate an, als ob sie ihm bei der Antwort helfen soll. „Ich war erst im Bett, konnte aber nicht schlafen und bin deshalb aufgestanden um mit der Reparatur hier zu beginnen." Er zeigt auf den Jollenkreuzer.

„Wann genau sind aufgestanden?", hakt Brunner nach.

„Ich habe nicht auf die Uhr gesehen, aber im Zimmer wurde es gerade etwas hell. Etwas später kam dann auch Renate."

„Und wann sind sie von der Feier nach Hause gegangen?"

„Hab ich auch nicht auf die Uhr gesehen. So um elf oder zwölf!"

„Also vor Mitternacht!", stellt Brunner klar.

„Jo!"

„Dann haben sie also von Mitternacht bis Frau Reichle nach Hause kam, kein Alibi."

„Alibi? Nee!"

Renate greift ein: „Sicher hat er kein Alibi. Hätten Sie denn eins, wenn Sie nachts alleine im Bett liegen? Ich verstehe ja, dass Sie einen Täter brauchen, aber das war bestimmt nicht Hinni. Woher hätte er denn wissen sollen, dass Geerd in der Nacht noch zu seinem Schiff gefahren ist. Was wollte der dort überhaupt? Ich habe auf der Party sogar noch mit ihm getanzt."

Hinnis Augen werden starr, seine Stirn wirft einige senkrechte Falten: „Wat hast du? Mit de Herumdriever?" Seine Wut auf Geerd Geerdes ist ungebrochen und unübersehbar. Er scheint seinen Tod nicht zu bedauern.

„Aha, und wann war das?", will Brunner wissen.

„Gleich nachdem Hinni nach Hause gegangen ist. Geerd hat mich zu einem der ersten Tänze aufgefordert."

„Und dann?"

„Nichts und dann. Geerd hat im Laufe des Abends so ziemlich alle anwesenden Frauen und Mädchen mit einem Tanz beehrt. Meistens ziemlich eng."

„Und hatte er da eine Favoritin?", fragt Susi. „Ich meine, hat er mit einer Frau besonders intensiv getanzt. Lief da vielleicht sogar etwas?"

Renate denkt kurz nach: „Ob da was lief? Weiß ich nicht? Aber Birgit Janssen, die Frau von Jan, hatte es ihm an dem Abend besonders angetan. Oder er ihr. Vielleicht sollten sie die mal fragen. Und mit Imke Heiken hat er den Ball eröffnet."

„Machen wir natürlich", verspricht Susi.

Brunner aber fragt: „Die Tochter von Heiko Heiken?"

„Ja. Ich kann mir vorstellen, dass die etwas mit Geerd hatte. Schon vor der Regatta."

„Hm", macht Brunner, aber Renate ist noch nicht fertig: „Tatort war doch die Yacht von Geerd, oder?"

Susi nickt.

„Aber Hinni konnte doch gar nicht wissen, das Geerd noch auf dem Schiff war. Wie können Sie ihn da verdächtigen?"

Brunner wendet sich an Hinni: „Herr Boomgarden, sie hätten ohne weiteres Herrn Geerdes nach der Party auflauern, ihn bis zu seinem Schiff verfolgen und rechtzeitig zurückkommen können. Dieses Argument entlastet sie nicht und da sie kein Alibi haben, sind da jetzt viele Fragen zu klären. Es tut mir leid, aber wir müssen sie bitten, morgen früh gleich um neun Uhr in Aurich zu erscheinen. Das ist jetzt eine offizielle Vorladung!"

Hinni will protestieren, aber Renate legt ihm beruhigend die Hand auf seinen Arm. „Das wird sich aufklären. Du warst es ja nicht."

Dann wendet sie sich an Brunner: „Wozu genau bestellen Sie Hinni ein? Wird das ein Verhör? Braucht er einen Anwalt?"

Brunner versucht Renate zu beruhigen: „Ob Herr Boomgarden einen Anwalt braucht, muss er selber wissen. Wir brauchen vorerst seine Fingerabdrücke, seine DNA und ein offizielles Protokoll. Also, bis morgen, Herr Boomgarden."

7. Kapitel (Am Tag der Regatta)

Jede Regatta beginnt mit einer Skipperbesprechung. Hier trifft sich der Wettfahrtleiter mit eventuellen Beobachtern vom Segelverband, den Helfern, welche die Begleitboote fahren und Hilfe leisten, wenn dies nötig werden sollte und den Zeitnehmern, die später auf dem Start- und Zielboot agieren. Natürlich sind auch die Skipper samt Crew anwesend, um die geht es schließlich und oft ist auch noch die Presse und anderes neugieriges Volk dabei.

Der Wettfahrtleiter, ein gestandener Herr mit humorloser Miene, dunkler zweireihig geknöpfter Jacke und einer Elbsegler-Mütze auf den Kopf, stellt sich als Jürgen Schuster vom Regatta-Ausschuss-Ostfriesland vor. Neben ihm steht ein Ständer mit einer Seekarte sowie eine weitere Tafel, auf die er ein Blatt, auf der viele bunte Flaggen zu sehen sind, sowie den aktuellen Wetterbericht und die Gezeitentafel gepinnt hat.

Es ist noch früh am Morgen und da eine kräftige, frische Brise weht, hat der Hafenmeister bereitwillig das clubeigene Hausschiff geöffnet. Er hat auch die Kaffeemaschine in Betrieb genommen und eine Spendendose daneben gestellt. Dankbar haben sich die meisten daran bedient und schlürfen nun den heißen, starken Kaffee.

Nach der Begrüßung durch Geerd Geerdes und einigen Worten des Vorsitzenden des Greetsieler Clubs beginnt Jürgen Schuster mit der Einweisung.

Zunächst verliest er die Teilnehmerliste und stellt die Anwesenheit fest. Geerd steht natürlich darauf, seine Crew besteht aus zwei Vereinsmitgliedern, die selber kein für das

Wattenmeer taugliches Schiff haben. Bei seinem Schiff ist ein Yardstick von 103 eingetragen, stellen Karl und Hinni befriedigt fest. Hinnis *Moi Wicht* steht natürlich auch darauf und die Namen der anderen Vereinsmitglieder, die entweder mit ihren Jollenkreuzern oder auch Kielbooten angetreten sind. Drei Namen aber sind darauf, die den meisten unbekannt sind. Segler aus Greetsiel, die sich mit ihren Küstenkreuzern, einer älteren Sunbeam 25, einer Friendship 26 und einer kleineren Hallberg Rassy als externe Teilnehmer für diese Vereinsregatta gemeldet haben.

„Zwölf Schiffe also", stellt der Regattaleiter fest. „Ein überschaubares Feld. Nummern werden wir nicht vergeben, die Schiffe können anhand der Namen eindeutig identifiziert werden. Es nehmen keine Schiffe mit gleichen Namen teil, das habe ich schon festgestellt."

„Also zum Wetter", fährt er fort und hält ein Blatt hoch, auf dem die Küstenlinie der Deutschen Bucht samt den Inseln und viele Isobaren eingezeichnet sind.

„Die Isobaren liegen eng zusammen und ich muss in diesem Fall keinem erzählen, dass das viel Wind bedeutet. Vor Borkum sind es aktuell fünf bis sechs Beaufort aus Nordwest, in Böen auch mal sieben. Das ist noch okay, finde ich. Sollten es aber mehr als acht Beaufort werden, werde ich die Regatta abbrechen lassen. Halten Sie deshalb bitte alle Ihre Funkgeräte betriebsbereit, Kanal sechzehn. Gegen Abend wird der Wind voraussichtlich abnehmen, sagt der Wetterdienst. Soweit alles klar?" Alle nicken oder klopfen auf den Tisch.

„Kommen wir zur Regatta selber. Start ist genau um zehn dreißig. Seien Sie bitte alle pünktlich an der Startlinie, wer zu spät kommt, darf hinterher segeln. Die Schleuse Leysiel öffnet um neun zwanzig zur ersten Schleusung, habe ich mir sagen lassen. Also sollte die Zeit reichen. Wer keinen Motor hat oder seinen Außenborder an Land lassen möchte, lässt sich von einem Begleitboot oder einem Kameraden schleppen, aber das haben sie sicher schon alles organisiert." Er schaut in die Runde und stellt fest, dass alle zustimmend murmeln.

„Dann zum zeitlichen Ablauf des Starts. Der Start wird mit dem Fünf-Minuten-Ankündigungssignal, dem Vier-Minuten-Vorbereitungssignal, dem Ein-Minuten-Signal und dem Startsignal angezeigt. Die meisten von ihnen werden das kennen. Das Startsignal wird mit einem Schuss und den entsprechenden Flaggen gegeben, ich verweise hier auf die Regel sechsundzwanzig der ISAF."

Etwas Verwirrung macht sich breit. Die ganze Startprozedur ist allen bekannt, so genau haben sich bisher jedoch nur wenige die verschiedenen Schall- und Flaggensignale merken können. Jeder weiß aber, wenn es zum vierten Mal geknallt hat, sollte man an der Starlinie oder zumindest kurz davor sein.

Hinni schaut fragend zu Karl hinüber, der aber winkt beruhigend ab. Kein Problem, er hat die Regel sechsundzwanzig im Griff, will er damit sagen. Da werden nur die verschiedenen Flaggen beschrieben.

Renate flüstert ungeduldig: „Wann sagt der endlich, welcher Kurs gesegelt wird und wo die Bahnmarken liegen."

Karl legt den Finger auf den Mund, denn der Wettfahrtleiter erklärt erst noch umständlich, welche Sanktionen drohen, wenn die Startlinie zu früh übersegelt wird oder sonstige Regeln verletzt werden. Dabei weist er auch darauf hin, dass in der sogenannten Zone um die Bahnmarken andere Wegerechtsregeln gelten und immer dem innen segelnden Boot

Raum gegeben werden muss, also dem Boot, das näher an der Boje ist. Er erinnert auch daran, dass die Zone durch einen Bereich von drei Bootslängen um die Boje herum definiert ist.

Dann macht er noch klar, dass im Falle eines Protests, also wenn man sich durch ein anderes Boot regelwidrig behindert fühlt, eine rote Flagge gesetzt werden muss und zwar solange, bis die Ziellinie durchsegelt wird. „Aber ich hoffe mal, dass keiner die Protestflagge benötigt. Bitte segeln Sie fair, so ein Protest ist immer ein Haufen Stress für die Regattaleitung und wir machen das auch nur ehrenamtlich."

Der Wettfahrtleiter macht eine kurze Pause und trinkt aus dem Kaffeebecher, der vor ihm steht. „Soweit irgendwelche Fragen?"

Er wirft einen aufmerksamen Blick in die Runde. „Nein? Gut, dann mache ich weiter."

Er nimmt die Seekarte von dem Ständer und legt sie auf den vor ihm stehenden Tisch. „So, am besten kommen Sie mal alle bitte nach vorne, damit wir den Regattakurs besprechen können. Der verlangt schon ein bisschen Konzentration. Sie kennen das Revier ja alle, oder?"

Keiner der Skipper verneint diese Frage, aber auch niemand stimmt ausdrücklich zu. Es ist noch relativ früh im Jahr und so oft wurde in dieser Saison noch gar nicht im Wattenmeer gesegelt. Und jeder weiß natürlich, dass sich während der Winterstürme die Priele und Fahrwasser auch mal verändern. Zwar werden die Bojen auch meistens entsprechend verlegt und die neuen Positionen werden offiziell in den Nautischen Nachrichten veröffentlicht, aber trotzdem verlangt das immer besondere Aufmerksamkeit.

„So, meine Damen und Herren", fährt Jürgen Schuster fort.

„Wir haben hier den Kartensatz BSH 3015 und zwar die Blätter Nummer zwei und vier. Diese Karten werden die meisten auch an Bord haben, hoffe ich! Also, dann fangen wir mal an."

Er zeigt auf einen Punkt auf der Karte, etwas nördlich der Schleuse von Leysiel: „Start ist an der Boje L 11. Dort liegt das Start- und Zielschiff und die Linie zwischen Schiff und Boje ist die Startlinie."

Er schaut auf und wendet sich an einer der Helfer: „Wie lang habt ihr die Startlinie gelegt?"

„Ungefähr fünf Bootslängen", kommt die Antwort.

„Gut, das passt! Dann gibt es bei dem Wind nicht so ein Gedrängel an der Startlinie, es ist für alle Platz. Nach dem Start geht es nordwärts bis zur Tonne L 17 und zwar knapp eine Seemeile. Direkt nach dem Passieren der Tonne geht es westwärts in die Bantsbalje und zwar bis zum Tonnenpaar Bb 2/3. Bitte fahren Sie alle sauber auf dem Tonnenstrich, rechts und links ist es sehr flach. Wer festkommt, hat selber Schuld und muss sehen, wie er freikommt. Wer Hilfe braucht, muss ausscheiden. Soweit klar?"

Da sich keiner zu Wort meldet, macht Schuster weiter: „Gut, Sie segeln auf fast gleichem Kurs weiter in die Osterems und zwar ist die nächste Ansteuerung das Tonnenpaar O 23/24, Kurs zirka 315 Grad, dann kommen die Tonnen O 21/22 und O 19/20. Hier dürfen Sie noch einen kleinen Abstecher in die Memmertbalje machen, denn ich möchte Ihnen doch einen kleinen Dreieckskurs bescheren. Also, Sie segeln ungefähr mit Kurs 45 Grad zur Tonne M 6, diese Tonne wird gerundet und dann geht es westwärts bis zur Tonne M 4. Diese Tonne betrachten wir als Bahnmarke, runden Sie diese gemäß der Regel 18. Beim Passieren bleibt die Tonne an Ihrer Backbordseite und dann geht es zurück zur Tonne O 20 und wieder durch die Bants Balje und so weiter zur Zieltonne L 11."

Der Verweis auf die Regel 18 lässt einige Skipper unruhig werden und Karl meldet sich zu Wort: „Ich möchte nur daran erinnern, dass die Regeln 18.1 bis 18.3 sich mit dem Bahnmarken-Raum beschäftigen, falls das nicht so geläufig ist. Das heißt in dem Fall für uns, dass innerhalb von drei Bootslängen um die Tonne M 4 das innenliegende Boot Wegerecht hat, um die Tonne zu runden. Es gilt in diesem Bereich also nicht Lee vor Luv!"

Karl hat natürlich auch die aktuellen Wettfahrregeln 2014 bis 2016 zur Hand. „Da gibt es in den aktuellen Regeln aber noch etwas Neues. Er schlägt das Buch auf und zitiert: „Eine wichtige Änderung ist, dass die Regeln zum Runden der Bahnmarken nicht gelten zwischen einem Boot, dass die Bahnmarke verlässt, und einem, dass sich ihr nähert – zwischen ihnen gelten die normalen Wegerechtsregeln."

Der Wettfahrtleiter nickt anerkennend: „Das ist im Prinzip richtig, aber natürlich gibt es auch da wieder Ausnahmen. Stichwort Überlappung! Aber sie haben auf dem Weg zur Schleuse viel Zeit, da können Sie die Regeln noch einmal nachlesen."

Einige Skipper buhen, andere lachen verhalten. Als ob jemand außer Karl das Regelhandbuch im Cockpit liegen hätte.

„Nun, das ist schließlich ihnen überlassen! Aber noch eines: Die gesamte Regattastrecke beträgt rund fünfzehn Meilen plus der Kreuzschläge. In drei bis vier Stunden sollten Sie bei dem frischen Wind also wieder an der Zielboje sein. Dass keiner bummeln soll, muss ich nicht extra betonen. Wir wollen natürlich rechtzeitig vor dem Niedrigwasser wieder in der Schleuse

165

sein."

Er schaut in die Runde. „Ist soweit alles klar?"

Aber die ersten stehen schon auf, sie wollen raus aufs Wasser. Weg von der Theorie und komplizierten Regattaregeln. Die wenigsten hören noch wie der Regattaleiter ihnen nachruft: „Und dann möchte ich noch einmal daran erinnern, dass absolute Schwimmwestenpflicht gilt. Das heißt, die Schwimmwesten bleiben nicht im Schapp liegen, sondern sind am Mann zu tragen."

Renate will fragen, wie Sie als Frau es denn mit den Schwimmwesten halten soll, aber sie will auch lieber raus und der Wettfahrtleiter scheint kein Spaßvogel zu sein. Auch bei Ihr ist die Spannung sehr groß geworden und Segeln ist eben eine Männerdomäne, zumindest in Ostfriesland.

Knapp zwei Stunden später sind alle Boote im Bereich der Startlinie eingetroffen. Hinni hat seine *Moi Wicht* zusammen mit einigen anderen Booten von einem der beiden Begleitboote von der Greetsieler Marina durch die Schleuse bis kurz vor die Startlinie ziehen lassen. Die Schleppleine, die Geerd Geerdes ihnen grinsend angeboten hatte, haben sie dankend abgelehnt. Die Begleitboote sind seegängige Schlauchboote mit starrem Kunststoffboden, zwei starken Außenbordmotoren, einem Steuerstand mit Windschutz und sie sind mit je zwei Helfern besetzt.

Irgendwann unterwegs fiel Karl dann noch auf, dass Jan überhaupt nicht aufgetaucht ist. Kommt der erst in der Schleuse an Bord? Die Aussicht, den Ballast-Trimmer spielen zu müssen, hat ihn nicht begeistert, vermutet er. „Hinni, wo ist Jan?"

Hinni ist in tiefe Gedanken versunken, er konzentriert sich

offensichtlich gerade auf den optimalen Startablauf, und so antwortet Renate: „Jan hat am frühen Morgen schon angerufen und abgesagt. Er hätte die ganze Nacht Stress mit Birgit gehabt, überhaupt nicht geschlafen und sei absolut nicht fit für einen Sechser Nordwestwind."

„Aber zur Siegerehrung kommt er dann schon?", fragt Karl lakonisch, aber eigentlich will er die Antwort gar nicht wissen. Natürlich wird Jan kommen!

Das Stichwort ,Jan' hat Hinni aus seinen Gedanken aufgeschreckt. Er springt durch den Niedergang, schraubt die Bodenbretter heraus und stellt die Wasserkanister, die Jan hätte jeweils auf die Luvseite stemmen sollen, neben dem Schwertkasten direkt auf die Bootsplanken, um den Schwerpunkt des Bootes so tief wie möglich zu legen. „Düvel ok, das hätte ich fast vergessen. Und du, Renate, hättest lieber mal ordentlich frühstücken sollen, damit wir mehr Gewicht auf die Kante kriegen, wo Jan doch jetzt ausfällt," grinst er.

Jetzt segeln sie wie alle anderen Boote südlich der Startlinie auf und ab, in der Hoffnung, diese genau mit dem letzten Schuss - aber keine Sekunde vorher - überqueren zu können. Der Wind weht wie angekündigt mit fünf bis sechs Beaufort, einige Wolken werden über den ansonsten blauen Himmel gejagt.

Es ist drei Stunden vor Hochwasser und der Tidenstrom hat schon mächtig eingesetzt. Zum Glück gibt es hier noch keine nennenswerte Welle. Um das Fahrwasser herum ist es sehr flach, da kann sich kaum eine See aufbauen, aber das wird sich mit steigendem Wasser noch ändern.

Der Wind kommt etwas westlicher als Nordwest, der erste

Kurs hinter der Startlinie ist fast genau Nord und Hinni probiert, wie weit er Höhe machen kann, um in dem sehr engen Fahrwasser möglichst wenig kreuzen zu müssen.

Jetzt versucht er sich so weit wie möglich an die Luvseite der Startlinie zu schmuggeln, er winkt den Helfern und den Zeitungsleuten auf dem Startboot noch zu und dann ertönt der vierte Schuss. Start!

„Schoten dicht", kommandiert Hinni sofort und der Schuss ist kaum verklungen, da hat er die Startlinie überquert.

„Super", freut sich Renate. „Wir sind dem Feld voraus. Und Geerd hat es mal wieder gar nicht gepackt."

„Na ja", auch Hinni ist erleichtert, ein gelungener Start ist der halbe Regattasieg. „Bis der seine zehn Tonnen mal in Bewegung hat ..."

Ganz kann Hinni den Kurs nicht halten, der Wind drückt die *Moi Wicht* immer weiter an den Rand des Fahrwassers und zwingt zu einer Wende. Aber sie sind eingespielt, alle Manöver klappen wie am Schnürchen.

„Klar zur Wende", kommandiert Hinni nun wieder.

Prompt kommt die Antwort von Renate und Karl. „Ist klar!"

„Ree!" sagt Hinni und drückt die Pinne. Das Boot dreht in den Wind und kaum ist der Bug herum, kommt schon das Kommando: „Hol über Fock!"

Renate lässt ihre Fockschot los, achtet darauf, dass nirgendwo etwas klemmt und Karl holt die Schot auf seiner Seite dicht. Gleichzeitig hechten er und Hinni sich auf die andere Seite des Bootes um den Winddruck auszugleichen. Um auch die letzten Zentimeter der Schot dicht zu holen, setzt Karl die Winschkurbel ein, kein bisschen Höhe darf verschenkt werden. Aber zu hoch an den Wind knüppeln will er das Schiff auch nicht, das kostet Geschwindigkeit.

Hinni sitzt sehr konzentriert an der Pinne, das Boot ist so getrimmt, das trotz des starken Windes kaum Druck auf dem Ruder ist und so kann er feinfühlig die kleinsten Drehungen des Windes ausgleichen. Sie sind dem Feld immer noch voraus, haben freien Raum, der nur durch das Fahrwasser begrenzt ist, und können die Manöver ohne Rücksicht auf die anderen Boote fahren.

Nach der nächsten Wende in Höhe der Tonne L 15 und einer kleinen Winddrehung können sie schon die Tonne L 17 ansteuern und dort in das Fahrwasser Bantsbalje nach Westen abdrehen.

Das erste Stück geht das auch noch gut, der Kurs ist etwas südlicher als West, der Wind kommt von der Steuerbordseite und sie können den Kurs zur nächsten Fahrwassertonne genau anlegen. Hinni steuert sehr genau, jede kleine Änderung des Windes spürt er in den Ohren, gleicht sie aus und versucht Höhe zu gewinnen wo er kann, ohne das Schiff zu sehr in den Wind zu stellen. Der Wind weht hier draußen noch etwas frischer, die Böen werden härter und lassen das Boot krängen. „Geht mal alle auf die hohe Kante", sagt Hinni und setzt sich selber auch auf das Deck, so weit wie möglich nach außen.

Inzwischen haben auch die anderen Schiffe die Tonne L 17 erreicht und nehmen die Verfolgung auf. Besonders die Dickschiffe, die größeren Schiffe mit einem festen Ballastkiel, befinden sich nun im Vorteil, sie segeln aufrechter, haben dadurch und durch ihre größere Länge eine höhere Geschwindigkeit und nicht mehr den Nachteil des engen Fahrwassers. Geerd hat auf seiner *Scharhörn* das kleinere Vorsegel, die Fock, voll ausgefahren und die Schot so dicht gezogen wie es geht. Auch das Großsegel wird noch ohne Reff gefahren und die Großschot hat er so dicht wie möglich geholt. Er nutzt das Potential seines Schiffes voll aus und - er holt auf. Bald hat er das gesamte Feld überholt und setzt nun zum Angriff auf Hinni an. Der versucht einen Kurs möglichst nahe am Rand des Fahrwassers zu steuern, um der *Scharhörn* die Möglichkeit zu nehmen, ihn in Luv zu überholen. Geschickt lässt er die nächste Fahrwassertonne an seiner Leeseite liegen, so dass Geerd auch an dieser Seite nicht vorbei kann, es sei denn, er würde weit abfallen und Höhe verlieren.

Renate freut dies besonders, so macht Regatta Spaß. Sie winkt Geerd fröhlich zu, seine Angeberei vor der Regatta hat sie sehr geärgert und achteraus ist er ihr am liebsten. Bald ist die Tonne vorbei, das Fahrwasser verläuft nun etwas nördlicher. Hinni kann nicht mehr weiter anluven, er muss also geradeaus und damit allmählich auf die andere Seite des Fahrwassers fahren. Damit gibt er Geerd zwar den Raum, ihn zu überholen, aber der kann das nicht nutzen. Auch sein Schiff läuft mit maximal abgesenktem Schwenkkiel bereits so hoch am Wind wie möglich. Dann sehen sie plötzlich, wie die *Scharhörn* eine leichte Verbeugung macht.

„Scheiße, verdammt, kannst du nicht auf das Lot sehen", tönt von drüben eine laute Stimme.

„Der sitzt auf", freut sich Karl. „Hat nicht auf die Lage seines Schwenkkiels geachtet oder die Wassertiefe falsch eingeschätzt."

Geerd reagiert allerdings augenblicklich. Blitzschnell legt er das Ruder herum und bringt das Schiff auf einen anderen Kurs. Dadurch fährt die *Scharhörn* zwar nicht weiter in den Schlick hinein, die Crew war aber auf das Manöver nicht vorbereitet. Die Segel flattern im Wind, sie bremsen das Schiff schlagartig ab und bis die *Scharhörn* wieder Fahrt aufnehmen kann, ist Hinni schon einige Bootslängen voraus.

Aber auch für Hinni wird es jetzt sehr flach. „Klar zur Wende!"

Das Manöver klappt wieder reibungslos, schnell ist die *Moi Wicht* auf dem anderen Bug.

„Super", freut sich Karl. In einer Hand hat die Schot, um jederzeit reagieren zu können, in der anderen hält er die in eine wasserdichte Hülle verpackte Seekarte, in der er sich den Kurs und die wichtigen Bojen und Baken markiert hat. „Noch sind wir absolut vorne und Geerd wird jetzt sogar von den anderen Dickschiffen angriffen."

„Jo, das ist auch gut so!", meint Hinni.

Karl studiert die Seekarte, so gut das bei dem Wellengang möglich ist. „Hinni, das Fahrwasser ist hier nicht so breit wie es aussieht. Stell' dich schon mal auf eine neue Wende ein."

„Ich weiß", brummt Hinni. „Da drüben kommt dann gleich Kopersand. Aber ein Stück geht's noch."

Jede Wende kostet Zeit und die flachen Schiffe sind wieder im Vorteil, da sie die Fahrwasserbreite besser ausnutzen können und weniger Wenden machen müssen. Geerd liegt nun mit der Hallberg Rassy gleichauf, hinter zwei anderen Jollenkreuzern, die auch ihren Vorteil genutzt haben.

Hinni fährt erneut eine Wende und als das Boot wieder auf Kurs ist, zeigt Karl auf die Karte: „Versuch mal die Tonne Bb 3 anzusteuern. Dahinter sind noch ungefähr hundert Meter tiefes Wasser, bevor du wieder eine Wende machst."

„Jo, so maak we dat."

Hinni erinnert sich an seine Zeit auf dem Fischkutter, genau hier haben sie früher oft den Greetsieler Granat gefangen. Zwar verliefen damals das Fahrwasser und die Priele etwas anders als heute, aber er kennt das Revier und kann schon an den Wellen erkennen, ob das Wasser darunter flach oder genügend tief ist.

Nach der Tonne Bb 3 verläuft das Fahrwasser noch weiter nördlich und Hinni könnte direkt auf die Tonne O 20 zuhalten, die etwa drei Meilen voraus liegt, wenn er sie denn sehen würde. „Kurs über Grund 330 Grad", teilt Karl mit. „Den Strom kann ich hier aber nicht abschätzen. Halt am besten auf die nächstgelegenen Tonnen zu, die liegen ungefähr in Peilung."

Sie kommen nun aus dem Fahrwasser heraus in die Osterems, das Wasser wird tiefer, der Wind frischt weiter auf und die Wellen werden höher.

„Soll ich mal das Schwert ganz herauslassen?", fragt Renate. Hinni ist einverstanden: „Jo, mach mal."

Dadurch wird die seitliche Abdrift durch den Wind zwar verringert, das Schiff kann höher am Wind segeln, aber es vergrößert auch die Krängung. Das Segeln wird nun wirklich ungemütlich. Alle hocken so weit wie möglich auf der Außenkante des Jollenkreuzers, um die Neigung gering zu halten. Der persönliche Bewegungsspielraum ist durch die dicken Segeljacken und die Schwimmwesten stark eingegrenzt, sie ducken sich vor jeder Welle, die sich am Bug bricht und die der Wind dann als Gischt über das Schiff fegt. Eine Reling gibt es nicht und um nicht von Bord gespült zu werden, müssen sie sich festhalten, wo es eben geht. Eine Hand für den Mann, eine für das Schiff! Drei Meilen liegen auf diesem Kurs vor ihnen, etwas mehr als ein halbe Stunde wird das dauern, schätzt Renate, während sie vor sich hin friert und bibbert. Zum Glück scheint die Sonne und wenn die Luft auch nicht wirklich warm ist, die Sonnenstrahlen auf dem Gesicht tun ihr doch gut.

Dieser Kurs kommt natürlich den Dickschiffen zugute und so zieht die *Scharhörn* nach einiger Zeit an ihnen vorbei, nachdem sie vorher noch die Hallberg Rassy hinter sich gelassen hat. Geerd steht hoch und trocken in seinem Cockpit hinter dem Ruder, er winkt ihnen fröhlich zu und macht das V-Zeichen.

„Machen wir was falsch?", fragt Karl.

„Nee", meint Hinni, „bisher war alles richtig. Nur das wir im Moment das falsche Schiff haben."

Die Tonne O 24 bleibt auf der Backbordseite, dann folgt später das Tonnenpaar O 22/21, die sie beide an ihrer Steuerbordseite lassen. Hier ist das Wasser für Sportboote tief genug, so genau muss man es da mit dem Fahrwasser nicht nehmen. Nun ziehen auch die Hallberg Rassy und zwei andere Dickschiffe an Ihnen vorbei und bleiben fast gleichauf mit der *Scharhörn*. Karl macht sich aber keine Sorgen, deren Vorsprung ist nicht sehr groß und die Zeitvergütung wird das ausgleichen. „Noch liegen wir nach berechneter Zeit vorne", beruhigt er Hinni.

Bald kommt die Tonne O 20 in Sicht und Hinni sieht, wie Geerd diese passiert. Er lässt sie an seiner Backbordseite und schneidet damit ein Stück auf dem Weg zur nächsten Tonne, der M 6, ab. „Darf der das?" fragt Hinni in Richtung Karl.

„Eigentlich nicht. Es wurde von einem Dreieckkurs gesprochen, der hier beginnen soll. Damit wäre die Tonne eine Bahnmarke, die an deren Luvseite umsegelt werden sollte. So ausdrücklich kam das aber nicht rüber. Kannst du also frei interpretieren!"

„So genau wollte ich's gar nicht wissen", meint Hinni und fährt Geerd hinterher, also an der falschen Seite der Tonne vorbei. Zuviel Vorsprung will er ihm nicht lassen und wo kein Kläger, ist kein Richter. Und außerdem, was der Kommodore tut, kann und darf nicht falsch sein.

Auf dem Kurs zur Tonne 6 in der Memmertbalje kommt der Wind schräg von achtern. Hinnis Jollenkreuzer macht ordentlich Fahrt, die Krängung wird geringer und die Wellen sind viel erträglicher. Der Bug stampft nun nicht mehr hart in die See hinein, sie werden von den Wellen geschoben und das Schiff bewegt sich sanfter und ruhiger. Renate entspannt sich etwas, so schlimm ist die Nordsee auch wieder nicht.

Einige Schiffslängen voraus rundet Geerd mit seinem Schiff die Tonne M 6, er liegt fast gleichauf mit den beiden anderen Dickschiffen und weit vor dem Regattafeld. Er ist bereits auf dem Weg zur Bahnmarke, der Tonne M 4, nach deren Rundung es schon wieder zurück geht. Hinni versucht in seinem Kielwasser zu bleiben, auch er rundet die Tonne, bleibt aber noch etwas auf nördlichem Kurs, um den Wind auszunutzen. Der direkte Weg wäre ein Kurs von etwa 260 Grad und das bedeutet wieder gegen den Wind kreuzen zu müssen.

„Klar zur Wende."

Hinni ist es zu flach geworden, aber nach der Wende kann er fast einen direkten Kurs auf die Bahnmarke fahren. Der Wind und die Gezeitenströmung drücken ihn allerdings etwas weiter südlicher als ihm lieb ist.

Karl überlegt sich die richtige Taktik, schließlich haben die Verfolger inzwischen schon wieder aufgeholt. „Wenn du die-

sen Kurs so halten kannst, wirst du etwa vier Bootslängen südlich der Tonne bleiben. Das ist nicht gut, aber nicht zu ändern."

„Jo", meint Hinni. „Maak ick."

„Dann wendest du und hältst so auf die Tonne zu, so dass du
mit einer Bootslänge Abstand östlich daran vorbeifährst. Wenn
du innerhalb der Zone bist, haben wir automatisch Wegerecht
vor den anderen Booten, die uns Wegerecht geben und somit
nach Norden gegen den Wind ausweichen müssen, Regel 18."

„Und was ist mit Geerd?", fragt Renate und zeigt in Richtung der Tonne. Dort hat Geerd bereits gewendet und fährt auf
seinem neuen Kurs zurück zur Tonne O 20 mit Wind von achtern, direkt auf sie zu.

„Hinni, wenden, schnell!", schreit Renate. „Der rammt uns!"

„Ich dachte wir haben hier Wegerecht", meint Hinni mit
Blick auf Karl.

„Aber Geerd verlässt die Zone und wir sind noch nicht drin,
da gilt das nicht und er hat Wind von Steuerbord, ist also auf
Backbordbug.

„Aber er wird doch wohl abfallen", brummt Hinni. Er ist
sich aber nicht sicher. „Klar zur Wende!"

Zu spät! Während der kurzen Diskussion war Hinni einen
winzigen Moment unkonzentriert und er hat die *Moi Wicht*
bereits zu weit in den Wind gesteuert. Ein fataler Fehler! Der
Jollenkreuzer ist schlagartig langsamer geworden und hat nun
nicht mehr genügend Fahrt, um mit dem Bug durch den Wind
zu drehen. Er steht mit flatternden Segeln und beginnt jetzt
sogar rückwärts zu treiben. Hinni stellt das Ruder quer nach
Backbord. „Fock back!", schreit er. Renate springt auf, kriecht
auf das schmale Seitendeck neben der Kajüte und versucht das
Vorsegel mit der Hand in den Wind zu halten. Das Boot dreht

sich tatsächlich, der Wind kommt nun von Backbord und füllt die Segel. Renate zieht die Fock auf die andere Seite und die *Moi Wicht* nimmt langsam wieder Fahrt auf. Aber zu spät und zu langsam!

Geerd hat fest damit gerechnet das Hinni die Wende rechtzeitig schafft. Er hat auf sein Wegerecht gehofft oder zumindest darauf, dass er die *Moi Wicht* knapp hinter deren Heck passieren kann, aber nun fährt er direkt darauf zu. Und bevor er sich entscheidet, ob und wie er ausweichen soll, passiert es!

„Deckung!", schreit Renate und duckt sich tief ins Cockpit, als der hohe und bedrohlich wirkende Bug der *Scharhörn* direkt vor ihr auftaucht. „Der bringt uns um!"

Auch Karl und Hinni schaffen es gerade noch auf den Cockpitboden, dann rauscht auch schon das Bugspriet der *Scharhörn* heran. Geerds Versuch, jetzt noch anzuluven, ist völlig ohne Wirkung. Er dreht zwar das Schiff nach Steuerbord, aber er kann nicht mehr verhindern, die *Moi Wicht* mit der Backbordseite seines Bugs zu rammen. Der viel leichtere und kleinere Jollenkreuzer wird einfach zur Seite gedrückt. Das kann aber die Fahrt und die Masse der fast zehn Tonnen schweren *Scharhörn* aber nicht wirklich bremsen. Das vorstehende Bugspriet verhakt sich hinter den beiden Backbordwanten und reißt sie einfach aus den Püttings, den Befestigungen an der Bordwand. Die Wanten schwirren durch die Luft und klatschen an die Segel.

Der Mast hat nun keinen Halt mehr. Der Winddruck in den Segeln drückt ihn zur Seite und der Mastkoker bricht mit einem lautem und hässlichem Krachen. Die *Scharhörn* ist nun von den Wanten der *Moi Wicht* befreit, sie kann ihre Fahrt fortsetzen, schrammt an dem Jollenkreuzer vorbei und befindet sich plötzlich hinter deren Heck.

Einen Moment passiert nichts. Der Mast und die Segel liegen halb im Wasser, der andere Teil scheuert auf dem Deck. Hinni, Karl und Renate hocken benommen im Cockpit und der Jollenkreuzer schaukelt ohne stabilisierenden Winddruck heftig in den Wellen.

„Himmelherrgottdonnerwetter!" Renate kommt zu sich und begreift sofort den Ernst der Lage. „Was nun? Haben wir ein Leck?"

Auch Hinni krabbelt hervor und beugt sich sofort über die Bordwand. Einige Planken sind durch den Aufprall der *Scharhörn* eingedrückt und gesplittert, das ist aber nicht bedrohlich, stellt er fest. Dadurch kann zwar etwas Wasser ins Schiff kommen, aber nicht wirklich viel. Keine unmittelbare Gefahr! Aber die herausgebrochenen Püttings, dreißig Zentimeter lange und vier Zentimeter breite Platten aus Edelstahl, die mit soliden Bolzen an den Planken der Außenhaut befestigt waren, haben Löcher hinterlassen. Faustgroße Öffnungen klaffen jetzt dort, durch die nun bei jeder Welle Wasser ins Schiff schwappt.

„Segeltape, schnell!"

Renate wühlt schon in der Backskiste, holt das wasserfeste Klebeband hervor und reißt einige Streifen ab, die Hinni hastig über die Löcher klebt. Dann atmet er auf, fürs erste wird das halten. „Wenn sonst nix ist, saufen wir zumindest nicht ab!"

Karl beobachtet die *Scharhörn*. Sie ist sofort von dem Jollenkreuzer freigekommen und entfernt sich nun schnell mit achterlichem Wind. Die beiden anderen Dickschiffe befinden sich auf etwa gleicher Höhe und Karl versucht sich die Namen einzuprägen, vielleicht brauchen sie einen Zeugen: „*Antares* und

Seemöwe" liest er laut ab.

Mit Entsetzten sieht Karl dann aber, wie Geerd die rote Protestflagge hisst. Er hat also völlig unsportlich fast einen Konkurrenten versenkt und fühlt sich nun auch noch behindert und meint dies zu Protokoll geben zu müssen. Streng genommen hatte er auch nach Hinnis Wende das Wegerecht – Backbordbug vor Steuerbordbug – aber genau diese Regel hätte auch sein Ausweichen als Manöver des letzten Augenblicks verlangt, um eine Kollision zu verhindern.

Aber wenn Geerd die Protestflagge setzt, muss Karl reagieren. „Protest", schreit er laut und hofft, dass die vorbeisegelnden Boote das hören können und registrieren. So kann er zumindest dokumentieren, dass sie den Protest von Geerd nicht widerspruchslos hingenommen haben.

„Der hat tatsächlich die Protestflagge gesetzt!" Auch Renate kann es kaum fassen.

Hinni aber ballt die Fäuste in Richtung Geerd. Da nun keine akute Gefahr für das Schiff mehr besteht, muss er erst seinen Zorn abreagieren. „Du Klötsack, ick breng di um!"

Inzwischen ist eines der beiden Begleitboote herangekommen. Es hat auf seiner Warteposition etwas abseits der Tonne das Geschehen beobachtet und möchte nun Hilfe leisten. Der Bootsführer am Steuerstand fährt in einem großen Bogen auf die *Moi Wicht* zu, der Helfer steht bereits vorn am Bug mit einer Leine in der Hand. Auch die beiden sind entsetzt.

„So ein Blödmann! Ist von euch jemand verletzt?"

Hinni schüttelt den Kopf: „Nee, das nicht. Aber die Segel sind gleich im Arsch."

„Okay, wir helfen!"

Das Schlauchboot fährt nochmals um die *Moi Wicht* herum, bis zum Ende des Masts, das dort in den Wellen auf und ab schaukelt. Der Helfer greift das Masttopp, hebt es aus dem Wasser und sichert es mit einer kurzen Leine auf ihrem Schlauchboot. Hinni hat sich bereits auf das Kajütdeck gekniet und löst den Großbaumbeschlag vom Mast. Dann nimmt er das Großfall von der Klampe und beginnt das Segel herunter zu ziehen. „Macht mal die Dirk los", ruft er ins Cockpit aber Karl schraubt bereits den Schäkelbolzen von der Dirk heraus und dann auch gleich den von der Großschot.

Auch Renate ahnt, was Hinni vorhat.

„Ich helfe dir, Hinni!" Gemeinsam rollen sie das Großsegel über den Großbaum auf. Das Schiff stampft und schaukelt in den Wellen, das Segel liegt halb im Wasser und Hinni muss kämpfen, um sich auf dem Kajütdeck zu halten. Ohne den gewohnten Mast und die Wanten, an denen man sich sonst festhalten kann, ist das nicht einfach. Aber schließlich ist das Großsegel aufgerollt. Hinni löst noch den Schäkel von dem Großfall am Kopf des Segels und Renate schiebt den Großbaum dann samt Segel mit Karls Hilfe durch den Niedergang in die Kajüte.

Etwas Wasser schwappt dort in der Bilge, stellt sie fest. Das ist im Moment aber nicht bedrohlich und kann später heraus gepumpt werden.

Inzwischen ziehen andere Regattateilnehmer an ihnen vorbei, fast alle haben den Vorfall beobachtet, einige wollen wissen, was denn genau passiert ist. Aufmunternde und bedauernde Worte fallen und einige bieten sogar ihre Hilfe an. Wohl wissend, dass sie damit von der Teilnahme an der Regatta ausgeschlossen werden können oder zumindest nur noch eine Chance auf einen der hinteren Plätze haben. Das ist Sportsgeist! Hinni lehnt das deshalb auch dankend ab: „Nee, lasst mal, wir kommen klar."

„Haltet den Mast mal weiter über Wasser, ich versuche noch die Fock zu bergen", ruft Hinni dann zu dem Sicherungsboot hinüber. Der Mann am Ruder hebt die Hand. „Verstanden", heißt das.

Bevor Hinni auf den Bug kriecht, bindet er sich zu seiner eigenen Sicherung noch eine Leine um den Bauch. Falls er über Bord gehen sollte, hat er damit zumindest etwas, um sich zum Schiff zurückzuziehen und nicht im Tidenstrom abzutreiben. Dann löst er das Fall des Vorsegels von der Klampe am Mast.

Vorne am Bug versucht er zunächst eine Position zu finden in der er arbeiten kann, ohne bei der nächsten Welle über Bord gespült zu werden. Hier gibt es nicht viel, wo man sich festhalten kann, keine Reling und auch keinen Bugkorb wie bei größeren Schiffen. Nur einen kurzen Handlauf auf dem Deck und die beiden Festmacherklampen etwas weiter hinten rechts und links an den Außenseiten. Schließlich setzt er sich auf das Deck, Gesicht nach vorne, die Beine legt er links und rechts über die Bordwand und hofft, die Schenkel genügend zusammenpressen zu können um die Bootsbewegungen auszugleichen und dabei nicht zu weit nach vorne zu rutschen.

Dann löst er das kurze Drahtseil, den Stropp, mit dem das Vorsegel in dem Beschlag auf dem Deck befestigt ist und versucht das Segel aus dem Profil der Rollvorrichtung zu ziehen. Es klappt nicht, irgendwo hat sich das Fall verhakt.

„Könnt ihr versuchen das Fall zu lösen?" ruft er zu dem Schlauchboot herüber. Der zweite Mann dort hat auch schon eine Kombizange in der Hand und schraubt den Bolzen aus dem Schäkel. „Okay!"

Hinni zieht nun mit der einen Hand an dem Segel, mit der anderen stößt er das Vorstagprofil in die andere Richtung und gleichzeitig muss er seine Schenkel zusammenpressen, um nicht über Bord zu gerissen zu werden. Jede größere Welle überspült seinen Unterkörper, aber langsam kommt der erste Meter des Segels aus dem Profil heraus. Karl kriecht ebenfalls nach vorne, er versucht Hinni zu helfen. Meter um Meter schaffen sie es gemeinsam die Fock herauszuziehen, die aber auf der anderen Seite des Bootes gleich wieder ins Wasser gleitet. Karl versucht das Tuch zusammenzuraffen und aufzurollen, aber das ist hoffnungslos bei dem Seegang. Die Wellen reißen es ihm ständig wieder aus der Hand und sich einfach darauf legen will er auch nicht. Zu groß ist die Gefahr, dass er dann gemeinsam mit dem glatten Segel ins Wasser rutscht und verschwindet. Hinni winkt ab: „Lass mal, das ziehen wir nachher wieder raus."

Renate hat inzwischen die Vorschoten von den Winschen und Ösen gelöst und sobald Hinni und Karl das Segel ganz herausgezogen haben, zieht sie es an den Schoten durch das Wasser zu sich heran und schließlich in das Cockpit. Die Wassermassen und Wellen reißen in die andere Richtung und Renate muss sich kräftig gegen die Sitzbank im Cockpit stemmen, um nicht selber außenbords zu gehen. Aber bald sind Karl und Hinni heran. Gemeinsam bekommen sie das Segel ins Cockpit und schieben es gleich den Niedergang herunter.

„So, jetzt noch den Mast sichern", pustet Hinni. Die Aktion auf dem Vordeck hat ihn körperlich und emotional mehr angestrengt, er zugeben will.

„Aber wie?", fragt Karl. Wie bei Hinni läuft auch ihm das kalte Wasser aus der Kleidung heraus. Die Kälte und der

Schreck machen ihn unsicher.

„Womit willst du den sichern?" Er zeigt auf den Koker, der nur noch zur Hälfte vorhanden ist.

Hinni überlegt: „Am besten wir laschen den Mast außenbords fest." Etwas Besseres fällt ihm im Moment nicht ein. Zwar werden der Mast und die Wanten an der Außenhaut scheuern und einige Kratzer verursachen, aber das ist immer noch besser, als ihn ganz aufzugeben.

Hinni kriecht wieder auf das Kajütdeck, zieht die lose hängenden Fallen so weit es geht durch, damit sie glatt am Mast anliegen, wickelt sie einmal um den Mast herum und sichert sie notdürftig mit einem Bändsel. Dann bricht er das letzte Stückchen des Kokers, mit der Mast dort noch befestigt ist, heraus. Karl reicht ihm aus dem Cockpit eine kurze Leine, die knotet er um das untere Ende des Mastes und lässt ihn dann über Bord gleiten. Die Leine hält er fest und kriecht damit wieder langsam ganz nach vorne, um das andere Ende der Leine am Bug auf der Festmacherklampe zu belegen.

Die beiden Männer im Begleitboot haben verstanden was Hinni vorhat. Der eine steht im Bug und hält das Masttopp, während der Rudergänger das Schlauchboot langsam rückwärts zum Heck des Jollenkreuzers fährt. Karl hat bereits eine weitere Leine in der Hand, die knotet er mit dem einen Ende um den Mast und das andere Ende belegt an der hinteren Klampe.

„So sollte das gehen", meint einer der beiden Männer von dem Sicherungsboot. „Wir schleppen euch dann gleich nach Greetsiel"

Der Mast schlägt mit jeder Welle an den Jollenkreuzer, aber das ist im Moment nicht zu verhindern. Eine andere Lösung fällt Hinni im Moment nicht ein und wegen der Kratzer muss er sich später etwas einfallen lassen.

„Die Salinge hauen uns alles kaputt", stellt er dann aber doch fest. Die Salinge sind die Querstreben, um die Wanten vom Mast abzuspreizen und haben am Ende einen Metallbeschlag, der die Stahldrähte aufnimmt. Als die nächste Welle den Mast anhebt, greift er die gerade oben liegende Saling und bindet das äußere Ende an den Handlauf auf dem Kajütdeck. Dann fischt er mit dem Bootshaken die Wanten und Fallen, die sich schon wieder gelöst haben, aus dem Wasser und bindet sie eng so am Mast fest, das sie nicht frei durch das Wasser und schließlich über den Meeresgrund schleifen und sich dort im Geröll oder versunkenen Gegenständen verhaken können.

„So Karl, die Schlepptrosse!"

Bevor aber Karl die Schleppleine an das Begleitboot übergibt, muss er noch etwas klarstellen. Er wendet sich an den Mann am Ruder: „Wir können nun keine Protestflagge mehr hissen und deshalb gebe ich bei euch zu Protokoll, das wir offiziell gegen die *Scharhörn* Protest einlegen.

Der Mann nickt: „Jo, das haben wir zur Kenntnis genommen" und greift sofort gleich zum Funkgerät.

Langsam fährt das Begleitboot mit der *Moi Wicht* im Schlepp nun dem Regattafeld hinterher. Der Mast wird bei jeder größeren Welle an den Rumpf geschlagen und Hinni ruft den beiden im Schlauchboot immer wieder zu, doch etwas langsamer zu fahren. Das ist für das Schlauchboot mit den starken Motoren aber gar nicht so einfach, es soll auch in den Wellen noch steuerfähig bleiben und dazu gehört eben eine gewisse Geschwindigkeit. In der Bantsbalje werden die Wellen aber schon geringer und als schließlich noch allmählich der Wind abflaut, kriecht Karl auf das Vordeck und holt die Leine mit dem Mast so dicht wie möglich und presst ihn damit regelrecht an die Bordwand.

Nass, frierend und emotional erschöpft hocken sie im Cockpit. Hinni hat die Pinne in der Hand und folgt dem Kurs des Begleitbootes. Renate heftet ihren Blick starr auf die Schleppleine, als ob sie es nicht fassen kann und Karl verschwindet schließlich im Niedergang, um die Ballastkanister auszuleeren. Das zusätzliche Gewicht können sie nun nicht mehr gebrauchen. Er gießt das Wasser einfach in die Bilge und pumpt es dann zusammen mit dem durch die beschädigten Planken eingedrungenem Seewasser mit der Lenzpumpe nach draußen. Keiner mag sprechen, sie wissen, sie haben einen Fehler gemacht, das kann aber immer und überall passieren. Aber die Kollision wäre ohne Mühe vermeidbar gewesen, Geerd hätte noch nicht einmal Zeit verloren, wenn er nur etwas angeluvt hätte. Hinni grollt in sich hinein, Renate friert, aber ihr Zittern wird nicht durch die Kälte und Nässe verursacht, sondern durch die Wut über das unsportliche Verhalten. Und so etwas nennt sich Kommodore! Einfach auf ein viel kleineres Schiff draufzuhalten ... Mit etwas weniger Glück hätte Geerd sie auch umbringen können. Hat er das wirklich in Kauf genommen? Warum? Nur um eine für ihn vielleicht wichtige, aber objektiv gesehen unbedeutende Regatta zu gewinnen? Oder gibt es noch ganz andere Gründe, Dinge zwischen Hinni und Geerd, von denen sie nichts weiß? Sie ist zu aufgewühlt, um zu reden, Hinni zu trösten und um ihn aufheitern zu können. Schließlich rückt sie ganz dicht an Hinni heran, legt ihren Arm um ihn und lässt ihren Kopf auf seine Schultern sinken.

Als sie schließlich nach der Schleusung in Greetsiel in der Marina ankommen, haben Geerd und seine Crew die *Scharhörn* schon festgemacht, er steht auf dem Steg und redet angeregt auf den Wettfahrleiter ein. Der aber wendet sich wortlos von Geerd ab, als er die *Moi Wicht* hereinkommen sieht und ruft Hinni zu: „Herr Boomgarden, in dreißig Minuten bitte zu mir! Protestverhandlung!"

Karl hebt die Hand, zum Zeichen dass er verstanden hat. Hinni aber schäumt vor Wut: „So ein Blödmann. Erst fährt er mir das Schiff kaputt und dann gibt es auch noch eine Protestverhandlung? Was will der denn noch, da gehe ich doch gar nicht hin!"

Karl versucht ihn zu beruhigen: „Doch Hinni, da gehen wir hin. Wir alle drei. Lass' Geerd nicht auch noch mit dem Protest durchkommen. Ich regle das schon!"

Das Schlauchboot schleppt sie noch weiter bis zur Slipanlage der Marina. Hinni springt an Land um seinen Landcruiser mit dem Trailer zu holen, den er morgens bereits auf dem Parkplatz vor dem Yachtclub abgestellt hat. Sie lösen den Mast, fahren den Trailer ins Wasser und ziehen den Jollenkreuzer darauf. Dann hängen sie die Ruderanlage aus und zurren auch den Mast auf dem Trailer fest. Hinni betrachtet intensiv die Beschädigungen an der Bordwand und am Mast: „Ist zwar schlimm genug, aber das kann ich alles reparieren. Hoffentlich sind die Segel nicht eingerissen, aber das sehen wir später!"

Dann nehmen sie noch die trockene Ersatzkleidung und Handtücher, die in Hinnis Wagen deponiert waren und gehen damit in die Duschanlage, um endlich aus den nassen Klamotten herauszukommen.

Bevor sie zur Protestverhandlung gehen steuert Hinni noch auf die *Scharhörn* zu und sieht sich deren Bug an. „Das gibt es doch nicht, der hat mal gerade einen Kratzer im Lack!"

Auch Karl und Renate schauen sich das Schiff genau an: Auf der Backbordseite, die zum Steg hin liegt, sind ein paar kleine Kratzer zu sehen, die aber leicht wegpoliert werden können. Und an dem Wasserstag, einem dicken Drahtseil, hängen ein paar kleine Holzsplitter, die aber auch leicht zu übersehen sind, wenn man nicht genau danach sucht.

Die Verhandlung findet in dem Clubschiff statt, wo auch am Morgen die Skipperbesprechung abgehalten wurde. Geerd sitzt dort schon am Kopfende eines langen Tisches.

„Der ist allein", flüstert Renate Karl zu. „Seine Crew hat sich wahrscheinlich schon von ihm distanziert."

Karl geht auf den Wettfahrtleiter zu. Er stellt sich vor, teilt mit, dass er als Taktiker auf der *Moi Wicht* gesegelt ist und hier den Skipper Hinni Boomgarden vertritt.

Er setzt sich den Tisch zu Geerd, aber weit entfernt an das andere Kopfende. Der Wettfahrtleiter setzt sich zwischen beide und Renate und Hinni nehmen an einem der Nebentische Platz. Hinni und Geerd würdigen sich gegenseitig keines Blickes.

„Gut", sagt Jürgen Schuster, der Wettfahrtleiter. „Es geht um einen förmlichen Protest der *Scharhörn*. Ich hoffe, dass wir hier sofort zu einer Einigung kommen", dabei schaut er Geerd Geerdes an, „sonst geht die Sache nämlich vor das Schiedsgericht, was für alle mit Zeitaufwand und Kosten verbunden ist. Herrn Geerdes Prostest habe ich bereits zu Protokoll genommen, aber die *Moi Wicht* hat ebenfalls einen Protest eingelegt. Wogegen genau protestieren Sie, Herr Eilers?"

Karl räuspert sich. Er hat sich, während sie geschleppt wurden schon eine plausible Formulierung zurechtgelegt: „Die *Scharhörn* muss bemerkt haben, dass unsere Wende misslungen ist, wir standen im Wind und konnten für einen Moment nicht manövrieren. Trotzdem hat sie ihren Kurs nicht geändert, obwohl sie als Manöver des letzten Augenblicks hätte anluven können und damit eine Kollision verhindert hätte. Stattdessen hat sie die *Moi Wicht* gerammt und nicht nur den beträchtlichen Materialschaden, sondern auch Personenschäden billigend in Kauf genommen."

Geerd braust auf: „Aber ich hatte Wegerecht!"

„Nach der Wende hätten sie nach Regel 10 Wegerecht gehabt, das ist richtig, vorher aber nicht!", stellt Jürgen Schuster klar.

„Aber die Wende ...", will Geerd wiedersprechen.

„Jetzt ist erst mal Herr Eilers dran", schneidet ihm der Wettfahrtleiter das Wort ab. Mit einer Handbewegung fordert er Karl auf: „Bitte."

„Die *Scharhörn* war uns voraus, hatte die Tonne M 4 bereits gerundet und kam auf uns zu. Wir befanden uns etwa vier Bootslängen genau südlich der Tonne und wollten wenden. Die *Scharhörn* war noch zwei oder drei Bootslängen von uns entfernt, als wir die Wende eingeleitet haben. Leider gab es in dem Moment eine kleine Winddrehung, möglicherweise auch deshalb, weil wir uns in Lee der *Scharhörn* befanden. Dadurch standen wir plötzlich im Wind, wurden abgebremst und konnten den Bug nicht mehr durch den Wind bringen."

„Was haben Sie dann gemacht?"

„Wir trieben rückwärts, der Skipper hat Gegenruder gelegt

und wir haben die Fock backgehalten. Schließlich kam der Bug durch den Wind und wir hätten weitersegeln können."

„Und die *Scharhörn*, was hat die gemacht?"

„Die hat ihren Kurs nicht geändert und ist an unserer Backbordseite in Höhe der Wanten kollidiert!"

„So Herr Geerdes, jetzt sind Sie dran. Haben Sie dazu etwas zu sagen?"

„Die kamen mir sehr schnell entgegen, ich wollte ausweichen, aber plötzlich, so schnell konnte ich gar nicht reagieren, macht Hinni eine Wende und bleibt im Wind stehen. Wie sollte ich da noch reagieren?"

„Wie weit waren sie entfernt, als die *Moi Wicht* die Wende begann?", will Herr Schuster wissen.

„Weiß ich nicht genau, weniger als zwanzig Meter."

„Also zwei Bootslängen, das hat Herr Eilers soeben auch zu Protokoll gegeben. Wie schnell waren Sie? Fünf oder sechs Knoten?"

Geerd nickt: „Ja, kann sein!"

Herr Schuster nimmt einen Taschenrechner und arbeitet damit. Nach einer kurzen Weile schüttelt er den Kopf und schaut Geerd an: „Herr Geerdes, für zwanzig Meter bei einer Fahrt von sechs Knoten haben Sie sechs Sekunden bis zur *Moi Wicht* gebraucht. In dieser Zeit konnten sie sich nicht für ein Ausweichmanöver entscheiden? Und dann muss ich Sie fragen, was ihr Protest überhaupt sollte. Die *Moi Wicht* ist – ich sage das mal so – durch ihre Beteiligung aus dem Rennen ausgeschieden und kann schon deshalb nicht mehr mit eventuellen Sanktionen, wie zum Beispiel einer Runde um die Tonne, belegt werden."

Der Wettfahrleiter schaut Karl und Geerd an: „Ist sonst noch etwas dazu zu sagen?"

Beide verneinen.

„Dann sehe ich keine Grundlage für den Protest der *Scharhörn* und weise ihn zurück! Den Protest der *Moi Wicht* dagegen nehme ich hiermit zur Kenntnis. Aus sportlicher und rechtlicher Sicht kann und will ich das aber hier und im Moment nicht abschließend bewerten, darüber wird es eine Schiedsgerichtsverhandlung geben. Und ob das Ganze auch noch juristisch aufzuarbeiten ist, wegen der Sachbeschädigung oder sogar Schlimmeres, darüber wird möglicherweise noch der Staatsanwalt entscheiden."

Er schaut Geerd und Karl intensiv an, aber keiner der beiden sagt etwas. „Okay! Es gibt also keine Einrede. Damit ist die Protestverhandlung beendet."

Geerd schleicht etwas betreten aus dem Raum, seinen Sieg hatte er sich anders vorgestellt. Aber für heute hat er erst mal die Regatta gewonnen und das zählt. Bis es eine Schiedsgerichtsverhandlung gibt, das kann dauern und da wird er noch Mittel und Wege finden um Recht zu bekommen. Seine Stimmung bessert sich und als er an der Tür angekommen ist und nach draußen geht, hebt er beide Arme in Siegerstimmung.

Auf der Heimfahrt beglückwünscht Renate Karl zu dessen geschickter Verhandlungsführung und auch Hinni klopft Karl auf die Schulter. „Aber was heißt das nun genau?" will Hinni wissen. „Hat der nun gewonnen, oder nicht?"

„Ich fürchte erst mal ja. Der wird sich heute Abend sicher auf das Siegerpodest stellen lassen."

„Dat gifft dat neit!" Hinni geht das nicht in Kopf. „Der gehört doch in den Knast, der wollte uns umbringen."

„Aber du hast auch nicht gegen ihn verloren", versucht Karl ihn zu trösten. Ich gehe mit dir zum Schiedsgericht. Da wird ihm vielleicht sogar sein Sieg wieder aberkannt und dann ist Geerd aber wirklich unten durch."

„Das mag sein, aber heute Abend kann er sich feiern lassen! Dat kiek ick me neit an!"

„Doch Hinni", schaltet sich Renate ein. „Das siehst du dir an! Du bist doch kein Feigling. Wer weiß, was der alles über dich erzählt, wenn du nicht da bist. Und du Karl, nein wir alle, wir können sofort Gerüchte streuen, dass ihm der Sieg vielleicht wieder aberkannt wird. Der Wettfahrtleiter war doch klar auf deiner Seite. Und Jan und Marion erzählen wir gleich unsere Version. Geerd mag heute oben auf dem Treppchen stehen, aber er wird nicht lange Freude daran haben."

Karl schaut auf seine Uhr und klopft sich auf die Stirn: „Hast du Marion gesagt? Scheiße! Ihr Zug läuft gleich in den Emder Bahnhof ein. Gib Gas Hinni, das ist jetzt ein wirklicher Notfall!"

8. Kapitel (Dritter Tag nach der Regatta)

„Herr Boomgarden, Sie werden verdächtigt, Herrn Geerdes in der Nacht nach der Regatta niedergeschlagen und getötet zu haben", sagt Brunner, nachdem er das Aufnahmegerät eingeschaltet und Hinni formell zu seiner Person und seinem Wohnsitz befragt hat. „Am besten, Sie geben die Tat jetzt einfach zu. Dann können wir uns viel Arbeit ersparen und der Richter wird milde mit Ihnen umgehen. Also, waren Sie es?"

Hinni schüttelt energisch den Kopf. Alles ist ungewohnt für ihn. Allein schon die Tatsache, dass er verdächtigt wird, findet er unerhört. Das Verhörzimmer mit dem Spiegel, den er von den Tatort-Krimis kennt und von dem er weiß, dass man ihn dadurch beobachten kann, die förmliche Anrede durch den Hauptkommissar, das Tonbandgerät und die Videokamera mit dem roten Licht: Das alles macht ihn nervös und hilflos. Auf See kann er jeden Sturm abwettern, da ist er vorbereitet, er weiß was ihn erwartet und kann entsprechend reagieren, aber hier fühlt er sich schutzlos. Als ob er im Sturm über Bord gegangen wäre.

Eigentlich wollte er die Frage, ob er es denn war, brüsk zurückweisen. Aber Renate hatte ihn vorher ermahnt, sich nicht provozieren zu lassen.

„Alles wird gut", hatte sie ihm versprochen und ihm versichert, dass sie und überhaupt alle die ihn kennen, sicher sind, das er nie einen Mord begehen würde. Hinni ist dankbar für dieses Vertrauen, es hilft ihm, ruhig zu bleiben. Ein paar Faustschläge, ja, das kann auch bei ihm schon mal vorkommen, wenn der andere es denn so will und verdient hat. Aber er würde niemals jemanden ernsthaft verletzen oder sogar töten und schon gar nicht wegen so einer Regatta. Geerds unsportliches Verhalten und seine Rücksichtlosigkeit hätte er ihm anders heimgezahlt. Ganz anders! Nur schade, dass das jetzt nicht mehr geht.

„Nee, dat was ick neit", beantwortet es deshalb auch die Frage klipp und klar und versucht äußerlich ruhig zu bleiben.

„Das habe ich nicht verstanden, können sie bitte für das Protokoll hochdeutsch sprechen", fordert Brunner ihn auf.

Hinni versucht weiterhin, sich keine Erregung anmerken zu lassen. Er ist in Aurich, mitten in Ostfriesland, er wird völlig zu Unrecht eines Mordes beschuldigt und er soll obendrein nicht einmal in seiner Heimatsprache reden dürfen? Aber vielleicht will man ihn auch nur provozieren, das soll diesem komischen Grüß-Gott-Kommissar aus Franken aber nicht gelingen.

„Nein, ich war das nicht!", sagt er betont langsam und deutlich.

„Es spricht aber vieles gegen Sie, Herr Boomgarden. Sie haben ein Motiv, Sie haben kein Alibi und mit einer Winschkurbel können Sie auch umgehen."

„Was für ein Motiv?"

„Herr Geerdes hat während der Regatta ihr Schiff gerammt und sie damit um ihren Sieg gebracht. Wegen der Regatta hat es schon im Vorfeld einige Streitereien gegeben, das haben wir jedenfalls erfahren. Sie haben weiterhin überall verkündet, dass sie auf jeden Fall gewinnen werden. Mir ist zwar nicht klar, wie sie das anstellen wollten, aber für mich hat sich das so angehört, als wenn Sie damit Herrn Geerdes quasi vom Thron stürzen und selber Kommodore werden wollen!"

Hinni lacht gequält. „Ich und Kommodore? Nie! Ich hätte

es jederzeit werden können, wenn ich gewollt hätte. Aber das wollte ich nie, da können Sie alle fragen."

„Und warum nicht? So ein Kommodore genießt doch hohes Ansehen?"

„Viel zu viel Arbeit. Und Ansehen habe ich auch so. Aber Karl, der hätte mal Vorsitzender bleiben sollen, dann wären wir ein Segelverein geblieben und kein Yachtclub mit einem Kommodore, der Sponsoren braucht!"

„Also waren Sie mit der Arbeit des Herrn Geerdes nicht zufrieden!"

„Kann man so sagen!"

Brunner schaut auf eine Liste: „Wer ist Karl? Meinen Sie Karl Eilers?"

„Jo!"

„Ich habe gehört, der segelt immer mit ihnen auf Ihrem Schiff. Ein guter Freund?"

„Jo!"

„Und der hätte ihrer Meinung nach Kommodore werden sollen, ja? Und der Yachtclub wäre so geblieben, wie sie ihn gerne hätten, stimmt es?"

„Jo!"

„Herr Boomgarden, wollten Sie Herrn Eilers den Weg ebnen, in dem Sie Herrn Gerdes beseitigen?"

„Watt sull datt, ick …"

Hinni ist aufgesprungen, aber wird von dem Polizisten, der schon die ganze Zeit an der Tür stand um im Notfall einzugreifen, sofort wieder auf seinen Stuhl gedrückt.

„Ruhe, Herr Boomgarden, bitte."

Dann geht die Tür auf und Susi bittet Brunner heraus.

„Was gibt es?", fragt der, als sie beide vor dem Spiegel stehen und Hinni beobachten können, der nun aufgeregt auf und ab geht, von dem Polizisten aber scharf beobachtet wird.

„Ich habe mir die Liste mit den Vereinsmitgliedern noch einmal vorgenommen und mit einigen Leuten gesprochen. Dabei habe ich auch einige Informationen über diesen Karl Eilers bekommen. Der ist ein zur Zeit arbeitsloser Bauingenieur, er wird aber von Herrn Boomgarden gesponsert und gelegentlich auch unterstützt. Er war vor einiger Zeit tatsächlich schon mal Vorsitzender des Yachtclubs. Bis er dann nach kurzer Zeit durch Herrn Geerdes abgelöst wurde, der den Mitgliedern mehr Ansehen und überhaupt alles Mögliche versprochen hat. Karl Eilers hat das gelassen hingenommen, aber Herr Boomgarden ist seitdem nicht gut auf Herrn Geerdes zu sprechen gewesen."

„Warum nicht?"

„Ich denke mal, das Herr Eilers zwar der Vorsitzende war, aber im Hintergrund hat Herr Boomgarden die Fäden gezogen und seine Interessen durchgesetzt."

„Aha! Welche Interessen denn, zum Beispiel?"

„Ach, da blicke ich nicht wirklich durch. Boomgarden besitzt viele Grundstücke um das Große Meer herum und es gibt Gerüchte über ein Vier-Sterne-Hotel, das dort gebaut werden soll. Aber ob Boomgarden nun dafür oder dagegen ist, habe ich nicht kapiert, es geht um Politik. Jedenfalls möchte die Gemeinde auf jeden Fall den Segelverein behalten und verhindern, dass der nach Greetsiel abwandert. Aber die Gemeinde möchte auch das Hotel. Und Boomgarden ist Mitglied im Gemeinderat und im Segelverein."

„Und Herr Geerdes, ist der Mitglied im Gemeinderat?"

„Nein, das geht schon deswegen nicht, weil der doch in Aurich wohnt."

„Interessant, sehr gute Arbeit, Susi! Aber dann könnte der Herr Eilers auch als Täter in Frage kommen, oder? Ich kombiniere mal: Arbeitsloser Bauingenieur spekuliert auf einen Hotelneubau."

„Kaum, der hat ein Alibi von einer Frau Doktor Marion Krull, einer Meeresbiologin. Die ist mit ihm befreundet und hat die ganze Nacht mit ihm verbracht. Erst im Yachtclub, dann bei ihm zu Hause. Sie wohnt in Hamburg, ich habe schon mit ihr telefoniert und die Hamburger Kollegen werden ihre Aussage zu Protokoll nehmen."

„Sehr gut, Susi."

„Aber ehrlich gesagt glaube ich nicht, dass Herr Boomgarden das war. Der ist eher so ein Typ wie mein Papa, solche Leute machen das nicht."

„Aber objektiv hat er ein Motiv und kein Alibi."

„Schon, aber was ist mit der Tatwaffe?"

„Da müssen wir nur noch seine Fingerabdrücke nachweisen."

„Trotzdem, Helmut. Ich weiß nicht! Die Winschkurbel hat zwei Tage im Salzwasser und Schlick gelegen."

„Ich darf den jetzt nicht laufen lassen. Was wir haben ist nicht besonders viel, aber es reicht zumindest für eine Untersuchungshaft. Und zu seiner Entlastung hat er auch nicht wirklich etwas vorgetragen."

Susi zuckt mit den Schultern. „Du bist der Chef, Helmut! Aber sollte das nicht erst mal intern bleiben, ohne Presse und so?"

„Gut! Wir wollen uns nicht blamieren, falls du doch Recht behältst. Kümmerst du dich darum? Und dann bitte: Fingerabdrücke, DNA, Erkennungsdienst, du weißt schon, das ganze

Programm."

„Mach ich. Aber diese Julia bleibt auch auf unserem Radar, oder? Und ich möchte mich auch gerne weiter um diesen Yachtclub kümmern, da gibt es noch eine Menge anderer Spannungen und Probleme."

„Was zum Beispiel?"

„Frauengeschichten. Man könnte meinen, das sei ein Swingerclub!"

„Okay, dann kümmere dich mal, das kann nicht schaden. Das ist dein Revier!"

„Was, der Swingerclub?"

„Nein, alles was mit Segeln zu tun hat!"

9. Kapitel (Am Abend nach der Regatta)

Die Siegerehrung nach der Regatta ist traditionell verbunden mit dem großen Sommerfest des Ostfriesischen Yacht Clubs und beginnt mit einem Grillabend auf der Terrasse des Vereinsgeländes. Das Tief, das am Nachmittag noch heftige Böen bescherte, ist inzwischen abgewandert. Der Wind hat weiter abgeflaut, es ist zwar etwas kühl, aber die Sonne scheint häufig zwischen den Wolken hindurch.

Ein Cateringservice hat einen großen Grill aufgestellt, der bereits mächtig Qualm und Rauch verbreitet. Ein Grillmeister kümmert sich darum, fächelt fleißig frische Luft und legt die ersten Fleischstücke auf. Hinter der Theke im Vereinshaus stehen junge Frauen in weißen T-Shirts und roten Schürzen und füllen schon die ersten Gläser: Campari mit Orangensaft, Prosecco mit einem Schuss Aperol, Hugo und eiskalter Linie-Aquavit sind die Favoriten. Heute sollen alle Vereinsmitglieder einfach nur feiern und sich nicht um das Grillen, volle Gläser und den Service kümmern müssen.

Der Discjockey DJ Klaus aus Aurich hat sein Pult und die Boxen in einer Ecke des Raumes aufgebaut und ist bereits von einigen jungen Mädchen umringt, obwohl er vorerst nur sanfte und leise Barmusik auflegt.

Nach und nach trudeln die Gäste ein. Die Regatta hat länger gedauert als erwartet und alle wollten noch erst nach Hause, um sich zu duschen und frische Kleidung anzuziehen. Die Damen erscheinen trotz der kühlen Abendluft fast alle in mehr oder weniger freizügigen Kleidern, eleganten Heels und frisch geföhnten Frisuren, während die Herren sich überwiegend für

Jeans, Hemd und Pullover entschieden haben.

Geerd Geerdes, der natürlich in seinem Blazer mit den goldenen Knöpfen und einer hellen Stoffhose erschienen ist, steht am Eingang. Er begrüßt alle ankommenden Gäste und nötigt die Damen, von den bereitgehaltenen Tabletts entweder einen Hugo oder einen Prosecco mit Aperol zu nehmen. Den Herren bietet er einen Aquavit aus eisbeschlagenen Gläsern an und verweist auf das Bierfass, das weiter hinten auf der Terrasse aufgestellt ist. Und allen erzählt er als erstes, wie Hinni ihm während der Regatta einfach vor den Bug gefahren ist und er in letzter Sekunde noch Schlimmeres verhindern konnte. „Ist sonst ein netter Kerl, aber der soll erst mal Segeln lernen", gibt er seine Meinung über Hinni allen mit auf den Weg.

Dann treffen auch Jan und Birgit ein. Birgit hat sich für den Abend besonders attraktiv und schick gemacht und hat offensichtlich viel Zeit darauf verwendet, sich herausfordernd zu schminken. Sie begrüßt Geerd sehr herzlich, drückt sich für einen Moment an ihn und tauscht Begrüßungsküsse aus, die etwas intensiver ausfallen, als nötig und schicklich gewesen wäre. Jan wird von Geerd mit einem Handschlag begrüßt. „Da hast du aber Glück gehabt, das du heute nicht bei Hinni auf dem Boot warst. Der hätte euch umbringen können."

„Was?" Jan ist irritiert. Er hat bisher noch gar nicht mit Hinni oder Karl gesprochen.

„Hast du das noch nicht gehört, der ist mir einfach vor den Bug gefahren und hat sich mit meinem Bugspriet die Wanten heruntergerissen."

Jan ist ungläubig, aber ehe er nachfragen kann, widmet sich Geerd schon wieder neuen Gästen.

Schließlich erscheinen auch Karl und Marion, hinter ihnen folgen Hinni und Renate. Geerd hebt die Arme und zieht Marion zu einem Begrüßungskuss zu sich heran. „Frau Doktor Krull, unsere Meeresbiologin", wird sie überschwänglich von ihm begrüßt. „Wie geht es der Ostsee, haben Sie alles im Griff?"

Marion aber entzieht sich ihm und nimmt wortlos ein Glas mit einem Hugo von dem bereit gehaltenen Tablett. Karl geht ohne einen Gruß an Geerd vorbei und auch der scheint nicht an dem Austausch von Höflichkeiten interessiert zu sein.

Dann aber schauen plötzlich alle auf Hinni und Renate. Dank Geerd ist der Verlauf der Regatta zur Genüge bekannt, aber die meisten kennen auch die andere Version, die Hinni bereits geschickt bei einigen alten Kumpels hat durchsickern lassen. Auch die Tatsache, das Geerd der Sieg durchaus noch aberkannt werden könnte, hat er angedeutet. Nun ist man gespannt, was passiert, wenn die beiden aufeinandertreffen.

Renate hat sich für den Abend besonders hübsch hergerichtet. Sie trägt ein orangefarbenes Cocktailkleid mit einem tiefen Rückenausschnitt der knapp über ihrem Po endet und einem Dekolleté, das eine Menge ihrer fraulichen Brüste preisgibt. Sie trägt einen ebenfalls orangefarbenen Lippenstift und auch ihre Nägel sind in der gleichen Farbe lackiert. Sie strahlt Dynamik und gute Laune aus und jede Geste drückt aus, dass sie sich gut fühlt und heute Abend feiern will. Geerd, der soviel Weiblichkeit nicht widerstehen kann, will auch sie zur Begrüßung in den Arm nehmen, aber Renate bleibt nur kurz stehen, rührt sich keinen Millimeter, schaut Geerd herausfordernd an und zieht dann mit Hinni im Arm an ihm vorbei.

„Toller Auftritt", meint Marion, als sie sich etwas entfernt an einem der Tische auf der Terrasse niedergelassen haben. „Das war gekonnt!"

Birgit hat sich schnell von Jan gelöst und der steuert nun Hinni an.

„Was erzählt Geerd da allen Leuten? Du kannst nicht segeln und musst erst mal die Regattaregeln lernen?"

Karl lacht auf und erzählt Jan seine Version der Geschichte. „Der meint wohl, wir müssen alle noch seine Regeln lernen. Ich habe in Los Angeles auf dem Airport mal einen Spruch gelesen: First rule in business: you make the rule!"

„Genau", sagt Marion. „So läuft es! Mach dir deine eigenen Regeln und vergiss alles andere. Die Welt besteht überwiegend aus Arschlöchern."

„Und ich dachte, bei uns im Verein wäre die Welt noch in Ordnung", meint Hinni. „Aber da habe ich mich getäuscht."

„Ist sie auch", stimmt ihm Marion zu. „Lass euch bloß nicht von einem einzigen Arschloch irritieren!"

Inzwischen sind viele andere Vereinsmitglieder an den Tisch gekommen wo Hinni mit seinen Freunden inzwischen einen Platz gefunden hat. Er wird von fast allen herzlich begrüßt und natürlich ist die Kollision mit Geerd das überwiegende Gesprächsthema. Hinni erfährt viel Zuspruch und Trost, fast jeder weiß aus der Vergangenheit von einer misslungenen Wende oder einem ähnlichen Patzer zu berichten, der auch dem erfahrensten Segler mal unterlaufen kann. Gläser mit Aquavit oder frisch gezapftem Bier werden gereicht. Ihm, Karl und auch Jan wird zugeprostet und man gibt ihm auf diese Weise zu verstehen, dass man ihn nach wie vor für einen guten Segler und Kumpel hält. Aber andererseits mag sich auch keiner offen gegen Geerd stellen.

Renate schmiegt sich demonstrativ an Hinni und zieht seinen Mund zu sich heran. „Siehst du, die meisten sind doch in Ordnung. Du musst nur geduldig sein, Geerds Zeit läuft ab."

Hinni schaut überrascht auf: „Wie meinst du denn das? Willst du ihn umbringen?"

„Nein", lacht Renate. „Na, ich doch nicht! Der bringt sich durch sein Verhalten selber um. Aber Hinni, wenn du mir nicht bald was zu essen holst, dann muss ich denken, das du mich umbringen willst. Allmächd, hab' ich an Hunger!"

Die meisten haben den ganzen Tag außer vielleicht einem Frühstück noch nichts Ordentliches gegessen, während der Regatta und danach war kaum Zeit dafür. Und so ist nun der Grillmeister schwer beschäftigt, all die Teller zu füllen, die ihm von hungrigen Menschen hingehalten werden und für Nachschub zu sorgen.

Aber irgendwann sitzen alle auf den Bänken und Stühlen, sie sind zufrieden und satt und versuchen die Verdauung des hervorragenden Essens mit Bier, Schnaps oder Prosecco zu beschleunigen. Es wird geredet, gelacht, gescherzt und geflirtet. Schließlich setzt die Dämmerung ein, es wird immer kühler und Geerd bittet nun alle Gäste zur Siegerehrung in das Gebäude hinein.

Nachdem alle einen Platz gefunden haben, fordert Geerd den Discjockey auf, für einen Moment mit der Musik aufzuhören. Dann nimmt er das Mikrofon und begrüßt alle anwesenden Gäste zum diesjährigen Sommerfest. Er stellt fest, wie toll das doch bisher verlaufen ist und wie schön es ist, das man im Gegensatz zu früher, als jeder sein eigenes Fleisch mitbringen musste, sich einfach bedienen lassen und den Abend genießen kann.

Ein zaghafter Protest kommt auf: „Früher hat so ein Fest auch nur die Hälfte gekostet", murmelt jemand in den hinteren Reihen. Aber Geerd reagiert schnell, er muss heute Abend die Sympathien auf seiner Seite halten. Das Hinni viel Zuspruch erhalten hat, ist bei ihm nicht unbemerkt geblieben.

„Das mag sein, aber jetzt feiern wir ein großes Fest. Unseren ersten richtigen Seglerball, eine Party nur für Yachties. Und weil das so ein schöner Abend ist und weil", er macht eine kurze Pause und hebt abwehrend die Hand, um weitere Wortmeldungen zu unterbinden, „und weil ich unsere diesjährige Regatta gewonnen habe, ihr habt das sicher schön gehört, auch wenn die Siegerehrung erst gleich vorgenommen wird, ja, weil ich gewonnen habe, gehen heute Abend alle Getränke auf meine Rechnung. Und das Barbecue und alles andere", er macht eine vage Handbewegung in Richtung DJ und zu den Mädchen vom Cateringservice, „das alles wird diesmal aus der Clubkasse bezahlt. Die ist gut gefüllt, dank unserer Sponsoren, die ich für uns angeworben habe."

Der Beifall kommt etwas zaghaft und nicht so frenetisch, wie Geerd vielleicht erwartet hatte, aber er spürt, dass er die Leute wieder auf seine Seite zieht. Brot und Spiele, das hat noch immer geklappt. Das Brot gab es bereits, die Spiele kommen gleich.

„Und bevor ich jetzt unseren Sportwart Joke Coordes bitte die Siegerehrung vorzunehmen, noch ein Wort zum Verlauf der Regatta. Die meisten haben es mitbekommen, es war sehr windig und mein Windmesser hat Böen bis zu fünfunddreißig Knoten anzeigt. Das ist natürlich nur etwas für Könner und etwas ganz anderes, als wir von unseren bisherigen Regatten auf dem Großen Meer gewohnt sind. Ich bin aber stolz auf euch

alle, dass ihr mitgesegelt seid. Ihr habt die Situation gut ge-
meistert, ihr seid alle richtige Segler und Yachties und kommt
nicht nur auf dem Großen Meer zurecht."

Jetzt kommt der Beifall, auf den Geerd so hofft und den er
dringend benötigt. Renate freut sich schon, das Geerd einen
versöhnlichen Abschluss der Regatta zu suchen und zu finden scheint. Sie will gerade eine entsprechende Bemerkung zu
Hinni machen, als Geerd zu ihrem Entsetzen fortfährt: „Leider hat es aber doch ein Ereignis gegeben, das den Verlauf der
Regatta etwas trübt. Auf einem Boot hat die Crew die Manöver vorher wohl nicht ordentlich geübt und auch die Regeln
vielleicht nicht richtig verstanden, jedenfalls ist mir ein Boot
genau vor den Bug gesegelt und hat die *Scharhörn* gerammt.
Zum Glück konnte ich rechtzeitig reagieren und es ist nichts
Schlimmeres als ein leichter Sachschaden passiert. Aber, liebe
Segelfreunde, wenn sich der Ostfriesische Yacht Club jetzt zu
einem Verein der Hochseesegler entwickelt, muss ich euch alle
daran erinnern, das die Nordsee etwas anderes als das Große
Meer ist."

Das hat wie die Faust aufs Auge gepasst, findet Renate.
Hinni hat einen hochroten Kopf bekommen und auch Karl ist
erregt und wütend. Hinni will aufspringen, am liebsten hätte
er sich auf Geerd gestürzt und ihn auf der Stelle niedergeschlagen, aber Marion und Renate halten ihn davon ab und drücken
ihn auf den Platz zurück. „Nicht jetzt", flüstert Renate ihm zu,
„Wenn du dich jetzt mit ihm streitest, dann wirst du verlieren.
Geerd hat gerade einige Sympathiepunkte gesammelt. Zeige
allen, dass du da drüber stehst und der eigentliche Sieger bist,
dann verpufft das bald und Geerd hat nur die Rechnung für
die Getränke am Hals. Und die wird hoch werden, dafür sorge

ich." Und gleich nimmt sie noch ein Glas von einem bereitgehaltenen Tablett.

Hinni braucht aber trotzdem ein Ventil für seinen Ärger und er brummt: „Ick breng de Klötsack um!"

Renate erschrickt, Morddrohungen sind eine heikle Sache, das darf keiner hören und sich schon gar nicht daran erinnern. Und um es zu überspielen sagt sie laut: "Auf geht's Marion, auf diesen Regattabericht von Geerd trinken wir noch einen!"

Einige der männlichen Gäste sind unruhig geworden. Auch sie finden Geerds Worte unangemessen. Sie alle haben Achtung und Respekt vor der See, das muss ihnen keiner erklären. Aber nur wenige haben das Geld, um sich ein Hochseeschiff zu kaufen, die anderen müssen sich eben mit dem Großen Meer und kleineren Booten begnügen. Und wenn einer mal einen Fehler macht, dann wird das geklärt, aber nicht groß darüber geredet.

Geerd bemerkt die Unruhe und er bemerkt auch, dass Hinni und Karl sehr zornig geworden sind. Schade nur, dass Hinni sich beherrscht und sich nicht vor versammelter Mannschaft zum Idioten macht. Er hätte ihn gerne einmal so richtig vorgeführt. Aber diese Renate, diese unanständig gut aussehende, attraktive Seglerin aus Franken, scheint einen großen Einfluss auf ihn haben. Er erwägt, Hinni noch weiter zu provozieren, im Moment fällt ihm aber nichts Geeignetes ein und so entscheidet er sich dagegen. Das Risiko, das die Stimmung zu seinen Ungunsten ausschlagen könnte, ist zu hoch.

„So, dann wird jetzt Joke die Siegerehrung vornehmen."

Joke hat einen Stapel Urkunden in der Hand und bevor er die austeilt, erinnert er noch daran, dass es nicht nur eine

Urkunde gibt, sondern auch ein kleines Andenken zur Erinnerung für alle Teilnehmer. In diesem Jahr ist das eine kleine, verchromte Modellyacht, die man sich als Briefbeschwerer auf den Schreibtisch stellen kann. „Und ich sagte, die bekommen alle Teilnehmer!"

Er überlegt kurz, dann steht er auf und geht an den Tisch von Hinni und überreicht zunächst Renate und dann Hinni und Karl eines von diesen kleinen Schiffchen.

„Es hat nicht sollen sein", sagt er, „aber Danke für eure Teilnahme und euren Sportsgeist!"

Renate ist gerührt, sie drückt Joke ganz fest an sich und auch Hinni und Karl bedanken sich mit einem kräftigen Händedruck.

Geerd protestiert laut: „Aber die haben die Regatta doch gar nicht beendet …"

Joke fällt ihm ins Wort: „Nirgendwo steht, wie lange jemand an der Regatta teilnehmen muss. Für mich ist jeder ein Teilnehmer, der die Startgebühr bezahlte, die Startlinie überquert hat und dort registriert wurde." Und dann fragt er in die Runde: „Ihr seht das doch auch so?"

Es wird verhalten auf den Tisch geklopft, man stimmt zu, aber so offen möchte keiner Stellung beziehen.

Und dann macht Joke weiter: „So, ich fange jetzt mal wie üblich von hinten an. Der elfte Sieger nach berechneter Zeit ist die *Antares*!"

Eines der Greetsieler Teilnehmerboote! Zum Glück ist keiner vom OYC auf dem letzten Platz.

Die Crew der *Antares*, eine Frau und zwei Männer, kommen nach vorne. Sie lassen sich ihre Enttäuschung über den letzten Platz nicht anmerken, nehmen brav die Siegerurkunden und die kleinen Souvenirs entgegen und bedanken sich mit einem Händedruck bei Joke. Anstandshalber wird auf die Tische geklopft.

So geht es weiter bis auch die Teilnehmer, die den zweiten Platz gewonnen haben, ihre Urkunden in der Hand halten. Nun ist nur noch die Crew von der *Scharhörn* an der Reihe. Das Siegerschiff, zumindest formal. Geerd springt schon auf und zieht seine beiden Mitsegler nach vorne, noch bevor er aufgerufen wurde. Er steht vorne und reißt die Arme hoch, kaum das Joke die Namen verlesen und die Urkunde aushändigen kann. Er erwartet Jubel und Beifall, vielleicht sogar eine Champagnerdusche, aber er bekommt nur ein schwaches Klopfen auf den Tisch und einige wenige Beifallsrufe. Das scheint ihn aber nicht zu stören, er nimmt Joke den Wanderpokal aus der Hand und hält ihn für alle sichtbar hoch.

„Ich möchte mich bei allen bedanken, die diese Regatta ermöglicht haben. Ich bedanke mich bei dem Yachtclub Greetsiel für die Organisation und die Liegeplätze, bei dem Wettfahrtleiter, der leider schon abreisen musste, bei allen Helfern und natürlich bei euch, liebe Clubkameraden. Wir sind ein Klasse Club, wir können segeln und wir können feiern. Und das machen wir jetzt! DJ Klaus mach' die Musik wieder an, ich eröffne hiermit den ersten Ballabend des Ostfriesischen Yacht Clubs!" Und weil Imke ihm gerade am nächsten steht, bittet er sie gleich um den ersten Tanz.

„Ballabend", wundert sich Renate und denkt an den letzten Opernball in Nürnberg, zu dem sie eingeladen war und wo ausschließlich Herren im Smoking und Damen in langen Abendkleidern zu sehen waren und ihren teuren Schmuck zur

Schau stellten. Jeans und Pullover als Abendkleidung wären dort undenkbar. „Das ist noch ein kleiner Unterschied."

Aber sie tanzt gerne und deshalb zieht sie Hinni gegen dessen Willen auf die Tanzfläche. „Mach mit, bitte! Die Leute wollen, dass du dazugehörst, das spüre ich ganz deutlich. Überlasse bloß nicht Geerd allein das Feld. Du musst nicht nur auf dem Schiff und bei der Regatta kämpfen, sondern gerade auch hier!"

Hinni tanzt zunächst widerwillig und steif, aber als Renate sich an ihn schmiegt, er ihre Brüste spürt und seine Hand auf die nackte Haut ihres Rückens legt, wird er zusehends lockerer. Sein Körper entspannt sich und seine Miene hellt sich auf. Zwar ist Hinni kein guter Tänzer und die laute, in seinen Ohren unrhythmische Discomusik behagt ihm gar nicht, aber zu einem ostfriesischen Schieberschritt reicht es allemal. Renate genießt es, in seinen starken Armen zu liegen, auch wenn es mit seiner Führung im Moment nicht weit her ist.

Karl und Marion sind auch auf der Tanzfläche, beide tanzen mit Begeisterung und Renate ist erstaunt zu sehen, wie locker Karl Marion führt und welch gute Figur er dabei macht.

Auch Jan hat Birgit aufgefordert, aber es ist nicht zu übersehen, dass es für beide ein anstrengender Pflichttanz ist. Da muss es in der letzten Nacht mächtig gekracht haben, vermutet Renate. Beide drehen gequält ihre Runden und Renate registriert, wie Jan immer wieder einen Blick zu Imke wirft, die in den Armen von Geerd liegt und wie Birgit die Augen nicht von Geerd lassen kann. Als ob sie in Imke eine Konkurrentin sehen würde.

Nach drei Tänzen hat Hinni dann genug. Nicht nur der Ärger und die Wut über Geerd haben ihn emotional gefordert, auch die nicht einfach zu segelnde Regatta mit dem starken Wind und den hohen Wellen haben ihn angestrengt, mal ganz abgesehen von der Kollision. Seine geliebte *Moi Wicht* ist beschädigt! Er fühlt sich ausgelaugt und erschöpft.

„Ich muss ins Bett, das wird heute nichts mehr mit mir", sagt er zu Renate. „Aber erst trinke ich noch einen Absacker an der Theke."

Renate nickt und beide steuern sie die Theke an, auch sie hat Durst bekommen. Aber kaum haben sie die Tanzfläche verlassen, kommt Joke Coordes auf Renate zu. Er legt seinen Arm vorsichtig um ihre Schulter und nimmt sie beiseite.

„Renate, dass war nicht in Ordnung, was bei der Regatta passiert ist. Ich bin aber sicher, die meisten hier im Verein stehen hinter euch. Auch wenn das heute vielleicht nicht immer so ausgesehen hat. Hoffentlich kommt Hinni bald darüber hinweg."

„Danke Joke. Das wäre wirklich toll, wenn alle hinter Hinni stehen."

„Doch, das tun sie!" Und dann wagt Joke ein Kompliment: "Besonders natürlich auch, weil Hinni eine so schöne Frau, die trotzdem einen Palstek kann, mit in den Verein gebracht hat. Du siehst heute Abend super aus, ein Hauch der großen, weiten Welt."

Renate lacht und nimmt Joke in den Arm: „Danke Joke. Und wenn das die Aufforderung zu einem Tanz sein sollte, dann sage ich nicht nein! Hinni kommt für einen Moment alleine zurecht."

Hinni ist zur Theke weitergegangen und stellt sich neben Imke, die soeben den Tanz mit Geerd beendete. Sie ließ sich ein volles Sektglas geben und hält dieses nun in der Hand. Sie begrüßt Hinni mit einem Kuss auf die Wange und bestellt einen Aquavit für ihn. „Geht alles auf Geerd heute Abend!"

Hinni nimmt das eiskalte Glas an den Mund, legt ohne ein Wort den Kopf in den Nacken und kippt den Aquavit herunter. Dann stellt er das Glas hart auf die Theke.

„Danke, das hat gut getan. Du scheinst mich immer noch gut zu kennen, Imke."

„Stets zu Diensten, Hinni", bietet Imke an und drückt sich an ihn.

Hinni spürt das. Es ist ihm nicht gerade unangenehm, aber richtig ist es auch nicht, findet er.

„Was war denn das mit Geerd?", fragt er Imke dann. „Ich meine, dass du als seine First Lady mit ihm den Tanz eröffnen durftest. Läuft da ernsthaft etwas mit euch?"

„Das hat nichts zu bedeuten. Julia wohnt immer noch bei ihm. Möchtest du mit mir tanzen, Hinni? Bitte!"

Imke legt ihre Arme um Hinnis Schulter, drückt ihren Unterleib an ihn und wiegt sich im Rhythmus der Musik.

„Komm Hinni, drück' mich auch ein bisschen! Ich fühle mich einsam."

„Nee, lass mal! Geerd guckt schon ganz böse herüber. Nicht dass du Ärger mit dem bekommst. Und du weißt ja, ich bin mit Renate zusammen und das bleibt auch so!"

„Klar, Hinni! Und mach dir keine Gedanken um Geerd. Der darf ruhig zappeln und ein bisschen nervös werden. Er denkt sowieso, dass ich nur sein Playmate bin und immer zur Verfügung stehe wenn er mich braucht oder will. Ist aber nicht so."

Sie drückt sich weiter an ihn und legt nun auch ihre Wange auf seine Schulter. „Ich will dich doch Renate gar nicht wegnehmen, ich will nur ein bisschen mit dir glücklich sein. Ab und zu brauche ich mal einen richtigen Kerl zum Anlehnen und keinen aufgeblasenen Angeber."

Hinni hört das natürlich gerne, er spürt, wie ihn das erregt und er nimmt auch wahr, dass das bei Imke nicht unbemerkt bleibt. Ihr Atem geht schneller und sie versucht sich noch enger an ihn zu drücken. Ihre Hände umgreifen seinen Nacken, ziehen seinen Kopf zu sich herunter und ihr Mund sucht seine Lippen.

Langsam und vorsichtig löst Hinni sich von Imke. „Heute wirklich nicht Imke, auch nicht nur schmusen! Ich bin fix und fertig. War alles ein bisschen viel heute. Hast du ein Auto da?"

„Ich bin mit meinen Eltern gekommen! Den Schlüssel hat aber Papa. Soll ich ihn fragen, ob er mir den gibt?"

Hinni sucht seinen Autoschlüssel aus der Hosentasche und gibt ihn Imke. „Nee, nicht nötig. Kannst du mich mit meinem Auto fix nach Hause fahren? Aber gib den Schlüssel bitte nachher Renate, damit sie auch nach Hause kommt."

„Natürlich Hinni! Alles was du willst. Kein Problem."

Stolz und demonstrativ nimmt sie Hinni an die Hand. Sie zieht ihn zum Ausgang und viele erstaunte und neugierige Blicke folgen den beiden.

DJ Klaus macht eine kleine Pause. Zwangsläufig beendet Joke seinen Tanz mit Renate und will sie zu ihrem Tisch zurückführen. Obwohl er kein guter Tänzer ist, hat er ihr Angebot für einen Tanz spontan angenommen. Sie hat sich willig von ihm führen lassen und ihn unauffällig gelenkt, wenn er nicht so richtig wusste, wohin er seine Füße setzen sollte. Aber ihr Duft, ihr weicher und warmer Rücken, auf den er seine

Hand legen dürfte, das hat ihm gefallen und ihn angenehm erregt. Aber Renate gehört zu Hinni und mehr als einen oder zwei Tänze sollte man sich unter Kumpels nicht herausnehmen, findet er. Und dann denkt er sich, dass Renate ein gute First Lady für den Verein abgeben würde. Im Gegensatz zu der Freundin von Geerd, die überhaupt selten mal von jemandem gesehen wurde. Und wenn, dann nur in einer der Discos in Aurich oder Umgebung.

„Ich möchte gerne etwas trinken, bringst du mich zur Bar?", bittet Renate ihn. Joke steuert die Theke an und lässt einen Prosecco für sie einschenken.

„Wo ist Hinni?", fragt sie dann einen der Männer, die neben ihr an der Theke stehen und allesamt versuchen mit den jungen Frauen vom Service zu flirten.

„Hinni? Och so, der ist schon nach Hause. Konnte nicht schnell genug ins Bett kommen!", grinst der.

Renate wundert sich, dass Hinni ohne Abschied einfach nach Hause gefahren ist. Aber er war wirklich müde und wollte nicht warten, bis sie ihren Tanz mit Joke beendet hat, vermutet sie. Oder war er sauer, dass sie Joke quasi zum Tanz aufgefordert hat? Sie nimmt ihr Glas und geht zurück an ihren Tisch. Jan sitzt dort einsam mit einer Flasche Becks Lemon vor sich, aus der er gelegentlich nuckelt und starrt auf ein paar attraktive junge Frauen am Nebentisch.

Karl und Marion haben auch gerade einen Tanz beendet und sitzen nun erhitzt und engumschlungen völlig in sich versunken auf einer Bank. Renate setzt sich und spricht Jan an: „Was war denn los heute morgen? Du musst mächtig Stress mit Birgit gehabt haben."

„Ja, tut mit leid, dass ich euch versetzt habe. Aber diesmal war es wirklich schlimm. Birgit meint, mich mit einem Mädchen aus dem Finanzamt erwischt zu haben. Das stimmt aber nicht, das war ganz anders. Aber sie bleibt dabei. Um vier Uhr früh oder so habe ich mir dann ein paar Whisky reingehauen und war dann natürlich fix und fertig."

„Aber Birgit ist doch eine sehr attraktive Frau, ich weiß gar nicht was du immer willst und wo dein Problem liegt?"

„Schon! Aber du weißt ja, sie verhütet nicht und will unbedingt ein Kind von mir. Ich aber nicht!"

Renate will das alte Thema nicht weiter vertiefen. „Wo ist Birgit denn jetzt?"

Jan zeigt weiträumig auf die Tanzfläche: „Sie lässt sich gerade von jedem Mann bespaßen, der ungefähr in ihr Beuteschema passt."

Renate hätte sich noch gerne weiter mit Jan unterhalten. Wenn er schon eine Regatta ausfallen lassen muss, weil er sich aus Frust über seine Ehe mit Alkohol zugedröhnt hat, dann ist das ein ernstes Zeichen, findet sie.

Dann aber steht plötzlich Geerd vor ihrem Tisch. Der hat natürlich Hinnis Abgang mitbekommen und versucht zu sondieren.

„Das geht natürlich nicht, dass eine der schönsten Frauen hier im Yachtclub einsam herumsitzt."

Renate schaut überrascht auf. Geerd, der hat ihr gerade noch gefehlt.

„Darf ich bitten?", fragt er und reicht ihr galant den Arm.

So viel Stil hat Renate Geerd gar nicht zugetraut. Eigentlich will sie ihn ignorieren aber andererseits ... Man soll seinen Feind umarmen, wenn man ihn nicht besiegen kann. Zum Glück hat der DJ gerade etwas Schnelles aufgelegt und so kommt sie vielleicht darum herum, sich von ihm drücken lassen zu müssen.

„Aber gerne." Sie setzt ein strahlendes Lächeln auf und lässt sich nach vorne führen.

Einen kurzen Moment wird es etwas ruhiger im Raum, die lauten Stimmen und das Gelächter, das vorher alles übertönt hat, ebben ab. Nur die Musik ist noch klar zu hören. Viele haben bemerkt, das Hinni vorhin in Imkes Schlepptau das Vereinsgebäude verlassen hat und das mehr oder weniger ignoriert. Aber nun sehen sie alle hin, wie Geerd Renate eingehakt hat und beide offenbar in bester Laune durch den Saal schreiten. Dann setzt das Stimmengemurmel um so lauter ein.

Eine Weile tanzen die beiden schweigend, Geerd ist ein guter Tänzer und Renate passt sich gerne seinem Rhythmus an. Dann wird die Musik etwas langsamer und leiser. Geerd nimmt wie selbstverständlich Renates rechte Hand in seine Linke und legt seine andere Hand auf ihren Rücken und zieht sie zu sich heran. Wie selbstverständlich legt auch sie ihre Hand auf Geerds Schulter. Ein reiner Reflex, über den Renate sich schon im gleichen Moment ärgert. Aber nun will sie die Hand auch nicht wieder zurückziehen. Optisch geben die beiden ein gutes Bild ab: Geerd der selbstbewusst und aufrecht seine Partnerin sicher führt und Renate, die elegant in seinem Arm liegt, aber trotzdem Distanz wahrt. Das Paar des Abends, könnte man meinen und einige Leute machen sich offensichtlich auch so ihre Gedanken.

„Du bist nicht nur die schönste Frau heute Abend", beginnt Geerd das Gespräch, „sondern auch die beste Tänzerin. Es ist schön mit dir zu tanzen!"

Renate antwortet reflexartig, ohne nachzudenken: „Mit dir

aber auch Geerd."

Im gleichen Moment hätte sie sich auf die Lippen beißen können. Auch wenn es tatsächlich stimmt, aber ihn mit einer solchen Antwort zu beglücken? Das hätte wirklich nicht sein müssen. Einen Punkt für Geerd. Was hat der nur an sich, dass sie die Kontrolle über ihre Worte verliert? Aber als Tänzer ist er nicht schlecht, das muss sie sich eingestehen.

Kein Wunder, das fast alle jungen Mädchen vor seinem Bett Schlange stehen.

Aber zu einem guten Mann gehört auch ein anständiger Charakter, findet sie. Und da versagt Geerd allerdings völlig! Sie nimmt sich vor, nun besser aufzupassen, sich von ihm nicht einlullen zu lassen und auf der Hut zu sein.

Eine Weile tanzen sie schweigend weiter. Geerd genießt die Situation.

„Hinni scheint mächtig sauer auf mich zu sein, aber ich habe euch wirklich nicht rammen wollen."

Instinktiv rückt Renate ein Stück von ihm ab und nimmt ihre Hand von seiner Schulter. Was ist das denn für eine blöde Anmache? Will er jetzt die Regatta aufarbeiten und sich auch noch rechtfertigen?

„Ach ja? Das sah aber ganz anders aus! Warum hast du es denn gemacht, wenn du es nicht wolltest?"

„Ist blöd gelaufen. Ich wollte euch schneiden, ja. Knapp hinter eurem Heck wollte ich durch. Aber dann stand die *Moi Wicht* plötzlich im Wind und ich habe nicht mehr schnell genug anluven können."

„Na ja. Es tut mir leid dir das sagen zu müssen, aber dann bist du ein miserabler Segler. Ich hätte das mit meinem Schiff mühelos geschafft und das ist noch ein paar Fuß länger. Für die meisten anderen Segler wäre das auch kein Problem gewesen. Aber wenn das wirklich stimmt, warum hast du dich nicht einfach entschuldigt, dann wäre alles gut gewesen. Mal davon abgesehen, dass ein paar Planken kaputt sind. Stattdessen hast du sogar noch die Protestflagge gehisst."

„Das war eine reine Instinkthandlung. Schließlich hatte ich Wegerecht."

„Und Hinni hat den Schaden und den Frust! Da kommt einiges zusammen."

Geerd nimmt für einen Moment die Hand von ihrem Rücken und winkt ab. „Ach das bisschen Geld. Dafür kommt doch die Versicherung auf."

Renate löst sich jetzt endgültig von ihm: „Ach Geerd, du willst es einfach nicht verstehen. Es geht doch nicht ums Geld. Für Hinni ist die *Moi Wicht* ein Stück von ihm. Er hat sie mit seinen eigenen Händen gebaut. Das ist wie sein Kind, aber davon verstehst du nichts."

Renate wendet sich nun endgültig ab. „Pass auf Geerd, wenn das jetzt ein Versöhnungsversuch war, ist er dir ganz gründlich misslungen. Und falls du mich einfach nur anmachen wolltest, dann danke ich dir für dein Interesse. Ich nehme das mal als Kompliment. Aber Männer sollten nicht nur einen Schniegel, sondern auch Charakter haben. Was mit deinem Schwanz ist, will ich nicht wissen. Auch wenn du versucht hast, ihn an mich zu drücken. Aber Charakter hast du nicht! Du darfst mich jetzt bitte nett und höflich zu meinem Tisch zurückführen. Oder soll ich einen Skandal provozieren und dich einfach stehen lassen? Es gucken uns sowieso fast alle zu!"

Geerd kann einstecken, er lächelt sie an, legt galant seinen Arm um sie, als ob vollstes Einverständnis herrschen würde und bringt sie an ihren Tisch. Dort bedankt er sich mit einer knappen Verbeugung.

„Was war das denn?", fragt Marion erstaunt. „Wechselst du die Seiten?"

„War nur ein kläglicher Versuch von ihm, mich von seiner Männlichkeit zu überzeugen. Jedenfalls war das nicht sein Schlüsselbund, was ich da gespürt habe."

Marion lacht. „Kann ich mir vorstellen, aber vielleicht hat er sich auch nur eine Hasenpfote einnähen lassen, so wie die Kavaliere früher."

Marion ist beschwipst, sie steigert sich in Phantasien hinein: „Und stell dir vor, du hättest später seinen Hosenstall geöffnet und da wäre nur so ein Teil hervorgekommen, das hättest du in die Hand genommen und mit ‚Moin Geerd, du alte Hasenpfote begrüßt'. Soll ich das mal machen? Das ist bestimmt lustig und wird die anderen Mädels vergraulen. Besonders Birgit!"

„Unterstehe dich! Kümmere du dich mal um Karl. Aber wieso Birgit?"

Marion beugt sich zu Renate herüber und flüstert: „Das muss Jan jetzt nicht unbedingt sehen, aber schau' mal da rüber!"

Geerd scheint Renates Abfuhr zumindest äußerlich ungerührt weggesteckt zu haben. Jedenfalls steht er nun an der Theke, trinkt einen Schnaps und versucht Birgit anzubaggern, die es ihm anscheinend leichter macht. Dass sie in der Nacht vorher noch heftig mit Jan gestritten hat, ist ihr nicht anzusehen. Sie hat sich offensichtlich Mühe mit ihrem Outfit gegeben: Schwarze Strümpfe und einen schwarzen Minirock, der kaum etwas von ihren schlanken und langen Beinen verbirgt. Rote

High Heels und ein rotes, tief ausgeschnittenes Top, aus dem das Spitzenmuster ihres schwarzen BH herausragt. Entsprechend knallrot sind auch ihre Fingernägel und die Lippen. Ihr blondes Haar fällt in weichen Locken herunter. Lasziv lehnt sie am Tresen. Den linken Fuß hält sie in Kniehöhe an ihr rechtes Bein, als ob sie ihren Körper für Geerd öffnen und sich anbieten möchte. Dem scheint es jedenfalls zu gefallen, in der linken Hand hält er ein Sektglas, mit dem er ihr zuprostet. Seine Hand legt er locker zunächst über ihre Schulter, lässt sie dann aber immer tiefer wandern bis er schließlich ihren Rock erreicht hat. Birgit scheint das zu gefallen, sie drückt sich näher an ihn und zieht ihren Bauch ein, damit Geerds Finger auch zwischen ihrem Rücken und dem engen Rock noch Platz finden.

„Wollen wir tanzen?", fragt Geerd sie.

„Ja gern", haucht Birgit. „Aber nichts Schnelles, ich bin schon ein bisschen beschwipst."

Und Geerd hat Glück. DJ Klaus hat gerade einen Blues aufgelegt und so kann Geerd Birgit an sich drücken und langsam über die Tanzfläche schieben. Seine linke Hand liegt auf ihrer Schulter und seine Rechte hat er erst gar nicht aus ihrem Rock herausgenommen. Birgit hat ihren Kopf auf seine Brust gelegt und lässt sich sanft von ihm wiegen. Als sie seine Erregung spürt, drückt auch sie ihren Unterkörper gegen seinen, genießt sein Begehren und spürt wie es zunächst in ihrem Bauch und dann immer tiefer in ihr kribbelt. Schließlich suchen ihre Lippen seinen Mund, aber Geerd wehrt sie sanft ab.

Birgit aber lässt nicht locker, sie schaut zu ihm auf und lässt ihre Zunge spielerisch kreisen. „Küss mich, Geerd."

„Nicht hier, Birgit. Hier gucken uns alle zu. Wir treffen uns gleich draußen. Dann küsse ich dich, so oft und wohin du willst!"

Eine Weile tanzt Birgit noch mit ihm, dann löst sie sich und sagt lauter als nötig: „Ich muss dann mal für kleine Mädchen."

Auf der Toilette versucht sie nicht nur ihr Make-up zu richten, sondern auch ihre Gedanken zu ordnen. Sie ist zwar ein wenig beschwipst, aber nicht so sehr, dass sie sich willenlos verführen lassen würde. Sie ist heiß, ja, sie ist erregt und Geerd ist sicherlich ein interessanter Mann. Nicht nur weil sie seine Erregung in seiner Hose deutlich gespürt hat, er hat auch Ansehen und er hat Geld. Sie malt sich aus, wie es wäre, seine Frau oder offizielle Geliebte zu sein. Das wäre doch ein ganz anderes Leben als mit Jan, der beruflich nicht wirklich weiterkommt und nur auf eine Segelyacht spart, die er nie bekommen wird. Und sie hätte gerne einen Mann, mit dem sie auch ein Kind haben könnte und der dies nicht nur aus finanziellen Gründen verweigert. Wie lächerlich sind Jans Versuche, durch Verweigerung von Beischlaf zu verhüten, aber gleichzeitig geil auf jedes Mädchen zu stieren, das einen Po und Titten hat und auch noch etwas nuttig angezogen ist.

Und diese Julia, die wird sie doch ausstechen können. Man munkelt, dass deren Zeiten ohnehin vorbei sind. Warum lässt sie sich auch nie mit Geerd sehen? Nicht mal auf dem Seglerball. Mit ihr, Birgit, könnte Geerd sich auch in der Öffentlichkeit zeigen, sie wäre die hübsche, kluge Frau an seiner Seite. Nicht nur ein Mädchen für ein Abenteuer oder einen Segeltörn.

Kurz entschlossen zieht sie ihren Rock glatt, sprüht noch etwas teures Parfüm auf ihren Hals und das Dekolleté, auf das Geerd sie hoffentlich gleich küssen wird. Sie streckt ihren Busen vor und schleicht sich durch den Ausgang nach draußen.

Geerd wartet schon einige Meter vom Eingang entfernt.

Dort, wo das Licht der Lampen nicht mehr hinreicht. Er nimmt sie in den Arm, drückt sie an sich und genießt es, wie Birgits Lippen sich an den seinen festsaugen und sie ihre Zunge tief in ihn hineinsteckt.

„Komm', gehen wir ein paar Schritte."

Sie verlassen das Vereinsgelände und kommen auf eine kurze Landzunge, eine Halbinsel, an deren Ende eine Bank steht. An schönen Tagen ist dies ein Badeplatz für Touristen, es gibt einen kleinen Sandstrand und abends kann man hier sehen, wie die Sonne hinter Ostfrieslands Weiden in prächtigen roten und orangenen Farbtönen untergeht. Liebesinsel wird dieser Platz auch genannt, weil so ein Sonnenuntergang auch romantische Gefühle weckt. Nun aber ist kein Mensch hier, nur ab und zu springt ein Fisch aus dem Wasser und platscht wieder hinein.

Geerd sitzt auf der Bank und Birgit hat sich quer auf seinen Schoß gesetzt, umschlingt ihn und knibbelt mit ihren Zähnen an seinen Lippen. Sie spürt, wie Geerd das erneut erregt.

Er zieht sie noch fester an sich, bis er ihren Busen auf seiner Brust spürt, massiert kurz ihren Nacken und dann gleiten seine Finger sanft über ihre nackten Arme. Sie bekommt eine Gänsehaut, aber nicht, weil die Luft schon sehr kühl geworden ist. Ihre Umgebung nimmt sie gar nicht wahr, Erregung schüttelt ihren Körper. Sie spürt nur die Hitze, die ihren Körper durchflutet und sie spürt nur noch Lust. Lust auf Geerd, auf seine Männlichkeit und seine Begierde. Aber etwas fehlt ihr, sie will von ihm hören, dass es ihm nicht nur um diese eine Nacht oder vielleicht nur um einen Quickie hier auf der harten Bank geht.

„Warum hast mich noch nie zum Segeln eingeladen Geerd?", haucht sie und bläst sanft in seine Ohrmuschel.

Geerd gibt sich erstaunt: „Magst du denn segeln? Ich wusste das nicht!"

„Ach, Jan denkt doch an nichts anderes, aber mich hat er noch nie mitgenommen. Immer sind nur Hinni und Karl dabei und jetzt auch noch diese Renate. Was hat die, was ich nicht habe?"

Geerds Finger streicheln jetzt zart über ihre Brust, er spürt, wie sich ihre Brustwarzen aufrichten und ihr Atem schneller geht.

„Nichts hat diese Renate, nichts was du nicht auch hättest. Vor allen Dingen nicht deine Leidenschaft."

„Ach Geerd, willst du mich?"

„Ja, jetzt und sofort! Du spürst doch, wie scharf ich auf dich bin!"

„Ja, ich kann dich aber auch noch schärfer machen."

„Das möchte ich erleben, beweise es", stößt Geerd hervor.

Birgit setzt sich rittlings auf Geerds Schenkel. Ihren Minirock hat sie nach oben gestreift und rutscht an ihm herunter, bis ihre Scham, die nur durch einen schmalen, durchsichtigen Slip verdeckt wird, genau auf seinen Penis drückt, der sich prall unter seiner Hose abzeichnet."

„Gefällt dir das, Geerd?"

Geerds Herz pocht, sie hat nicht zu viel versprochen. Sein harter Puls überträgt sich auf sein Glied und lässt Birgit erzittern.

„Geerd, du bist so hart. Macht dich meine Muschi so an?"

Und um die Wirkung noch zu verstärken, gleitet sie einige Male auf und ab. Geerd hält sie fest und drückt sie an sich. „Langsam, ich möchte mein erstes Mal mit dir genießen."

„Und ich möchte dich noch ganz oft genießen, Geerd. Versprichst du mir das?"

„Wann immer du willst!"

Geerds Hände streicheln über Birgits Rücken, er ertastet den Verschluss ihres BHs und versucht, ihn durch den Stoff ihres Tops zu öffnen. Als ihm das nicht gelingt, greift er einfach darunter, streicht sanft über ihren Rücken und öffnet dann die Häkchen. Birgit hilft ihm, sie greift unter ihre Brüste und befördert sie aus den Körbchen heraus.

„Ich möchte deine Hände auf mir spüren", fordert sie.

Geerd streichelt ihre Brüste, massiert sie sanft und küsst schließlich ihre Brustwarzen, die zwischen seinen Lippen härter und größer werden. Dann versucht er, ihr Top über den Kopf zu streifen.

„Nein Geerd, bitte nicht, nicht hier. Es kann doch jeden Moment jemand kommen."

„Hier kommt niemand. Ich möchte deine Brüste sehen. Sternenlicht steht denen gut."

Birgit verschränkt ihre Arme über ihrer Brust, aber Geerd versucht es nun mit Gewalt. „Was ist plötzlich los, ich will doch nur deine Brüste besser streicheln und ansehen."

„Nein Geerd, bitte nicht hier!"

Um ihn abzulenken, reibt sie sich erneut auf seinem Schoß und sie spürt, wie er wieder hart und prall wird.

„Ich mag es, wenn du mich dort mit den Fingern streichelst", flüstert sie. „Meinen Slip darfst du ausziehen. Aber nur streicheln!"

Eine Weile tut Geerd ihr den Gefallen, aber dann drängen seine Finger in sie hinein.

Birgit ist das nicht unangenehm, sie würde ihn gerne in sich spüren. Jan hat sie in den letzten Wochen so oft beiseite geschoben, während sie erregt war und gerne mit ihm geschlafen hätte. Aber sie will es nicht hier, nicht auf dieser harten Bank. Sie spürt nun auch die Kälte, die vom Boden aufsteigt und vor allen Dingen möchte sie keinen Quickie, auf den Geerd es nun offensichtlich abgesehen hat.

„Geerd, gibt es keinen schöneren Platz als hier? Ich möchte das erste Mal mit dir genießen ..."

Geerd hält sich mit Mühe zurück. Er will jetzt, aber will auch Birgit nicht vor den Kopf stoßen. Sie ist attraktiv, sie scheint willig zu sein und er kann sicher noch mit ihr viel Spaß haben.

„Komm, wir fahren auf die *Scharhörn*, dort wird es dir gefallen."

„Wenn du meinst, dass das geht? Ja gerne." Sie nickt, gibt ihm einen kleinen Kuss, steht auf und versucht sich wieder herzurichten. Sie freut sich auf Geerds Schiff. Sie wird dort als seine Geliebte an Bord gehen, wow! Aber dann überlegt sie, was sie morgen Jan erzählen soll, wenn sie nach Hause kommt. Wenn sie denn nach Hause kommt! Nicht, dass Jan noch auf die Idee kommt, eine Vermisstenanzeige bei der Polizei aufzugeben. Das wäre dann peinlich, wenn die Polizei sie suchen würde und irgendwann muss sie wieder nach Hause. Am besten wird es sein, wenn sie jetzt noch einmal in das Vereinshaus geht, sich Jan schnappt und ihm an den Kopf schleudert, dass sie jetzt mit Geerd auf dessen Schiff fährt, um dort mit ihm zu vögeln. Oder soll sie sagen, dass Geerd morgen mit ihr segeln will? Wahrscheinlich ist Jan sowieso mit dieser Imke zugange. Und in dem Fall hat er es nicht anders verdient. „Ich bin gleich wieder da!"

10. Kapitel (Dritter Tag nach der Regatta)

Nachdem Susi Hinni dem Erkennungsdienst übergeben und ihm mitgeteilt hat, dass er noch eine Weile bleiben müsse, ist es immer noch früh am Vormittag. Das ganze Verhör hat nur eine Stunde gedauert, das ging viel zu schnell, findet sie. Sie hat das Gefühl, in der Sache überhaupt nicht wirklich weitergekommen zu sein. Das lief einfach zu glatt. Als wenn sie und Brunner ausschließlich auf Nebenschauplätzen ermitteln würden, die mit dem Tathergang überhaupt nichts zu tun haben. Und als Hinni dann auch noch mit der Begründung, dass er sowieso unschuldig sei, einen Anwalt ablehnte und nur mit seiner Freundin Renate telefonierte, werden ihre Zweifel noch stärker. Oft werden die Tatverdächtigen in einer solchen Situation wütend und schimpfen laut herum. Sie verlangen nach ihrem Anwalt und drohen, dass der sie in spätestens einer Stunde hier heraus holt und alle Beamte und besonders der Kommissar sich dann einen neuen Job suchen müssen. Aber Hinni Boomgarden hat das einfach zur Kenntnis genommen, nochmals seine Unschuld beteuert und pragmatisch festgestellt, das sie nur ihre Arbeit machen müsse, dann wäre er schnell wieder frei.

Aber ihr Chef, Hauptkommissar Brunner, sieht das nach wie vor anders, weiß Susi. Sie versteht das, ihm sitzen auch der Staatsanwalt und die politische Obrigkeit im Nacken. Zwar bekommt er noch keinen Druck, aber er möchte natürlich Erfolge vorweisen können. Der Fall ist ihm als Landratte ohnehin suspekt und er möchte ihn gerne möglichst schnell loswerden, vermutet sie. Wahrscheinlich befürchtet er auch, dass in Kürze das LKA, das Landeskriminalamt aus Hannover, hier aufschlägt, wenn er nicht bald einen Täter präsentiert. Und dann wird das für sie beide nicht gut aussehen. Brunner scheint sich in dem GREETSIELER YACHTMORD, so hat die Presse den Fall inzwischen genannt, mehr oder weniger ausschließlich auf sie zu verlassen, zumindest was die maritime Seite angeht.

Aber was soll sie jetzt tun? Einen Tipp hat Hinni Boomgarden ihr nicht geben können oder wollen, er hat seinerseits niemanden belastet. Und Brunner hat in der letzten Lagebesprechung auch keine wirklich guten Ideen entwickelt und nur gemeint, dass sie sich im Umfeld des Yacht Clubs weiter umsehen soll.

Susi beschließt, dass sie sich als erstes noch einmal das Haus von Boomgarden ansehen und vielleicht auch mit seiner Lebensgefährtin, dieser Frau Reichle, sprechen sollte. Kurz entschlossen macht sie sich auf den Weg nach Bedekaspel.

Renate öffnet ihr die Tür. „Sie ...? Bringen Sie Hinni zurück?"

„Nein, leider nicht. Das Verhör hat ergeben, dass Herr Boomgarden ein starkes Motiv und kein Alibi hat. Und der Staatsanwalt hat entschieden, dass er vorläufig bei uns bleiben muss."

Dass die Entscheidung, Hinni in Gewahrsam zu nehmen, bisher einzig von Brunner gefällt und natürlich von dem Richter abgesegnet wurde, sagt sie nicht und auch das Wort Untersuchungshaft klingt für sie im Moment einfach unangemessen, auch wenn es juristisch seine Richtigkeit hat.

„Und jetzt? Sitzt er im Knast und braucht er was? Das glauben sie doch selbst nicht. Hinni würde nie einen Menschen umbringen."

‚Stimmt' hätte Susi am liebsten gesagt. „Können wir noch einmal reden?"

Renate zögert, aber sie spürt, dass Susi zumindest im Moment nicht ihre Gegnerin ist. „Gut, dann kommen sie erst mal herein."

Sie nehmen wieder an dem großen Tisch in der Küche Platz und Renate drückt auf den Knopf der Kaffeemaschine.

„Möchten Sie auch einen Kaffee? Nach Tee mit Kluntjes ist mir gerade nicht."

Susi nimmt wahr, dass Renate im Gegensatz zu Brunner einige ostfriesische Gewohnheiten übernommen zu haben scheint. Ein wirklicher Ostfriese würde allerdings gerade in einer angespannten Situation wie jetzt einen Tee mit Kandis und Sahne bevorzugen, der ein gewisses Ritual verlangt, dabei eine sachliche Atmosphäre schafft und die Nerven beruhigt.

„Kaffee ist mir recht." Und als sie sieht, das Renate ihren Kaffee ohne Zucker und Milch trinkt: „Mit Zucker bitte."

„Also was gibt es?"

„Ich möchte noch einmal versuchen, den Abend nach der Regatta bis zum Tod von Herrn Geerdes zu rekonstruieren. Es hat da eine große Feier mit Tanz gegeben. War die Stimmung gut?"

„Na, das war nicht so wirklich mein Ding, obwohl die Stimmung tatsächlich allgemein gut war. Es ging für meinen Geschmack ein wenig derb zu und die Männer haben einfach zu viel Schnaps getrunken. Besonders nachdem Geerd verkündete, dass alles auf seine Rechnung geht. Aber ein paar gute Tänzer waren dabei und ich tanze gerne."

„Mit wem zum Beispiel?"

„Da gibt es keine Geheimnisse, aber tut das was zur Sache?"

„Das weiß ich noch nicht, mich interessiert einfach der Verlauf des Abends."

„Okay!" Renate erzählt von dem Barbecue zu Beginn des Abends, der Siegerehrung, Geerds Rede und dessen Vision, den Seglerball des OYC künftig zu einem gesellschaftlichen Ereignis in Ostfriesland zu machen.

„Da muss er sich aber noch mächtig anstrengen, ein Blazer mit Messingknöpfen reicht da nicht als Abendanzug, bei uns trägt man so etwas zum Fasching. Aber die meisten Frauen waren recht schick, keine teuren Roben, aber raffiniert und attraktiv. Und oft auch sexy!"

„Und sie haben unter anderem auch mit Herrn Geerdes getanzt, das sagten sie gestern schon. Ihrem Lebensgefährten scheint das nicht gefallen zu haben. Gab es da bei ihm noch andere Gründe für den Zorn auf Herrn Geerdes, als die verlorene Regatta?"

Renate lacht. „Nein, wirklich nicht. Geerd hat mich aufgefordert und ich dachte, es sei gut, den Feind zu umarmen, wenn man ihn nicht besiegen kann!"

Susi guckt etwas irritiert und Renate klärt sie auf.

„Ein chinesisches Sprichwort, da ist aber etwas dran. Man soll unerwartete Reaktionen zeigen und den Gegner überraschen, aber das haben sie doch sicher auch gelernt."

Dann lacht Renate noch einmal: „Und dieser Geerd wollte mir während des Tanzes allen Ernstes klarmachen, dass die Kollision ein bedauerliches Versagen und keinesfalls beabsichtigt war. Ich weiß nicht, ob er mich damit auf seine Seite oder sogar in sein Bett ziehen wollte, denn bei Hinni entschuldigen konnte er sich nicht."

„Was ist denn genau bei der Regatta passiert?"

Renate nimmt ein paar Teelöffel aus einer Schublade und versucht die Situation darzustellen. Als Boje stellt sie einen Eierbecher hin und die Windrichtung zeigt ein Messer an.

Susi begreift sofort. „Dann hatte Herr Geerdes ja tatsächlich Wegerecht. Aber da Sie offensichtlich nicht manövrieren konnten, hätte er laut KVR das Manöver des letzten Augenblicks einleiten müssen. Der hätte doch nur anluven müssen. Oder war keine Zeit mehr?"

Renate ist erstaunt. „Oh, Sie segeln auch? Super! Doch, Zeit war genug. Der Wettfahrtleiter hat ausgerechnet, dass die *Scharhörn* etwa sechs Sekunden Zeit gehabt hätte. Da kann man doch kurz das Rad nach Steuerbord drehen, oder? Er war in Fahrt, das Schiff hätte sofort reagiert."

„Ja aber ..." will Susi einwenden.

„Geerd war ebenso wie Hinni auf Sieg programmiert. Der hat in dem Moment nur noch die Chance gesehen Hinni diesmal nicht nur zu besiegen, sondern auch zu vernichten, damit er ein für alle Mal Ruhe vor ihm hat. Muss wohl ein Reflex bei ihm gewesen sein. Denn nach berechneter Zeit lagen wir vorn und auf dem anschließenden Raumschotkurs hätten wir weiter aufgeholt. Hinnis Jollenkreuzer ist leicht, wir hätten das Schwert hoch holen können und damit einen geringeren Wasserwiderstand gehabt. Geerd hatte keine Chance gegen uns zu gewinnen, wenn es sportlich zugegangen wäre."

„Ja aber, Sie hätten doch protestieren können. Dann wäre wahrscheinlich Herrn Geerdes Schiff auch nicht gewertet worden. Aber so gut kenne ich mich mit den Regattaregeln auch nicht aus."

„Stimmt Frau Wildtfang, gut erkannt. Unser Widerspruch läuft und es kann sogar sein, das Herrn Geerdes der Sieg wie-

der aberkannt wird. Aber spontan wollte sich der Wettfahrtleiter nicht dazu äußern. Das wird ein Schiedsgericht entscheiden. Aber so konnte er sich zumindest an dem Abend als
Sieger feiern lassen."

Susi überlegt einem Moment: „Und wenn ihrem Protest
stattgegeben wird, dann würde das Tatmotiv für Herrn Boomgarden entfallen. Warum hat er das nicht gleich gesagt?"

„Ich weiß gar nicht, ob Hinni das so genau durchblickt
hat. Theorie ist nicht seine Stärke, dafür hat er Karl. Der legt
ihm die Regattataktik zurecht. Für ihn bestehen die Leute im
Regattaverband aus Sesselfurzern, die allesamt keine Ahnung
haben und wahrscheinlich noch nie eine Pinne in der Hand
hielten. Er wagte nicht, so etwas zu hoffen. Aber Karl, dem war
das natürlich klar."

„Karl Eilers?"

„Ja."

„Der hätte auch ein Motiv gehabt. Schließlich gehörte er zu
Ihrer Crew."

„Ja, aber dann können sie mich auch gleich mitnehmen."

Susi lächelt. „Keine Sorge, sowohl Sie als auch Herr Eilers
haben ein Alibi. Aber was ist denn noch weiter an dem Abend
passiert?"

Renate versucht sich genau zu erinnern: „Also, zunächst
habe ich mit Hinni getanzt. Der war aber bald müde und sagte,
er möchte sich lieber ins Bett legen. Vorher wollte er aber noch
an der Theke ein Bier oder so trinken. Auf dem Weg dorthin
hat mich Joke Coordes angesprochen und ich habe eine Runde
mit ihm getanzt. Und als ich wieder an die Theke wollte, war
Hinni weg."

„Nach Hause? Ist er gelaufen?"

„Sicher nicht. Imke hat mir später seinen Autoschlüssel gegeben."

Dann fällt Renate etwas auf: „Moment, da war noch etwas. Ich habe gefragt wo Hinni ist und da hat einer so merkwürdig gegrinst und gesagt ..."

Renate denkt nach: „Moment, ich kriege das hin: ‚Der ist schon nach Hause. Konnte nicht schnell genug ins Bett kommen'. Genau, das sagte der."

„Und diese Imke hat ihnen dann später den Autoschlüssel gegeben, wenn ich sie richtig verstanden habe."

Renate ist nicht besonders misstrauisch oder eifersüchtig, aber sie ist auch nicht weltfremd. Imke! Die hat sie an dem Abend eine Weile gar nicht gesehen. Irgendwann später gab sie ihr den Schlüssel und war auch schon wieder weg. Kein weiteres Wort hat sie gesagt, fast, als ob sie ein schlechtes Gewissen hätte. Was ist da gelaufen? Könnte Imke mit Hinni ... während sie mit Joke und Geerd und anderen Männern getanzt hat. Das hat Hinni bestimmt nicht gefallen, aber Tanzen gehört an so einem Abend nun mal dazu ... Und das ist kein Grund, deswegen gleich etwas mit einer anderen Frau anzufangen ...

„Ja, Hinni hatte schon etwas getrunken und sich nach Hause fahren lassen. An so einem Abend hat die Polizei bekanntlich Sondereinsatz rund um das Große Meer."

Susi grinst: „Na ja, auch wir brauchen Erfolge. Aber was ist mit den anderen Leuten aus Ihrer Clique? Herr Janssen, zum Beispiel. Der war bei der Regatta doch gar nicht dabei, oder?"

Renate ist froh, dass das Thema Imke beendet ist. Wenn da etwas war, dann will sie selber das herausfinden, bevor diese Kommissarin in Hinnis Liebesleben herumschnüffelt. Das geht im Moment nur sie etwas an. Auch wenn es Hinni möglicherweise sogar entlasten könnte, wenn er für die Tatzeit von Imke ein Alibi bekäme.

„Nein, Jan fühlte sich an dem Morgen nicht wohl und hat abgesagt. Aber am Abend war er dann doch mit Birgit da, wirkte aber noch ein bisschen angeschlagen."

„Birgit ist seine Freundin?"

„Birgit Janssen! Seine Ehefrau."

„Wie lange waren die beiden da?"

„Gute Frage, ich war nicht deren Anstandsdame. Birgit war aber nur kurz an unserem Tisch, dann hat sie mit verschiedenen Männern getanzt."

„Nicht mit Jan?"

„Doch auch, aber nur den Pflichttanz", grinst Renate.

Susi hört den Unterton: „Was wollen sie damit sagen? Klappt es zwischen den beiden nicht mehr."

„Da möchte ich nichts zu sagen, aber Birgit ist eine noch relativ junge, attraktive Frau. Sie genießt gerne die Aufmerksamkeit von Männern."

„Das tue ich ehrlich gesagt auch, klappt nur nicht immer", gesteht Susi. „Aber was sagt denn ihr Mann, also Jan, dazu?"

„Ach, wie alle Männer genießt Jan natürlich auch gerne die Aufmerksamkeit von Frauen, besonders wenn sie jung und sexy sind. So sind sie nun mal, die Herren!"

Susis Antennen richten sich auf, sie hat schon gehört, dass es in dem Yacht Club mitunter recht freizügig zugeht, aber das ist nicht strafbar. Wohl aber, wenn Sex durch einen Mord beendet wird.

„Und hat Birgit auch die Aufmerksamkeiten von Herrn Geerdes genossen? Der war kein Kostverächter, wie man so hört."

„Stimmt, Geerd mochte sich gerne mit jungen Frauen schmücken, da war keine vor ihm sicher. Ich weiß gar nicht, wie seine Freundin, diese Julia, das ausgehalten hat. Die hätte ihm doch längst den Laufpass geben müssen. Aber wahrscheinlich hat die sich anderweitig amüsiert, man hat die beiden selten zusammen gesehen."

Renate holt sich einen neuen Kaffee, dabei kommt ihr ein Gedanke: „Da muss ich aber doch schon mal nachfragen: haben sie mal überprüft, wo Julia in der Nacht war?"

„Ja, natürlich. Sie hat ein Alibi, jedenfalls vorläufig. Mehr darf ich dazu aber nicht sagen."

„Aha, vorläufig. So wie Hinni vorläufig kein Alibi hat?"

„Ja! Aber bitte, mehr sage ich nicht. Sie können sich darauf verlassen, dass wir in alle Richtungen ermitteln. Aber wir waren bei Frau Janssen stehengeblieben."

Renate nippt an dem heißen Kaffee. „Möchten Sie auch noch einen?"

Susi lehnt dankend ab. Ein Tee wäre ihr recht gewesen, aber darum will sie jetzt nicht bitten.

„Hm, Birgit. Ich habe sie irgendwann mit Geerd tanzen sehen, sehr eng und lasziv. Das muss so um zwölf gewesen sein." Renate versucht sich weiter zu erinnern. „Aber dann habe ich sie nicht mehr gesehen – aber Geerd auch nicht mehr."

„Und Jan, also Herr Janssen, wo war der?"

„Weiß ich ehrlich nicht. Er hat eine Weile an unserem Tisch herumgehangen und plötzlich war der auch weg. Hat sich vielleicht auch irgendwie amüsiert, Gelegenheiten gab es genug!"

„Ist Frau Janssen mit Ihnen befreundet?"

„Nein, wir haben uns nur selten gesehen. Sie hat kaum Interesse am Segeln."

„Und Herr Janssen?"

„Ob das mein Freund ist? Nein, Freund kann man das nicht nennen. Er ist ein Kumpel von Hinni und ich mag ihn auch. Aber er ist kein Freund."

„Frau Reichle, darf ich sie noch etwas Spezielles fragen, sozusagen außerhalb des Protokolls?"

„Nur zu."

„Halten sie es für möglich, das Herr Geerdes etwas mit Frau Janssen hatte?"

„Sie meinen an dem Abend? Da kann ich nur vermuten, aber ja, könnte sein!"

„Haben sie die beiden noch irgendwann an dem Abend gesehen?"

„Nein!"

„Könnte es dann sein, das die beiden in der Nacht noch auf die Yacht von Herrn Geerdes gefahren sind um dort Geschlechtsverkehr zu haben?"

„Kann sein, kann aber auch nicht sein. Dass ich die beiden nicht gesehen habe, beweist doch nichts."

„Stimmt, aber wir können in dieser Richtung weiter ermitteln. Danke, war ein nettes Gespräch mit Ihnen."

Kaum hat Susi das Haus verlassen, greift Renate zum Telefon. Sie ruft bei Heiko Heiken an und fragt nach Imke. Der sagt ihr, dass er sie mit einigen Papieren zur Sparkasse nach Aurich geschickt hat, damit sie sich schließlich auch mal in den ganzen Schreibkram des Büros einarbeitet. Er gibt ihr Imkes Handynummer.

„Aber was ist denn los?", möchte er wissen. „Geht es um

einen Weiberschnack oder gibt es was Besonderes? Ich mache mir in den letzten Tagen etwas Sorgen um Imke. Sie ist so anders."

Renate erzählt ihm, dass Hinni des Mordes an Geerd verdächtigt wird, sich in Untersuchungshaft in Aurich befindet und sie hofft, dass Imke ihm ein Alibi geben kann.

„Aber das kann doch nicht sein, das Hinni so etwas machen würde." Dabei bleibt offen, ob er meint, das Hinni jemanden umbringen oder dass er sich mit Imke eingelassen haben könnte.

„Die beiden waren Rivalen, ja, aber deshalb bringt man sich doch nicht um. Hinni kann sich doch anders wehren. Nein, nein, der war das nicht, das wird sich sicher aufklären."

„Das denke ich auch, aber vielen Dank für deine gute Meinung über Hinni. Aber hat Imke euch denn etwas über den Abend erzählt?"

„Nein, ich weiß nur, dass sie am Sonntagmorgen um fünf oder sechs nach Hause gekommen und sofort in ihrem Zimmer verschwunden ist. Irgendjemand scheint sie gebracht zu haben, jedenfalls habe ich ein Auto gehört. Und seitdem läuft sie rum wie ein Trauerkloß und ist völlig verstört."

„Meinst du, dass ihr Geerds Tod so nahe geht?"

„Was weiß ich? Kann schon sein, dass da mal was gelaufen ist, uns erzählt sie ja nichts. Ich dachte immer ..."

Heiko macht eine kurze Pause. „Entschuldige, wenn ich das so sage, aber ich dachte immer, sie trauert Hinni hinterher."

„Passt schon, ich weiß ja, das da was war. Ich hatte nur gehofft, dass zwischen den beiden mittlerweile alles geklärt sei."

„Wir werfen Hinni da auch nichts vor, aber du weißt ja, wenn die jungen Dinger sich mal in etwas verrannt haben. Es wäre übrigens nett, wenn du uns auf dem Laufenden hältst, falls du etwas Neues erfährst. Wir Eltern machen uns auch unsere Gedanken."

„Klar, mach ich."

Renate erreicht Imke auf ihrem Smartphone und bittet sie um ein Treffen. „Du kannst gerne zu mir kommen oder wir treffen uns in Aurich."

Imke zögert, sie schützt wenig Zeit vor und überhaupt ... „Warum?"

„Komm, zier' dich nicht. Ich lade dich zum Lunch ein. In die Börse. Um eins, okay?"

Die Börse ist ein beliebtes Lokal in Aurichs Innenstadt. Hier gehen am Vormittag Schüler hin, wenn gelegentlich eine Unterrichtsstunde ausfällt oder geschwänzt wird. Zum Mittag treffen sich hier Geschäftsleute, Verkäuferinnen aus den umliegenden Geschäften oder Mitarbeiter aus den Büros und Banken. Nachmittags halten Hausfrauen hier gerne ein Schwätzchen und abends beginnt hier fast jeder Bummel durch die Stadt.

Da es einigermaßen warm ist, hat Renate einen Tisch im Garten gewählt, der sie ein wenig an einen Fränkischen Biergarten erinnert. Nur gibt es hier keine Biertische und Bierbänke, sondern normale Gartenbestuhlung. Hier draußen ist es etwas ruhiger, die Tische stehen nicht so sehr dicht zusammen und außerdem darf geraucht werden. Das könnte für Imke vielleicht wichtig sein und zu einer entspannten Atmosphäre beitragen. Renate hat sich gerade eine Apfelsaftschorle bestellt, da erscheint Imke. Sie schaut einem Moment suchend umher, dann erkennt sie Renate und kommt mit abweisender Miene zu ihr an den Tisch. Mit einem gequälten „Hallo Renate" drückt sie sich auf einen Stuhl, ohne den Versuch zu machen, Renate die Hand zu geben.

Sie sieht nicht gut aus, findet Renate, jedenfalls ist sie nicht als das gestylte Partygirl zu erkennen, das sie sonst gerne sein will. Einfache Jeans, ein Sweatshirt, unlackierte Fingernägel. Die Ringe unter den Augen sind auch eher die Folge von Schlafmangel, als ein raffiniertes Make-up. Und ihre Haltung verrät Abneigung oder ein schlechtes Gewissen, das ist im Moment für Renate schwer zu erkennen.

„Hallo Imke, vielen Dank, dass du gekommen bist", beginnt Renate.

„Kein Problem."

„Wie geht es dir? Alles in Ordnung?"

„Alles klar!"

Da Imke heute offensichtlich nicht ihren gesprächigen Tag hat, beschließt Renate gleich zur Sache zu kommen. Aber vorher bestellt sie noch ein Bitter Lemon für Imke und für sie beide etwas zu essen. Eine Weile schweigen sie sich an.

Als die Salate kommen, wünscht Renate einen guten Appetit und beginnt das Gespräch: „Also Imke, du wirst es heute wahrscheinlich ohnehin erfahren, aber die Polizei hat Hinni heute Morgen festgenommen."

Imke hatte gerade ihr Glas angesetzt, als sie sich vor Schreck verschluckt und laut husten muss.

„Wegen Geerd? Das kann doch nicht sein! Der hat doch Geerd nicht umgebracht."

„Kannst du das so genau sagen? Wenn du etwas weißt, was Hinni entlasten könnte, dann bitte, komm raus damit. Hinni braucht ein Alibi für die Tatzeit."

Imke verkrampft sich und Renate spürt, dass da etwas ist, was sie nicht sagen will.

„Nein, ich kann nichts sagen. Aber Hinni war das nicht, bestimmt nicht!"

„Gut, wir sind da einer Meinung, aber die Polizei sieht das anders."

Imke versucht zu essen, aber ihre Nervosität ist nicht zu übersehen. Sie versucht das Zittern ihrer Hände zu überspielen, aber so ganz gelingt ihr das nicht.

„Imke, ich weiß, das du früher mal etwas mit Hinni hattest, aber das war einmal und geht mich heute nichts an. Mich interessiert nur, was genau Samstag auf der Seglerparty passiert ist."

„Nichts, Renate, was soll passiert sein?"

„Das möchte ich ja gerade wissen. Du hast mit Geerd den Tanz eröffnet, war das Zufall oder habt ihr was miteinander?"

Imke wird rot. „Abgesprochen war das nicht, ich war nur gerade in der Nähe", sagt sie wahrheitsgemäß.

„Trotzdem, habt ihr was miteinander?"

„Ich wüsste nicht, was dich das angeht."

„Stimmt, das geht mich nichts an, aber nun ist Geerd tot und Hinni wird verdächtigt. Ich bitte dich nur um Hilfe, um Hinni aus der Scheiße rauszuholen. So egal kann Hinni dir doch nicht sein, oder? Du magst ihn doch!"

„Okay", Imke legt ihr Besteck beiseite und senkt die Stimme. „Ja, ich habe früher ab und zu ein bisschen mit Hinni rumgemacht, das war aber nichts Ernstes. Plötzlich warst du da, Hinni war tabu und Geerd interessierte sich plötzlich für mich. Ich fand das total cool, dass er offensichtlich lieber mit mir, als mit Julia zusammen ist. Aber das braucht keiner zu wissen, besonders meine Eltern nicht, okay?"

„Versprochen! Wie gesagt, es geht mich nichts an. Aber mit wem hat denn Geerd den Abend verbracht? Läuft das was zwischen ihm und Birgit?"

Imke atmet etwas auf. „Mit Birgit? Kann schon sein. Die beiden waren lange draußen, auf der Liebesinsel. Da wird öfter mal geschmust."

„Ja und? Nun erzähl schon. Hat Birgit was mit ihm, hat sie die Nacht mit ihm verbracht?"

„Weiß ich doch nicht, ich war doch nicht dabei."

„Kann Geerd Birgit noch mit auf die *Scharhörn* genommen haben?"

Bei der Erwähnung der *Scharhörn* kann Imke ihre Erregung kaum noch beherrschen, sie zündet sich eine Zigarette an und bläst den Rauch stoßartig aus. Aggressiv antwortet sie: „Weiß ich doch nicht, was der mit der Tusse gemacht hat."

Eifersucht auf Birgit, vermutet Renate. Interessant!

„Ja, aber was war denn nun mit dir und Hinni an dem Abend? Ich habe Hinni nach unserem Tanz zur Theke gebracht und dort hast du auch gestanden. Ich wurde dann von Joke angesprochen und zum Tanzen aufgefordert. Das habe ich dann auch gemacht. Und anschließend wart ihr beiden weg und du hast mir später den Schlüssel von Hinnis Wagen gegeben. Wann war das, so um ein Uhr herum? Warst du so lange bei Hinni?"

Jetzt bekommt Imke etwas Auftrieb: „Ach, und ich dachte DU hast Joke angebaggert. Das sah jedenfalls für mich und die anderen so aus. Der tanzt doch sonst gar nicht."

„Kannst mal sehen, mit mir schon. Aber ich habe ihn nicht angebaggert. Nur aufgefordert, weil er nett zu mir war. Ist

doch normal, oder? Das war schließlich ein Ball und keine Be-
erdigung."

Renate guckt Imke streng an. „Aber was war denn nun mit
dir und Hinni? Hast du ihn nach Hause gebracht und ins Bett
gelegt oder nicht?"

„Hinni lässt sich nicht ins Bett legen, eher geht das anders-
rum bei ihm. Aber da war nichts an dem Abend, ehrlich. Er hat
mich nur gebeten, ihn nach Hause zu fahren weil er müde war
und das habe ich getan."

„Sonst nichts?"

„Sonst nichts!" Jetzt grinst Imke. „Wäre auch gar nicht gegangen, Hinni war fix und fertig!"

„Schade, sonst hätte Hinni ein Alibi gehabt, das er dringend
benötigt. Wenn da aber doch was war und du mir das nicht sagen willst, was ich nicht gut finde aber verstehen würde, dann
ruf' bitte diese Kommissarin an."

Renate gibt Imke die Karte von Susi Wildtfang. „Tu das
Hinni zuliebe, bitte!"

Wieder in der Polizeiinspektion, fängt Susi gerade noch
Brunner ab, der sich zum Lunch aufmachen will. „Ich habe soeben noch einmal mit Frau Reichle gesprochen."

„Ach die Fränkin! Gibt es Neuigkeiten?"

„Das kann man sagen. Sie hat mir einiges über den Ver-
einsabend erzählt, wer mit wem und so."

„Also doch die große Orgie?"

„Das wäre übertrieben, aber folgendes: Herr Boomgarden
hat recht früh das Lokal verlassen, aber nicht alleine."

„Aha!"

„Diese Imke, Tochter von dem Bauunternehmer Heiken, hat

ihn nach Hause gebracht?"

„Ist das etwa die junge Frau, die wir da in seinem Büro in Hesel gesehen haben? Stimmt, die hat sich sogar als die Tochter vorgestellt. Das haben wir einfach so übergangen, ich hatte keine Ahnung, dass die auch zum Yacht Club gehört. Die erschien mir viel zu ..."

Brunner weiß nicht so recht, wie er fortfahren soll.

Susi hilft ihrem Chef weiter: „Zu schwach oder zu zart oder überhaupt weil Segeln nichts für Frauen ist?"

„So ungefähr. Aber das ist nichts gegen dich, Susi."

„Schon okay! Jedenfalls hat diese Imke Hinni an dem Abend nach Hause gefahren, obwohl Frau Reichle das nicht so ganz klar und deutlich erwähnt hat."

„Aha, jetzt kommt deine weibliche Intuition ins Spiel. Also?"

„Vielleicht! Wenn das aber so ist, dann könnte diese Imke Hinni aber unter Umständen ein Alibi geben."

Brunner lacht: „Dann steckt der arme Kerl aber echt in der Zwickmühle. Uns wäre er los, aber er hätte seine Lebensgefährtin am Hals. Und wir hätten immer noch keinen Täter."

„Aber es kommt noch besser! Der Herr Geerdes hat an dem Abend besonders intensiv mit der Frau von Herrn Janssen, Birgit Janssen, getanzt. Das muss so eine Art erotisches Dirty Dancing gewesen sein. Das hat Frau Reichle zwar nicht direkt so gesagt, aber offensichtlich gemeint. Und dann will sie anschließend weder Herrn Geerdes noch Frau Janssen gesehen haben. Die beiden hätten sich dann heimlich verdrückt, vermutet sie.

„Kann Birgit Janssen die Frau auf der Yacht gewesen sein?"

„Schon möglich, aber dann sollten wir ihre Fingerabdrücke dort finden."

„Und Herr Janssen hat gemerkt, das da etwas läuft, ist den

beiden nachgefahren und hat Herrn Geerdes aus Eifersucht erschlagen."

„So könnte es gewesen sein."

„Gut, ich lasse Frau und Herrn Janssen vorladen und du nimmst dir die Imke noch mal vor.

11. Kapitel (In der Nacht nach der Regatta)

Während Imke Hinni in dessen Auto nach Hause fährt, plant sie ihre Strategie. Sie ist nicht dumm, sie hat ein gutes Abitur gemacht und würde das Studium locker schaffen, um einmal die Firma der Eltern zu übernehmen. Aber ihr schwebt ein anderes Leben vor, als sich mit Bauarbeitern, zahlungsunwilligen Kunden und dem Finanzamt herumzuärgern. Oft genug hat sie schon in der Firma gejobbt und gesehen, wie es da zugeht.

Sie möchte einfach über mehr Geld verfügen, ohne dafür viel Arbeiten zu müssen. Warum soll ihr nicht ein wohlhabender Mann dieses Leben ermöglichen? Sie sieht gut aus, das weiß sie. Sie hat Verstand und kann einem Mann mehr bieten als nur ihren Körper. Dank ihrer Eltern hat sie gesellschaftlichen Schliff und kann sich auch in einem erstklassigen Restaurant souverän bewegen.

Viele halten sie für ein Partygirl, stets mit einem Glas Prosecco in der Hand, dass ist ihr auch bekannt. Es stört sie auch nicht, denn viele Frauen, die heute reich und mächtig sind, haben einmal so angefangen. Aber nur wenige wissen oder ahnen, dass sie das volle Glas nur herumzeigt, damit sie nicht so schnell ein neues bekommt und trinken muss. Meistens behält sie auf einer Party einen klaren Kopf, um ihre Chancen und Möglichkeiten bei den verschiedenen Männern abzuwägen.

Auch heute hat sie kaum etwas getrunken, sonst hätte sie sich nicht ans Steuer gesetzt. Hinni bedeutet ihr immer noch sehr viel und wenn Renate nicht gewesen wäre, hätte sie gerne die Nacht mit ihm verbracht und ihn getröstet. Die meisten Männer im Yacht Club nehmen das ohnehin an, ihren Abgang mit Hinni hat sie ja vorhin deutlich genug inszeniert. Aber sie wird Hinni heute Abend nur nach Hause bringen, vielleicht bekommt er eine Umarmung oder einen Kuss. Alles andere wäre reine Zeitverschwendung, solange Renate dieses Revier beherrscht. Sie hofft aber, einige Kerle eifersüchtig gemacht zu haben. Da sind bestimmt ein oder zwei Männer, die sich für den Abend einiges von ihr erhoffen. Nicht nur für den Abend natürlich, auch für die Nacht.

Da wäre einmal Jan, der sie schon lange und nicht nur heute mit seinen notgeilen Blicken verschlingt. Der soll erst einmal seine Ehe in Ordnung bringen, aber auch dann könnte sie sich eine Zukunft mit ihm nicht vorstellen. Was soll sie mit einem Finanzbeamten? Sie hält ihn sich natürlich warm, schon weil er ein guter Freund von Hinni ist. Vielleicht braucht sie selber auch mal einen guten Kontakt zum Finanzamt, aber dafür reicht es aus, wenn er weiterhin an der langen Leine zappelt. Ein paar Küsschen hier, mal eine Umarmung oder ein gemeinsamer Drink, aber mehr nicht.

Karl dagegen würde sehr gut in ihr Beuteschema passen. Er ist klug, hat die halbe Welt gesehen, war schon einmal Chef im Yacht Club und als Bauingenieur hätte er sicher auch die Akzeptanz ihrer Eltern. Aber dann würde sie wieder in der Bauklitsche in Hesel sitzen und sich mit der Buchhaltung beschäftigen.

Bleibt noch Geerd. Sie weiß nicht recht: Kann man von einem Mann der gut aussieht, der gerne feiert, ausgeht und auch noch Geld hat, kann man von dem erwarten, dass er auch noch Charakter hat? Wahrscheinlich wäre das ein besonderer Glücksfall, ein Lotteriegewinn. Aber ein Mann ohne Charakter ist ihr immer noch lieber, als jeden Abend brav vor dem Fernseher zu sitzen und über die böse Welt zu diskutieren. Hinni hätte Geld und Charakter gehabt und sie findet es ungerecht, dass nun ausrechnet Renate den bekommt, wo die doch allen Gerüchten nach selber genug Geld hat und sogar immer noch verheiratet ist. Jedenfalls kann sie sich eine große Yacht im Mittelmeer leisten.

Also wird sie sich heute Abend an Geerd heranmachen. Er hat schon deutlich sein Interesse gezeigt, als sie mit ihm den Tanz eröffnen durfte. Wie seine First Lady hat sie sich gefühlt und alle haben es gesehen. Und sie hofft, dass sich Geerd im Moment Gedanken über sie macht. Wahrscheinlich wird sie gleich in seine offenen Arme laufen, wenn er sieht, dass sie schneller als er angenommen hatte, von Hinni zurückgekommen ist. Und wenn er dann heute Nacht hoffentlich richtig bei ihr anbeißt, dann wird ihr schon etwas einfallen, wie sie ihn an sich binden und diese nuttige Julia aus dem Feld schlagen kann. Aber vielleicht flirtet sie vorher noch etwas mit Jan, damit sie es Geerd nicht zu leicht macht? Männer bindet man am besten an sich, in dem man sie um sich kämpfen lässt.

Sie hält vor Hinnis Haus. „Soll ich dir noch einen Kaffee machen?", bietet sie ihm an. Sie kennt sich schließlich in seiner Küche bestens aus.

„Nee, danke. Ich hau mich gleich hin."

Imke schließt ihm noch die Haustür auf, deren Schlüssel zusammen mit den Autoschlüsseln an einem Anhänger befestigt ist. Dann begleitet sie ihn in die Küche. „Darf ich mir denn einen Kaffee machen?"

„Jo, klar. Dann fährst du aber zurück und sagst Geerd, dass er ein Arschloch ist."

Imke drückt auf den Knopf der Kaffeemaschine und setzt sich dann mit ihrem Becher an den Tisch. „Hinni, wir hatten eine schöne Zeit. Ich war gerne mit dir zusammen. Aber nun hast du dich in Renate verliebt, oder? Schlecht gelaufen für mich!"

Als Hinni nichts sagt, fährt sie fort: „Ich hätte gerne mit dir hier in Ostfriesland gelebt, echt. Ich mag das hier. Aber was soll ich nun machen?"

„Weiß ich auch nicht. Studieren vielleicht oder Arbeiten? Frag mich das ein andermal, jetzt muss ich in die Koje."

Sie zieht Hinni auf den Stuhl neben ihr und setzt sich auf seinen Schoß.

„Gib mir einen Abschiedskuss. Wir wollen doch Freunde bleiben?"

Sie setzt sich rittlings auf ihn, gibt ihm einen Kuss und lässt sich von ihm drücken.

„Ja, Imke, natürlich bleibe ich dein Freund. Aber eines musst du wissen, falls du mit Geerd zusammengehst: Nachdem, was Geerd heute getan hat, werde ich ihm schaden wo ich kann. Auch wenn das eventuell zu deinem Nachteil sein sollte, das würde ich in Kauf nehmen."

Als Imke wieder das Vereinshaus betritt, sieht sie wie Geerd gerade mit Birgit tanzt. Seine kleine Rache wegen Hinni vermutet sie. Aber obwohl Birgit sich eng an Geerd schmiegt, macht sie sich keine Sorgen, Birgit ist verheiratet und das wäre viel zu kompliziert für Geerd. Oder wäre ihm das egal? Sie stellt sich an die Theke und lässt sich ein Glas Prosecco geben. Einige einsame Männer stehen dort und machen Scherze, warum sie denn so schnell von Hinni zurückgekommen sei.

„Hinni wird auch älter", meint der eine und lacht über seinen Witz.

„Nee, der will sein Pulver doch nicht verschießen. Das steht jetzt alles nur Renate zu", brüllt der andere und klatscht sich auf die Schenkel.

„Oder Imke ist sich jetzt zu fein für Hinni, die nimmt doch keinen Looser."

„Wenn das so ist Imke, dann komm mal zu mir. Ich würde gerne mal mit dir so richtig stramm - segeln."

Angewidert wendet Imke sich ab. Genau diese Männer mag sie nicht. Große Sprüche und Potenz- und Imponiergehabe, das ist alles. Wenn es aber drauf ankommt und sie tatsächlich zu einem Abenteuer bereit wäre, dann rennen die als erste heim zu ihrer Mutti.

Ihr fällt der Schlüssel ein, den sie Renate noch geben muss. Renate ist nicht an ihrem Platz, aber dafür sitzen Karl und Marion engumschlungen an dem Tisch, während Jan wie gebannt auf die Tanzfläche stiert.

Sie setzt sich neben ihn. „Eigentlich wollte ich zu Renate, ich soll ihr Hinnis Autoschlüssel geben. Weißt du wo sie ist?"

„Eben war sie noch hier. Wahrscheinlich ist sie für kleine Mädchen oder tanzt gerade mit jemandem. Sie ist sehr begehrt heute Abend."

Und weil Geerd immer noch so lasziv mit Birgit tanzt und Jan so müde und traurig guckt, legt sie ihren Arm um seine Schulter und gibt ihm einen Kuss auf die Wange. „Lass dich nicht so hängen, Jan. Heute Abend ist Party."

Nach dieser Aufforderung wird Jan wird tatsächlich munter, er nimmt sie in seine Arme, zieht sie zu sich heran und küsst sie auf den Mund. Er saugt sich an ihr fest und will gar nicht mehr loslassen. Schließlich wird Imke das aber zu viel und sie löst sich langsam und vorsichtig von ihm. „Komm Jan, ich möchte gerne mit dir tanzen."

Jan führt sie auf die Tanzfläche und weil DJ Klaus gerade wieder ein langsames Stück aufgelegt hat, lässt sie sich willig von Jan in den Arm nehmen. Sie legt ihre Hände in seinen Nacken und jedes Mal, wenn sie in die Nähe von Geerd und Birgit kommen, zieht sie seinen Kopf zu sich heran und drückt ihren Körper fest an ihn.

Die beiden merken das aber gar nicht, Birgit scheint Geerd fest im Griff zu haben, küsst ihn und drückt sich an ihn, als ob sie sich ihm hier auf der Tanzfläche offen anbieten und es mit ihm treiben würde. In Gedanken versunken tanzt Imke automatisch weiter, sie lässt sich nur von der Musik tragen. Nach einer Weile stellt sie aber plötzlich fest, dass Geerd und Birgit verschwunden sind.

„Blöde Nutte", flüstert Imke und merkt dabei fast gar nicht, wie sich Jans Hände nervös an ihrem Hintern zu schaffen machen.

Jan ist selig, er hat nur Augen für Imke, alle seine Sinne sind auf sie konzentriert. Er merkt im Moment überhaupt nicht was um ihn herum passiert. Seine Wut auf Birgit und seine Eifersucht sind plötzlich vergessen. Stundenlang könnte er so weiter mit Imke tanzen und sie an sich drücken. Es erregt ihn, wie sie seinen Druck erwidert und seinen Kopf herunterzieht, als ob sie ihn küssen möchte. Mit jedem vermeintlichen Kuss und jedes Mal wenn Imke sich an ihn drückt und er ihre Brüste spüren kann, wird seine Erregung stärker. Eine ganze Weile tanzen sie so weiter, der DJ scheint auch gar keine Pause machen zu wollen. Imke spürt, was in Jan vorgeht, sie spürt, wie er sich an ihr zu reiben versucht. Aber das ist nur sein Körper, seine Begierde. Aber wen begehrt er gerade wirklich? Sie? Oder Birgit? Seine Gedanken scheinen ganz woanders zu sein. Natürlich freut sie sich über ihre Wirkung auf Männer und ihre Macht über deren Gefühle, aber das geht ihr zu weit. Sie weiß, dass es um Jans Ehe nicht sonderlich gut bestellt ist und sie ahnt, das er seine Begierden, die er bei seiner Frau nicht ausleben kann oder will, auf sie überträgt. Natürlich möchte sie geliebt und begehrt werden, aber um ihrer selbst willen und nicht als Ersatz für Sex, den er mit Birgit nicht haben will. Dafür ist sie sich zu schade.

Ärger kommt in ihr hoch und abrupt drückt sie ihn von sich: „Jetzt ist es genug, Jan. Regele das mit deiner Frau oder kauf' dir eine Partypuppe wenn du notgeil bist."

Es scheint, als ob Jan plötzlich aufwachen würde. Er schaut verwirrt um sich und kann sich für einen Moment nicht orientieren. „Scheiße, Entschuldigung", sagt er. „Ich war ganz in Gedanken."

„Aber deine Gedanken waren nicht bei mir, Jan. Das mag ich nicht. Komm' heute bloß nicht mehr in meine Nähe."

Jan wird rot, er stutzt einen Moment und dann rennt er plötzlich davon.

Imke versucht sich zu beruhigen und schlendert langsam wieder zur Theke. Jetzt könnte sie tatsächlich einen Schnaps gebrauchen.

Plötzlich tauchen ihre Eltern neben ihr auf und sie bekommt schlagartig ein schlechtes Gewissen, weil sie sich den ganzen Abend überhaupt nicht um die beiden gekümmert hat. Nicht einmal zu seinem Regattasieg hat sie ihrem Vater gratuliert, sie weiß nicht einmal mehr, welchen Platz er gewonnen hat. Den Dritten? Oder Vierten? Aber ihre Eltern wollen ihr nur Bescheid sagen, dass sie jetzt müde sind und nach Hause fahren wollen.

„Pass auf dich auf und auf nimm auf jeden Fall ein Taxi, wenn du später nach Hause willst", fügt ihre Mutter noch hinzu und drückt ihr einen Geldschein in die Hand.

„Aber was war das denn gerade mit Jan? Wieso lässt der dich einfach stehen?", will Heiko dann noch wissen.

„Ich weiß nicht", meint Imke. „Vielleicht hat er eine schwache Blase. Hat sich wahrscheinlich ein bisschen verkühlt."

Imke steht allein an der Theke. Jan kommt nicht wieder und sie stellt fest, dass auch Geerd und Birgit nicht wieder aufgetaucht sind. Dann findet sie Renate, die sich gerade ein neues Glas Weinschorle bringen lässt. Imke kramt in ihrer Handtasche, sie zieht Hinnis Autoschlüssel heraus und gibt ihn Renate. „Den soll ich dir von Hinni geben", sagt sie und wendet sich dem nächstbesten Mann zu, bevor Renate sich bedanken kann.

Ein paar Mal lässt sie sich von verschiedenen Männern zum Tanz auffordern, ist aber mit ihren Gedanken ganz woanders.

Sie überlegt, wo Geerd geblieben sein kann. Und Birgit ist auch immer noch weg. Sind die beiden etwa schon nach Hause gefahren? Jetzt, wo die Party doch erst so richtig in Schwung kommt? Das kann sie sich von Geerd nicht vorstellen. Oder sind die beiden zusammen weggefahren? Oder ist alles ganz harmlos und die beiden wollen nur ein wenig frische Luft schnappen.

Sie beschließt auf die Suche zu gehen. Am besten fängt sie auf dem Parkplatz an. Vielleicht vergnügen sich die beiden in

Geerds Auto auf dem bequemen Rücksitz und der warmen Standheizung.

Geerd sitzt alleine auf der Bank an der Liebesinsel. Seitdem Birgit so plötzlich aufgestanden ist und ihn einfach sitzen ließ, um ihrem Mann Bescheid zu sagen, vermisst er ihre Wärme. Seine Erregung ist so plötzlich und schnell abgekühlt, wie Birgit ihn angemacht hatte. Ihm fröstelt und er steht auf, um sich etwas Bewegung zu verschaffen. Eine Weile wartet er noch auf Birgit, aber dann ist seine Geduld zu Ende. Er versucht sie auf ihrem Handy zu erreichen, stellt aber fest, dass er ihre Nummer nicht gespeichert hat. Nur die von Jan, aber den kann er schlecht fragen, wo seine Frau bleibt. Langsam geht er den Weg zurück zum Vereinsgebäude und dann weiter zum Parkplatz. Vielleicht wartet sie hier auf ihn, einen genauen Treffpunkt hatten sie ja nicht ausgemacht.

Plötzlich steht Imke vor ihm, als ob sie mit ihm verabredet wäre. Er ist überrascht und hätte sie in dem fahlen Licht fast für Birgit gehalten. „Hallo Imke, ist alles in Ordnung?"

Imke erschrickt, sie hat ihn gar nicht bemerkt. „Hallo Geerd, was machst du denn hier?"

„Ich brauche mal ein bisschen frische Luft."

„Ach so. Ich dachte du vergnügst dich mit Birgit."

„Mit Birgit? Nein, die sucht Jan."

Als Imke so vor ihm steht, steigt wieder das Verlangen in Geerd auf. Ein Verlangen, das vorhin abrupt beendet wurde. Er mustert sie unauffällig. Imke wäre die perfekte Geliebte, denkt er sich. Er hätte sich von Birgit gar nicht erst anmachen lassen sollen. Verheiratete Frauen, das bringt immer Ärger. Wieso muss die sich überhaupt bei Jan abmelden? Kontrolliert

Jan sie etwa?

Imke hat eine perfekte Figur, stellt er wieder einmal fest. Sie ist nicht dumm, sie studiert und kann auch über Heikos Baugeschäft hinaus sehen. Sie kann feiern und sie mag Sex, besonders wenn sie einen Vorteil für sich sieht und dann ist sie auch nicht besonders zimperlich.

„Wollen wir was trinken?", fragt sie ihn. „Mir ist kalt hier draußen."

„Wir setzen uns einen Moment ins Auto, geht das? Ich möchte mit dir reden." Er hält ihr die Tür an der Beifahrerseite auf und Imke registriert dies erstaunt. Sie hatte vermutet, er wolle einen Quickie auf dem Rücksitz mit ihr.

„Reden? Worüber denn?"

„Mach erst mal die Tür zu!" Geerd macht die Standheizung an und fast sofort spürt Imke die warme Luft über ihren Körper streichen und sie entspannt sich.

„Hast du was mit Jan", fragt Geerd sie dann direkt.

Imke lacht. „Mit Jan? Nein, bestimmt nicht."

„Das sah aber vorhin anders aus."

„Blödmann, ich fange doch nicht ernsthaft was mit Jan an. Der saß da nur so einsam und traurig rum, da habe ich mit ihm getanzt, um ihn etwas aufzumuntern."

„Gleich so eng? Ich dachte dem kommt es gleich."

Imke wird etwas rot, was Geerd aber zum Glück nicht sehen kann. „Ja, und? Ich habe da mitgemacht, weil du mit Birgit so intensiv zu Gange warst."

„Wenn du plötzlich mit Hinni verschwindest ohne ein Wort zu sagen, dann wird Birgit mich doch trösten dürfen."

„Aber doch nicht gleich so. Mit mir hast du nicht so eng getanzt."

„Das war auch der offizielle Eröffnungstanz. Aber möchtest du denn gerne so tanzen, sowie in Dirty Dancing? Möchtest du mich spüren?" Ganz sanft lässt Geerd seinen Finger über Imkes Oberschenkel gleiten und bemerkt, wie sie das sofort erregt.

Imke stöhnt leise. „Wenn du mich so berührst, dann brauchen wir gar nicht tanzen. Das ist so schön, ich mag das. Aber Geerd, ich möchte wissen, wie du zu mir stehst. Ich bin kein Playgirl. Für dich nicht und auch sonst nicht."

„Niemand betrachtet dich als Playgirl, ich weiß doch, was ich an dir habe."

„Aber Geerd! Erst darf ich mit dir den Tanz eröffnen, das war schön und es hat mich gefreut. Und dann lässt du mich plötzlich allein an der Theke stehen. Wie bestellt und nicht abgeholt."

„Entschuldige, das war unbedacht. Aber ich, als Kommodore und quasi Gastgeber, muss doch zumindest einmal mit jeder Frau tanzen."

„Geerd, wenn du vorher etwas gesagt und mich nicht einfach aufgefordert hättest, nur weil ich dir zufällig am nächsten stand, dann hätte ich gerne zusammen mit dir das Gastgeberpärchen gespielt. Ich kann das, ich war schon oft auf offiziellen Veranstaltungen."

„Echt? Aber du meinst jetzt nicht das Dorffest in Hesel?"

„Geerd, das war jetzt nicht nett. Du darfst mir ruhig etwas zutrauen. Nein, ich meine zum Beispiel den Kaufmannsball in Aurich."

Kaufmannsball in Aurich, Geerd ist überrascht. Eines der größten gesellschaftlichen Ereignisse in der Region. Dort kann man nicht einfach hingehen, man wird von einem Mitglied des Kaufmännischen Vereins empfohlen und dann eingeladen. Erst mit der Einladung darf man die nicht billigen Eintrittskarten kaufen und muss dann noch einmal ordentlich in die Geldbörse langen und sich einen Smoking, das passende Zubehör und vor allen Dingen der Frau oder Freundin jedes Jahr ein neues Abendkleid samt kompletten Outfit kaufen. Mit Julia würde er dort nicht hingehen.

Seine Finger gleiten auf ihrem Oberschenkel auf und ab und jedes Mal wandern sie etwas höher.

„Wenn du willst, bin ich jetzt den ganzen Abend nur noch für dich da", flüstert Geerd, während seine Finger ihren Slip erreichen.

„Küss mich, Geerd."

Und Geerd beugt sich über sie, legt seinen Arm über ihre Schultern, zieht sie zu sich heran und küsst sie leidenschaftlich. Seine Zunge spielt über ihre geschlossenen Lippen, durchstößt diese und dringt dann in ihren Mund ein. Imke beißt sanft auf seine Zunge, sie weiß, dass ihn das besonders erregt. Schmerz und Lust!

Geerd lässt nun seine linke Hand über ihre Brust wandern, massiert und streichelt sie. Imke nimmt vorsichtig seine Hand herunter. „Geerd, wir machen alles was du willst und mir Spaß macht. Aber nicht hier vor allen Leuten."

„Wieso, hier ist doch niemand."

„Aber gleich, wenn die Ersten nach Hause fahren. Und dann möchte ich nicht nackt in deinem Auto sitzen."

„Nackt! Ja, ich will dich gerne ganz nackt sehen. Ich will sehen, wie du dich ausziehst. Mach' einen Striptease nur für mich."

Er überlegt einen kurzen Moment: „Okay, wir fahren jetzt

auf die *Scharhörn*. Dort ist es ruhig und warm, der Kühlschrank ist voll mit Champagner und ich verwöhne dich, bis du nicht mehr kannst."

Imke stöhnt selig: „Das will ich erleben, das ich nicht mehr kann. Los Geerd, fahr'!"

Geerd parkt seinen Audi Q5 auf dem Parkplatz vor der Greetsieler Marina, er hält Imke die Tür auf und legt seinen Arm um Ihre Schultern. Dann schließt er das Eingangstor auf, öffnet es langsam und achtet dabei darauf, dass nichts quietscht. Ist das Rücksichtnahme oder will er mit ihr hier nicht gesehen werden?, fragt sich Imke. Dann schließt er das Tor wieder ab und drückt sie an sich.

In der Marina ist es still, ein paar Fallen schlagen in dem leichten Wind an die Masten. Alle Boote sind ohne Licht, selbst auf denen, die am Wochenende bewohnt werden, scheinen alle zu schlafen. Nur einer hat anscheinend vergessen, seine Positionslampen auszumachen. Die Hecklampe blendet beide für einen kleinen Moment, als sie daran vorbei gehen. An den Seiten des Steges leuchten schwach einige Lampen in Bodennähe, so dass nur die Stegfläche angestrahlt wird. Der Mond steht als ganz schmale Sichel am Himmel und die Sterne spiegeln sich in dem leicht gekräuselten Wasser um sie herum. Die Stimmung ist ruhig und romantisch. Imke bleibt stehen, legt ihre Arme um Geerd und küsst ihn. Erst auf den Hals, dann beißt sie vorsichtig in sein Ohrläppchen und schließlich suchen ihre Lippen seinen Mund. Ihre Zungen finden sich, streicheln sich und schließlich stößt Geerd hart in ihren Mund. Imke fasst seine Zunge mit ihren Zähnen und beißt langsam und vorsichtig zu. Geerd erregt das, seine Hände streichen ihren Rücken herunter, umfassen und massieren ihre Pobacken. Dann wandern seine Hände noch tiefer, greifen ihren Rocksaum und schieben ihn langsam hoch. Dabei gleiten seine Finger an der Innenseite ihrer Schenkel entlang. Dies kitzelt sie, aber erregt sie auch gleichzeitig.

Imke lacht kurz auf: „Geerd, nicht so schnell. Wir sind noch nicht einmal auf dem Schiff."

„Komm!" Auch Geerd kann es kaum erwarten, er nimmt Imkes Hand und zieht sie eilig den Steg entlang. Ihre Heels sind aber für die Holzstege mit den breiten Fugen nicht geeignet, sie stolpert ein paar Mal, gibt kurze Schreckenslaute von sich und lacht darüber. Geerd legt den Finger auf den Mund und zeigt auf die anderen Boote, die am Steg liegen. Imke weiß wieder nicht, ob er das aus Rücksichtnahme macht oder ob es einen Grund gibt, dass er hier mit ihr nicht gesehen werden möchte? Hat er vielleicht noch eine Geliebte auf einem der anderen Schiffe? Sie schiebt den Gedanken beiseite, im Moment wäre es ihr sogar egal. Sie will endlich auf sein Schiff, als seine Bordfrau – oder sagt man in dem Fall Bordgeliebte?

Viel ist von seiner Yacht bei dem kargen Licht nicht zu sehen, aber Imke ahnt deren Größe. Majestätisch und ruhig liegt sie am Steg. Der schwache Wind und die kleinen Wellen, die an der Bordwand plätschern, bewegen sie nicht. Geerd ist schon an Bord, macht am Steuerstand die Decksbeleuchtung an und Imke streift ihre Schuhe ab, um über die Reling an Deck zu klettern. Dann stehen sie beide im Cockpit.

„Wow!" Imke ist begeistert. Das tolle Teakholz, mit dem das Deck und die Bänke belegt sind, wirkt edel und vermittelt ein Gefühl von Sicherheit. Gegen den Sternenhimmel kann sie den hohen Mast mit den beiden Salingen erkennen. Das Ruderrad ist mit echtem Leder umwickelt, alles wirkt solide und strahlt Ruhe und Souveränität aus, so als ob kein Sturm und keine schwere See dieser Yacht je etwas anhaben könnten.

„Toll, super! Darf ich auch mal mit dir Segeln?"

Imke hat dem Segeln mit ihrem Vater nie etwas abgewinnen können. Auf seinem Jollenkreuzer war alles eng und unbequem, dauernd lag es auf der einen oder anderen Seite und mit jeder kleineren Welle kam Wasser in das Schiff. Da hatte sie bald den Spaß verloren und weil ihre Mutter ohnehin nie das Schiff betreten hat, war für sie auch bald klar – Frauen segeln nicht. Erst recht nicht, wenn man sich auf eine Karriere als Partygirl vorbereitet. Völlig unerotisch, so ein Boot. Aber hier, das ist richtig nobel, Schickimicki vom Feinsten.

„Okay. Wenn wir über Nacht hier bleiben, können wir gleich morgen Vormittag raus. Wie wär's mit Norderney? Und am nächsten Wochenende nach Helgoland?"

Imke ist selig. Mit einer Superyacht nach Norderney, alle werden hinsehen, wenn sie dort einlaufen. Sie wird im Bikini auf dem Vordeck stehen und dem Schiff erst den richtigen Glanz geben. Sie stutzt: Bikini?

„Ich habe gar nichts zum Anziehen dabei, Geerd."

„Macht nichts, nimm einfach die Klamotten von Julia. Die hat genug hiergelassen und wird das Zeugs nie mehr gebrauchen."

Dann ist Julia aus dem Rennen und sie wird ihren Platz einnehmen, schließt Imke aus Geerds Worten. Okay, sie wird eine gute Figur machen, notfalls auch noch einen Segelkurs belegen und ihm gesellschaftlich den Rücken freihalten. Wow, sie scheint ein Etappenziel auf ihrem Weg nach oben erreicht zu haben.

„Aber erst mal sollst du auch nichts anziehen. Was hältst du vom Ausziehen? Ich will dich nackt sehen. Ganz nackt!"

Geerd macht die Decksbeleuchtung aus, schließt den Niedergang auf, schiebt die Luke nach vorne, nimmt die Bretter heraus und legt sie auf die Bank im Cockpit. „Komm runter."

Er steht bereits unten im Salon. Imke ist noch oben auf der Treppe und weil sie etwas höher steht als er, nutzt Geerd die Gelegenheit um ihre Brüste zu küssen.

„Mach deinen BH auf", fordert er, während die Bluse zu Boden fällt. Imke streift ihren BH ab und präsentiert ihm ihre wohlgeformten, festen Brüste. Geerd nimmt einen ihrer Nippel, er saugt daran, während seine Finger die andere Brustwarze umfassen und reiben. Dann kneift er die Finger hart zusammen und gleichzeitig beißen seine Zähne in die andere Brustwarze. Nur kurz, aber Imke zuckt zusammen, sie weiß nicht, ob sie den plötzlichen Schmerz erregend oder abtörnend empfinden soll.

„Au, du tust mir weh." Als ob er es wieder gut machen will, streichelt Geerd ihre Brüste nun mit seiner Zunge, er leckt sie, bis sich die Brustwarzen wieder aufrichten. Dann zieht er Imke die Treppe herunter, macht auch im Salon das Licht an und dimmt die Lampen. Und während er eine Kerze sucht und diese auf den Salontisch stellt, zeigt er mit großzügigen Geesten auf die Inneneinrichtung: „Hier ist ein Sofa wie du siehst, da vorne links das Bad, rechts die Pantry mit dem Kühlschrank und hier hinten ist die Eignerkoje. Aber wenn du willst, können wir auch in den vorderen Kojen schlafen."

„Wow", sagt Imke noch einmal. Luxus pur, alles ist sauber und ordentlich gemacht und es riecht angenehm nach edlem Holz, Lack und Kunstharz. Wie ein neues Schiff eben.

Geerd geht nach vorne, holt eine Flasche Prosecco aus der Kühlbox und nimmt Gläser aus dem Schapp. „Möchtest du dich frisch machen?", fragt er, während er die Flasche öffnet.

Imke nimmt ihre Handtasche, geht nach vorne und Geerd genießt, wie ihre nackten Brüste bei jedem Schritt auf und ab wippen. „Du solltest nie einen BH tragen", ruft er ihr nach. „Deine Brüste sind viel zu schön, um sie einzusperren."

Geerd füllt die Gläser, setzt sich auf das Sofa und zieht seine Schuhe aus.

Als Imke aus dem Bad zurückkommt, hat sie nur noch einen durchsichtigen String-Tanga an. Noch nie hat Geerd sie und ihren Körper so in voller Schönheit und ausgiebig bewundern können. Ihre langen schlanken Beine, ihre fraulichen Hüften mit dem kleinen Dreieck des Höschens, das nichts verbirgt. Er erkennt sogar, dass sie ihr Schamhaar komplett rasiert hat. Ihr flacher Bauch, ihre festen Brüste, die jeder Schwerkraft zu trotzen scheinen und ihre sinnlichen, roten, halb geöffneten Lippen ... Er kann sich kaum sattsehen. Am meisten aber erregt ihn ihre unbekümmerte Haltung, die vorgeschobene Hüfte und ihr lasziver Blick. Eine Frau, die nur für die Liebe geschaffen zu worden scheint – und in Zukunft nur noch für ihn, das wird ihm jetzt klar.

Er zieht sie an sich und drückt seinen Kopf auf ihren Busen. Seine Hände berühren ihren Rücken, bewegen sich langsam und weitflächig vom Nacken bis zum Po und wieder zurück. Erst sind es nur die Fingerspitzen, die sie streicheln und sie genießt es. Dann aber benutzt er seine Fingernägel, zunächst ganz zart, so dass Imke kaum den Unterschied spürt.

Imke stöhnt, sie mag diese Berührung. Dann aber verstärkt Geerd den Druck, Imke verspürt einen leichten Schmerz, den sie aber zunächst noch als Lust wahrnimmt. Doch der Druck wird stärker und plötzlich gräbt Geerd seine Fingernägel in ihr Fleisch und fährt ihren Rücken herunter, über den Po bis zu ihren Schenkeln, so weit er gerade reichen kann.

Imke gefällt das gar nicht, sie holt tief Luft und stöhnt vor Schmerzen.

„Gefällt dir das, Imke?"

Für einen Moment ist Imke sauer: „Nein Geerd, echt nicht! Ich mag es, wenn du mich streichelst, auch mit deinen Fingernägeln. Wenn sie mich sanft berühren, mag ich das. Aber bitte nicht kratzen, ich stehe nicht auf Schmerzen."

„Okay, entschuldige. Du darfst dafür meine Zunge beißen. Küss mich!"

Imke setzt sich neben ihn, nimmt seinen Kopf in beide Hände und zieht ihn zu sich heran. Dann suchen ihre Lippen seinen Mund, ihre Zunge umspielt seine Lippen, aber sie achtet darauf, dass sie nicht in seinen Mund gerät. Bald spürt sie wie Geerds Zunge die ihre beiseite stößt und hart zwischen ihre Lippen dringt. Imke beugt sich vor, um seine Zunge ganz aufzunehmen und dann beißen ihre Zähne zu. Erst ganz sanft und zärtlich, dann aber immer mehr, bis Geerd endlich aufstöhnt und seine Zunge zurückziehen will. Imke aber hält sie fest, sie verringert zwar den Druck, aber er kann nicht entweichen. Geerd stöhnt und Imke weiß nicht, ob er Lust oder Schmerz empfindet. Oder beides?

Dann legt sie ihre Hand auf seine Brust, öffnet die obersten Knöpfe und lässt sie unter sein Hemd gleiten. Sie ertastet eine seiner Brustwarzen, nimmt sie zwischen ihre Fingernägel und während sie zukneift, verstärkt sie auch den Druck ihrer Zähne. Geerd stöhnt erneut auf und zieht seinen Mund zurück.

„Wow, Imke, du bist ein Naturtalent. Ich wusste gar nicht, das du so auf Sado stehst."

„Stehe ich auch nicht, Geerd. Absolut nicht, das war nur meine Rache. Wenn du mir wehtust, zahle ich es dir heim. Schön für dich, wenn es dir auch noch Spaß macht. Zu mir darfst du aber nur lieb und zärtlich sein, okay?"

Imkes Hände wandern nun tiefer, über seinen Bauch, ertasten seinen Gürtel und gehen noch tiefer.

„Puh", macht Geerd. „das ist geil. Aber langsam bitte, ich möchte, dass wir beide vorher noch viel Spaß haben."

Imke öffnet vorsichtig seinen Gürtel und als sie merkt, dass er ungeduldig wird, wird sie noch langsamer. Sie merkt, wie es ihn erregt, wenn er seine Lust zügeln muss. Langsam zieht sie den Gürtel ganz aus der Hose heraus, bevor sie den obersten Knopf öffnet.

Seine Hose beult immer weiter aus, Imke beugt ihren Kopf herunter und legt ihre Lippen auf die Wölbung seiner Hose. Sie spürt, wie sein Glied pocht, aber sie will ihn noch nicht jetzt, nicht hier auf dem Sofa.

Sie hat da mal etwas gelesen, das möchte sie jetzt ausprobieren: Langsam zieht sie den Reißverschluss herunter, greift seine Boxershorts und zieht die auch herunter, bis sein harter Penis offen vor ihr liegt. Einen Augenblick schaut sie sich den an, sie sieht wie die Adern geschwollen sind und – greift dann blitzschnell zu und drückt ihre spitzen Fingernägel hinein.

„Ohh, au", stöhnt Geerd auf. Imke stellt zufrieden fest, wie Geerds Erregung sich plötzlich gelegt hat.

„Ich wollte nicht, dass es dir zu früh kommt. Du sollst mir noch lange erhalten bleiben. Bist du okay?"

„Ja, du hast ungeahnte Talente. Das ist gut."

Dann nimmt sie eines von den Sektgläsern, das andere reicht sie Geerd.

„Prost", sagt der, „ich glaube, das wird eine tolle Nacht."

„Ja, aber bitte sei nur lieb und zärtlich zu mir. Das mag ich, keine Schmerzen. Aber erst einmal zieh ich dir deine Hose aus. Ich möchte dich in voller Größe sehen."

Langsam zieht sie ihm die Hose samt den Boxershorts herunter und wirft beides auf das Sofa hinter ihm. Er kann wieder eine kleine Aufmunterung vertragen, stellt sie fest. Sie nimmt ihr Sektglas, schiebt sein Hemd hoch und gießt eine dünne Spur von dem kühlen Prosecco auf seinen Bauch. Auch sein Schamhaar ist rasiert und so kann das Getränk ungehindert an seinem Glied und den Hoden herunterlaufen.

„Ich hoffe, etwas Kaltes macht dich heiß", flüstert sie ihm ins Ohr. „Ist das schön für dich?"

„Ja, aber bitte leck' das jetzt ab."

„Natürlich. Nicht dass das schöne Sofa noch Flecken bekommt", antwortet Imke und grinst. Sie greift sein Glied und massiert es sanft mit ihren Fingern. Als er eine erste Regung zeigt, beugt sie ihren Kopf herunter und lässt ihre Zunge auf seinem Penis auf und ab gleiten. Als seine Adern wieder heftig zu pochen beginnen, lässt sie nach, wartet einen Moment und als er sich etwas beruhigt hat, umgreift sie seine Hoden und massiert sie. Als seine Erregung wieder stärker wird, greift sie den Penis und gräbt ihre Fingernägel erneut tief hinein.

Geerd stöhnt auf. „Du machst mich fertig, das ist so geil. Aber jetzt will ich mehr von deinem scharfen Körper spüren."

Er steht auf, lehnt sich mit seinem Gesäß an den Tisch und nimmt Imke rücklings in den Arm. Dann streichelt er ihr über den Bauch, über die Brüste und dann wieder herunter bis zu ihrer Scham. Einen kurzen Moment verweilen seine Finger dort, dann streichelt er die Innenseiten ihrer Schenkel und die Hände wandern wieder hinauf zu ihren Brüsten. Eine Weile umkreisen seine Finger ihre beiden Brustwarzen, dann nimmt er sie zwischen Daumen und Zeigefinger und als sie es nicht erwartet, drückt er plötzlich hart zu.

Imke schreit auf: „Nein! Das will ich nicht. Kapier das bitte!"

„Psst, ist okay, kommt nicht wieder vor."

Dann gleiten seine Finger wieder herunter, unter den String und berühren sie. „Ist das besser für dich?"

„Ja, streichele mich, ich will deine Finger spüren."

Geerd zieht ihren Slip herunter und lässt dann seinen Finger auf Ihrer Scham auf und ab gleiten. Er spürt, wie sie feucht und heiß wird, steckt dann plötzlich einen Finger in sie hinein und bewegt ihn langsam auf und ab."

„Geerd", flüstert sie, „Du machst mich heiß. Aber ich möchte noch von dir geküsst werden. Gehen wir in die Koje, ich möchte mich gemütlich hinlegen."

Er will sie in den Arm nehmen und zu der Koje führen, aber plötzlich bleibt Imke stehen und schaut durch den offenen Niedergang nach oben. „Geerd schau mal nach draußen! Die Sterne, das ist so wunderschön. Gehen wir für einen Moment nach draußen ins Cockpit? Koje ist doch langweilig."

„Klar, aber erst gibt es noch einen Schluck."

Er füllt die Gläser nach. „Ex!"

„Prost Geerd." Auch Imke trinkt ihr Glas mit wenigen Schlucken aus. Sie wollte heute so wenig wie möglich trinken, sie möchte ihre Sinne bei sich behalten und nüchtern abwägen können. Aber jetzt ist die Situation plötzlich so verändert, sie glaubt sich sicher. Geerd steht zu ihr, das weiß sie jetzt. Zwar hat er ihr ein paar Mal weh getan, aber dann auch sofort wieder aufgehört, als er gespürt hat, dass sie das nicht will.

Die Nacht ist fast sternenklar, der Mond ist nicht mehr zu sehen. Nur die Sterne beleuchten das Cockpit, als Geerd das Kabinenlicht ausgemacht hat.

„Wunderschön, am liebsten würde ich jetzt schwimmen." Aber ein Blick auf das schlammige, trübe und vermutlich eiskalte Wasser lässt sie davon Abstand nehmen. Trotzdem es ist einfach toll hier nackt im Cockpit zu sitzen und Geerds Wärme zu spüren. So könnte das Leben immer sein.

„Geerd, könnte dein Schiff auch ins Mittelmeer segeln? Oder in die Karibik?"

„Natürlich, um die ganze Welt, wenn du willst."

„Willst du auch?"

„Wenn wir mal Zeit haben. So eine Weltumsegelung, die dauert!"

Während Imke die Romantik einer zwar kühlen aber dennoch relativ lauen, windstillen ostfriesischen Sommernacht unter den Sternen genießt, hat sich Geerd immer weiter in seine sexuelle Erregung gesteigert. Diese Imke ist eine tolle Frau, sie hat es verstanden ihn zu erregen und gleichzeitig wieder abzukühlen, wenn es zu viel wurde. Sex scheint wichtig für sie zu sein, sie hat ein natürliches Gespür, aber noch ist sie für sein Empfinden zu brav und vielleicht auch zu naiv. Zur Lust gehören für ihn auch Schmerzen. Sie steigern seine Begierde um ein Mehrfaches und das muss Imke noch lernen und begreifen. Die paar Bisse von ihr sind ein guter Anfang und sagen ihm, dass sie ein Gespür und Talent dafür hat. Aber dabei soll es nicht bleiben, er will ihr Lehrmeister sein. Jetzt und hier! Aus welchem anderen Grund sollte sie ihm sonst auf sein Schiff gefolgt sein?

Er setzt sich auf die Cockpitbank, zieht sie rittlings auf seinen Schoß, lässt sie sein Glied spüren und streichelt ihren Rücken. Erst zart und sanft, dann plötzlich wieder hart mit den Fingernägeln. Die Kühle der Nacht und der Sekt haben Imke offensichtlich etwas unempfindlich gemacht. Sie zuckt kurz, aber als er sie dann sofort wieder sanft und zart streichelt, sagt sie nichts. Geerd merkt, dass sie erregt wird, ihre Lippen fühlen sich heiß an, ihr Atem wird kürzer und er spürt wie feucht sie ist und dass sie ihn will. Sie bewegt sich auf ihm, er versinkt in ihr und sie nimmt ihn bereitwillig auf. Sie schauen sich in die Augen, er sieht wie ihre Pupillen größer werden und als sie kurz stöhnt, kneift er sie plötzlich in die Brustwarzen. Hart und brutal.

Imke stößt Geerd von sich, das geht für sie eine Spur zu weit.

„Geerd, was soll das? Ich will nicht, das du mir weh tust!"

„Psst!" Er zieht sie wieder an sich, streichelt sie und Imke beruhigt sich. Als er ihre Warzen küsst und wirklich nur sanft küsst, spürt er, wie sich ihre Nippel wieder aufrichten. Eigentlich will sie es, die Schmerzen, die Lust bereiten, denkt er, sie weiß es nur noch nicht.

Er legt sie mit dem Rücken auf die Cockpitbank und streichelt ihre Scham. Dann kniet er sich über sie, nimmt ihre beiden Hände, drückt sie über ihren Kopf auf die Bank, so dass sie sich kaum noch bewegen kann. Er stößt brutal in sie hinein. Imke ist überrascht, aber sie hat sich schon den ganzen Abend danach gesehnt, von ihm genommen zu werden. Aber es ist unbequem, die Bank ist schmal und hart, die Hände tun ihr weh. Und es kommt ihr nicht richtig vor, das Geerd ihr seine körperliche Überlegenheit zeigt. Sie möchte seine Kraft spüren, aber sich nicht bezwingen lassen.

Sie versucht ihre Hände zu befreien. „Lass' mich los, bitte!"

„Ich bin gleich wieder da", sagt er und verschwindet für einen Moment im Salon. Gleich darauf ist er wieder da, er hat ein paar Handschellen in der Hand und ehe Imke protestieren kann, legt er sie um ihre Handgelenke und lässt sie einrasten.

„Geerd, was soll das. Ich will das nicht, keine Fesselspiele."

„Doch du magst das, glaube mir."

„Nein! Nicht so."

Aber Geerd nimmt keine Rücksicht auf sie und ihr Empfinden. Sie hat ihn nun lange genug angetörnt, sie hat ihren Spaß gehabt und nun ist er dran. Er will sich jetzt einfach nur befriedigen, ohne zärtliche Spiele. Nun will er nur noch harten, brutalen Sex. Und er will ihr wehtun um seine Lust zu steigern. Er rastet völlig aus – und verliert die Beherrschung.

Imke spürt, das in Geerd etwas vorgeht. Sie will nicht, was er jetzt macht, sie will nicht willenlos genommen und benutzt werden. „Bitte Geerd, mach' mich los, sofort! ich mag mit dir vögeln, ich mache alles, aber nicht so."

„Okay, wenn du willst und alles machst ...", stößt Geerd hervor. Er nimmt ihr eine Handschelle ab, dann lässt er sie auf der Cockpitbank knien, mit dem Gesicht zur Wasserseite. Bevor sie überhaupt reagieren kann, hat er eine Handschelle unter dem Relingsdraht hindurch gezogen und lässt sie über dem anderen Handgelenk wieder einschnappen.

Imke ist entsetzt, er hat sie gefesselt. Sie kann sich zwar noch rühren, aber sie kann nicht mehr weg. Sie ist ihm ausgeliefert. Ja, gerade hat sie noch gesagt, sie tut was er will. Aber so war das doch nicht gemeint. Bis vor wenigen Minuten war es noch ein schöner romantischer Abend. Meint Geerd wirklich, sie hat Spaß an Sado-Maso Spielen? Sie versucht sich zu wehren. „Geerd bitte, so doch nicht ... Nein!"

Aber Geerd ist wie im Rausch. Er hört sie einfach nicht und es törnt ihn an, wie sie sich wehrt. Mit brutaler Kraft umgreift er ihre Hüften und nimmt sie brutal von hinten. „So das gefällt dir, oder? Ich weiß doch, du willst das so."

„Nein! Nein Geerd, bitte. Hör auf!"

„Jetzt fangen wir gerade an, wir werden viel Spaß mit einander haben."

„Geerd, nein. Hör auf, sage ich!" Imke weint, vor Scham und weil sie so hilflos ist. Bisher hat sie meistens bei den Männern bestimmt, was läuft und was nicht. Aber Geerd ist plötzlich so brutal. Sie fühlt sich benutzt, sie möchte seine Zärtlichkeit genießen und keine Gewalt ertragen.

„Weine nur, das ist gut, wenn du weinst."

Imke weint immer lauter, sie ist verzweifelt, was wird noch passieren? Hat Geerd jetzt den Verstand verloren?

„Hör auf, sage ich! Das tut weh, hör auf!"

Aber Geerd lässt nicht nach, seine Lust und seine Begierde scheinen immer größer zu werden. Ihr junger, nackter Körper, ihr Gewimmer ... Genau das macht ihn an und das ist es, was ihn bei einer Frau wirklich erregt.

Imke hat Angst, die Schmerzen könnte sie noch ertragen, aber sie hat Angst. Geerd scheint es zu genießen, wenn er Frauen beim Sex quälen kann. Sie weiß nicht, auf welche Ideen er noch kommen wird. Das ist so niederträchtig und demütigend. Ein romantischer Abend sollte es werden und nun erlebt sie einen Albtraum. Plötzlich wird ihr klar: Sie wird vergewaltigt. Sie schreit und weint, immer lauter. Irgendein Mensch muss sie doch hören, es ist eine Marina, da sind doch hoffentlich Leute an Bord der anderen Schiffe. „Hilfe! Hilfe, bitte", schreit sie. Sie will hier nicht nackt auf einer Cockpitbank sterben.

Aber Geerd macht weiter, er scheint unbegrenzte Ausdauer zu haben. Plötzlich spürt Imke, wie sich das Schiff ein wenig bewegt, als ob jemand an Bord springt. Dann sackt Geerd völlig unerwartet über ihr zusammen und sie hört noch wie jemand „Du Schwein" sagt.

12. Kapitel (Vierter Tag nach der Regatta)

Brunner findet Jans Mobilnummer in dem Mitgliederverzeichnis des OYC, das ihm Enno Ennen gegeben hat. Es ist bereits Spätnachmittag und er hofft, dass Jan schon Feierabend hat und sofort in die Dienststelle kommen kann. Jan meldet sich am Telefon. Brunner stellt sich vor, teilt mit, dass er im Mordfall Geerdes ermittelt und bittet ihn, sofort zu einer Befragung zu kommen.

„Es ist lediglich eine Befragung, nichts Schlimmes für Sie", versucht er Jan zu überreden.

„Das ist jetzt leider nicht möglich", stellt Jan sich stur. „Ich arbeite noch."

„Wo arbeiten sie?"

„Auf dem Finanzamt, Steuerfahndung."

„Das trifft sich gut, dann haben Sie es nicht weit zum Fischteichweg. Ich muss Sie nämlich wirklich dringend bitten sofort zu kommen. Natürlich kann ich sie auch mit einem Streifenwagen abholen lassen, wenn Ihnen das lieber ist."

„Wieso, stehe ich unter Verdacht? Ich habe mir doch nichts zu Schulden kommen lassen. Gerade haben Sie noch gesagt, es ist nichts Schlimmes."

„Ist es auch nicht. Wir hoffen, dass Sie zur Aufklärung beitragen können und wir wollen den Fall so schnell wie möglich abschließen. Also, kommen sie jetzt oder soll ich Sie holen lassen?"

Jan denkt kurz nach, ihm ist unbegreiflich, was die Polizei von ihm will. Er hat doch mit Geerds Mord absolut nichts zu tun. „Nein, nein, ich komme schon."

Eine halbe Stunde später sitzen er, Brunner und Susi in dem gleichen Verhörraum, in dem auch Hinni am Morgen vernommen wurde.

„Herr Janssen", beginnt Brunner. „Wir wollen offen mit ihnen reden. Wir haben Herrn Boomgarden vorläufig festnehmen müssen, aber wir bezweifeln, das er der Täter ist."

„Ich bin es bestimmt auch nicht", entgegnet Jan trotzig. Hinnis Festnahme hat sich schon herumgesprochen.

„Gut, das nehmen wir mal zur Kenntnis. Aber schildern Sie doch bitte den Verlauf des Abends aus ihrer Sicht."

„Da ist nicht viel zu erzählen. Meine Frau und ich sind relativ früh nach Hause gefahren."

„Wann?"

„Weiß ich nicht genau, so um ein Uhr vielleicht?"

„Gemeinsam mit ihrer Frau?"

„Ja, das ist doch normal, oder?"

Brunner bittet Susi, einen Moment mit ihm hinauszugehen und entschuldigt sich bei Jan.

„Susi, der verbirgt etwas. Das spüre ich."

Susi nickt. „Ja, kann schon sein."

„Ich befürchte nur, er und seine Frau wollen sich gegenseitig ein Alibi geben. Am besten du fährst jetzt sofort zu ihr nach Hause und bringst sie her. Ich möchte nicht, dass die beiden sich vorher noch absprechen können."

Dann betritt Brunner wieder den Raum. „So Herr Janssen, jetzt schildern sie doch bitte einmal ausführlich, wie diese Seglerparty so verlaufen ist. Aber vorher noch ein paar konkrete Fragen: Sind Sie mit Herrn Boomgarden befreundet?"

„Ja, aber das weiß doch jeder!"

„Gut, ich wollte es von Ihnen hören! Zweite Frage: Sie hätten

normalerweise auch mit Herrn Boomgarden diese Regatta gesegelt, haben das aber diesmal nicht gemacht. Warum nicht?"

„Ich habe in der Nacht schlecht geschlafen und fühlte mich
nicht gut!"

„Gab es einen Grund, warum sie schlecht geschlafen haben?
Zu viel gegessen oder getrunken? Waren sie aufgeregt? Auf so
eine Regatta bereitet man sich doch vor, oder?"

Jan druckst herum. Der Kommissar hat Recht, vor einer Regatta verhält man sich so, dass man am nächsten Tag fit ist.
Alles andere wäre unglaubwürdig.

„Okay, ich hatte Streit mit meiner Frau, fast die ganze
Nacht."

„Aha, worüber haben sie gestritten?"

„Ich glaube, das spielt hier keine Rolle."

„Gut, lassen wir das mal so stehen, aber vielleicht muss ich
darauf zurückkommen. Aber bis zur Party am Abend waren
sie wieder fit und sind gemeinsam mit ihrer Frau dort hingegangen?"

„Ja!"

„Hatten sie sich wieder vertragen?"

„Nicht wirklich, aber es hätte komisch ausgesehen, wenn
wir nicht oder nur einzeln gekommen wären. Ich gehöre zum
Vorstand."

„Ja stimmt." Brauer schaut auf die Mitgliederliste. „Sie sind
der Kassenwart."

„Finanzvorstand." Darauf besteht Jan.

„Egal. Okay sie waren gemeinsam dort. Was ist dann passiert?"

Jan schildert den Verlauf des Abends, so wie er ihn erlebt
hat. Er berichtet sogar stolz, dass Imke unbedingt mit ihm tan-

zen wollte, er stellt sich als unwiderstehlich für Frauen dar. Nur das etwas abrupte Ende verschweigt er.

„Und nachdem der Tanz vorbei war, bin ich zur Toilette gegangen. Als ich wieder zurückgehen wollte, traf ich dann meine Frau."

„Und dann?"

„Nichts, wir sind dann gemeinsam nach Hause gefahren."

„Na gut. Den Rest muss uns dann ihre Frau erzählen. Aber sie bleiben vorläufig hier. Wir brauchen noch ihre Fingerabdrücke und eine Speichelprobe."

„Wieso, stehe ich unter Verdacht?"

„Bisher nicht. Aber die Proben können Sie auch entlasten."

Susi hat Glück. Birgit arbeitet in Teilzeit und hat bereits Feierabend. Kurz bevor Susi klingelte, ist sie nach Hause gekommen, nachdem sie gerade noch ein paar Einkäufe erledigt hatte. Als sie hört, worum es geht, nämlich den Mord an Geerd und als Susi auch noch wissen will, wie und mit wem sie die Nacht verbracht hat, sträubt sie sich. Keinesfalls will sie aussagen, das sei nur Zeitverschwendung. Sie weiß natürlich auch nicht, wer Geerd umgebracht haben könnte. Sie weigert sich auch strikt mitzukommen. Auf keinen Fall, und schon gar nicht bevor sie Jan gesprochen hat. Birgit hat sich in Rage geredet.

Susi greift zu ihrem Handy. „Gut, dann rufe ich jetzt die Kollegen an, in fünf Minuten wird ein Streifenwagen hier sein. Und wenn ich jetzt noch den Verdacht bekomme, dass Sie etwas vertuschen wollen oder Fluchtgefahr besteht, dann kommen die auch mit Blaulicht und Sirene."

Birgit schüchtert das sofort ein. Plötzlich wird sie kleinlaut und sagt: „Okay, ich komme mit."

Susi ruft aber trotzdem Brunner an und teilt ihm mit, dass sie jetzt gleich mit Frau Janssen kommen wird.

„Gut", antwortet Brunner. „Dann bringe sie gleich in den Verhörraum. Mit Herrn Janssen bin ich schon fertig, der wird soeben erkennungsdienstlich behandelt und dann warten wir mal ab, was seine Frau sagt, bevor er wieder nach Hause darf."

Birgit ist inzwischen sehr verunsichert. Willig folgt sie Susi in die Polizeiinspektion und in den Verhörraum. Brunner wartet bereits dort und stellt sich vor. „Wir haben Ihren Mann bereits befragt ..."

„Was? Jan ist auch hier?"

„Wie gesagt, er hat seine Aussage gemacht, aber es bleiben einige Fragen zum Verlauf des Abends. Insbesondere was passiert ist, nachdem sie mit Herrn Geerdes so – sagen wir mal – besonders innig getanzt haben."

„Was? Das hat Jan erzählt?" Birgit wird sehr unruhig und nervös, ihre Hände fahren unruhig auf der Tischplatte hin und her, sie wirkt als ob sie gleich aufspringen würde.

„Sie haben mit Herrn Geerdes getanzt, sie haben sich offensichtlich gut mit ihm verstanden und dann waren sie mit ihm zusammen plötzlich weg. Wo sind sie hingegangen? Zu seinem Schiff?"

„Nein, nein!" Birgit fängt an zu weinen.

„Also, was ist passiert?"

„Muss ich das wirklich erzählen, das ist so peinlich."

Susi nickt Brunner kurz zu, in Richtung Tür. Der versteht, verlässt den Raum und nimmt den Kollegen, der zur Sicherheit an der Tür steht gleich mit.

„Also Frau Janssen, was ist passiert?"

Aus Birgit bricht es plötzlich heraus. Sie erzählt Susi, dass sie mit Geerd auf die Liebesinsel gegangen sei. Ja, sie sei scharf auf ihn gewesen und Geerd auch auf sie. „Ich war so frustriert von der Nacht vorher, von der Streiterei mit Jan, ich habe mich so nach Sex gesehnt, aber Jan wollte doch immer nicht."

„Und dann hatten sie draußen Geschlechtsverkehr mit Herrn Geerdes?"

„Nein, aber fast. Ich wollte keinen Quickie auf der Bank und dann hat Geerd vorgeschlagen, wir könnten auf sein Schiff gehen. Ich fand das toll, aber dann dachte ich, das Jan Bescheid wissen sollte. Ich wollte ihm sagen, dass ich jetzt mit Geerd vögeln würde, weil er doch nicht mit mir wollte."

„Und fand ihr Mann das gut?"

„Nein, ich habe es ihm doch gar nichts erzählt. Auf dem Weg zum Vereinshaus habe ich plötzlich gefroren. Mir war unwohl, ich war ernüchtert und dann kamen mir Zweifel, ob Geerd nach dieser Nacht auch noch zu mir stehen würde. Wie hätte ich dann weiter mit Jan zusammenleben sollen?"

„Das verstehe ich, aber was ist weiter passiert?"

„Ich habe Jan gesucht und fand ihn, als er gerade aus der Toilette heraus kam. Er sah ziemlich müde und frustriert aus. So als ob er sehr verletzt worden sei und er wirkte so hilfsbedürftig. Da konnte ich nicht anders, ich habe ihn in den Arm genommen und gefragt, ob er mit mir nach Hause will."

„Und wollte er?"

„Ja. Er war irgendwie verändert."

„Und wann war das?"

„Nach Mitternacht, ich habe nicht auf die Uhr gesehen."

„Dämmerte es schon?"

„Nein, das muss viel früher gewesen sein. Zwischen eins

und zwei."

„Und dann haben sie sich mit Ihrem Mann ausgesprochen und alles gebeichtet?"

„Nein, alles nicht. Ich habe ihm nur erzählt, das Geerd mich bedrängt hat, das aber nichts passiert sei. Bitte sagen sie ihm auch nichts davon."

„Hat er ihnen das abgenommen?"

Birgit hat sich nach Ihrer Beichte etwas beruhigt, sie tupft sich die Tränen von der Wange und seufzt erleichtert auf.

„Ich hoffe. Jedenfalls hat er mit mir in dieser Nacht geschlafen."

„Gut, Frau Janssen! Wenn sich nicht noch andere Verdachtsmoment ergeben, wird ihr Mann von uns nichts erfahren. Bitte warten sie hier noch einen Moment."

Susi findet Brunner in dem Vorraum, wo er das Gespräch mitgehört hat. „Gut gemacht, Susi. War mir klar, dass sie das freiwillig nur einer Frau erzählt. Sie hat also offiziell nichts mit Herrn Geerdes gehabt und ihr Mann hat somit kein Motiv und auch ein Alibi. Ich glaube, wir müssen beide entlassen."

„Sehe ich auch so."

Brunner gibt entsprechende Anweisungen und geht dann mit Susi zu seinem Büro. „So, gut und schön, aber wer war es denn nun?"

„Was haben denn die Vergleiche mit Herrn Boomgardens Fingerabdrücken und dem DNA-Test ergeben?"

„Nichts, rein gar nichts. Wir haben nichts gegen ihn in der Hand."

„Müssen wir ihn entlassen? Eine Anklage gegen ihn bekommen wir nie durch. Da macht doch kein Richter mit."

Brunner seufzt. „Ja sehe ich auch so. Aber eine Nacht

dürfen wir ihn noch hierbehalten. Vielleicht ergibt sich bis morgen etwas Neues."

Wieder zu Hause denkt Renate über ihr Gespräch mit Imke nach. Ihr Verhalten war so merkwürdig, so nervös und aufgedreht, als ob sie unter starker Spannung steht. Normalerweise erscheint sie immer selbstsicher und gut gelaunt, immer zu einem Flirt und einem Gespräch bereit. Und jedes Mal, wenn die Rede von Geerd war, dann wurde sie besonders aufgeregt und unsicher. Sie ist sich sicher, dass Imke mit dem Mord an Geerd etwas zu tun hat. Aber was? Sie selber wird ihn nicht umgebracht haben, das fällt Renate sehr schwer zu glauben. Dann aber fällt ihr ein, dass sie ab einem gewissen Zeitpunkt weder Imke, Jan noch Birgit gesehen hat. Gerade als der Abend seinen Höhepunkt erreichte. Sie selber hatte im späteren Verlauf noch viel getanzt und sich mit Karl und Marion unterhalten. Da war ihr das zunächst gar nicht aufgefallen.

Sie beschließt Jan und Birgit anzurufen, aber sie kann keinen von beiden erreichen, weder auf dem Festnetz, noch auf dem Handy.

Dann beschließt sie, erneut mit Imke zu sprechen. Da ist etwas, das spürt sie. Und sie wird es herausbekommen, das ist sie Hinni schuldig. Jeder andere kann es gewesen sein, aber nicht Hinni. Und sie ist inzwischen bereit, jeden zu verraten, wenn sie Hinni dadurch frei bekommt. Und ihr wird klar, dass nur sie diesen Fall zu Ende bringen kann! Diesem Brunner, dem zugereisten Franken, dem traut sie schon gar nichts zu und diese frischgebackene Kommissarin, Frau Wildtfang, die hätte sich einmal den rauen Wind in einer Großstadt um die Nase wehen lassen sollen. Da geht man anders und weniger zimperlich an solche Fälle heran.

Sie schaut auf die Uhr. Heiko Heikens Baugeschäft könnte noch geöffnet haben und sie hat Imke so verstanden, dass sie im Moment dort arbeitet. Kurz entschlossen fährt sie nach Hesel.

Frau Heiken öffnet die Tür, als Renate am Wohnhaus klingelt. Mit Absicht ist sie nicht zuerst ins Büro gegangen. Sie hat gehofft, Imkes Mutter hier anzutreffen.

Frau Heiken ist etwa fünfzig Jahre alt, schätzt Renate. Sie hat eine attraktive, sportliche Figur, ist gut gekleidet und, obwohl sie sich offensichtlich gerade mit Arbeiten im Haus beschäftigt hat, ist sie geschmackvoll und dezent geschminkt. Sie strahlt eine gewisse Autorität und Souveränität aus, aber das muss man auch wohl, wenn der Ehemann ein Baugeschäft betreibt.

„Hallo, Frau Heiken."

„Moin Renate, da bin ich aber etwas überrascht."

Frau Heiken reicht Renate die Hand. „Ich darf doch Renate sagen, oder? So direkt haben wir noch nie etwas mit einander zu tun gehabt. Ich heiße Heidrun."

Renate drückt die angebotene Hand. „Natürlich können wir uns duzen. Darf ich einen Moment hereinkommen?"

„Ja, das passt gerade. Heiko musste für einen Moment weg, aber Imke hält im Büro die Stellung."

Und dann will Heidrun natürlich wissen wie es Hinni geht, was man denn tun kann um ihm zu helfen und sie beteuert, dass sie alle fest an seine Unschuld glauben.

„Danke", sagt Renate. „Hilfe kann ich im Moment gebrauchen. Aber ..."

„Moment, ich mache uns erst mal ein Koppke Tee. Du trinkst

doch Tee, oder?"

„Natürlich", grinst Renate. „Sonst hätte Hinni mich doch längst verstoßen."

Während Heidrun Teewasser aufsetzt und Teeblätter in Kanne füllt, fährt Renate fort. Sie kann jetzt nicht still sitzen und bei der Zubereitung des Tees zusehen, obwohl das ein Ritual ist.

„Ich habe mich heute Mittag mit Imke getroffen, hat sie das erzählt?"

„Nein, bis jetzt noch nicht. Aber wir haben uns auch kaum gesprochen. Ich glaube, sie geht mir aus dem Weg."

„Ja, das könnte passen. Darf ich offen reden? Ich glaube, so bekommen wir am schnellsten Klarheit in die ganze Sache."

„Klar. Wir Ostfriesen reden nicht viel, aber wenn, dann offen und direkt!"

„Gut. Also ich habe auch das Gefühl, das Imke mir aus dem Weg gehen möchte. Und das hängt nicht mit Hinni zusammen. Du weißt sicher, dass sie sich da mal Hoffnung gemacht hat."

Heidrun nickt: „Ja, diese jungen Dinger, was die sich immer gleich einbilden."

„Aber das ist überhaupt nicht mein Problem, sie hat mir versichert, dass das jetzt aus und vorbei ist und ich glaube ihr. Was früher mal war ... Ich bin natürlich auch nicht unschuldig in die Ehe gegangen."

Heidrun grinst: „Nee, ich auch nicht. Hab' damals nichts anbrennen lassen. Aber worum geht es denn?"

Inzwischen ist das Wasser heiß und Heidrun gießt einen Teil davon in eine Teekanne, die sie dann auf ein Teestövchen mit einem Teelicht darunter stellt. Dann holt sie zwei dünne Teetassen mit der Ostfriesenrose aus dem Schrank. Die gleichen, die Hinni auch hat, stellt Renate fest.

„Ich glaube, das Imke in den Fall verwickelt ist."

Heidrun will empört abwehren, aber Renate lässt sie nicht zu Wort kommen.

„Nein, ich glaube nicht, dass sie sich etwas zu schulden kommen ließ. Aber ich denke, sie hat etwas beobachtet. Zumindest weiß sie etwas."

Heidrun beruhigt sich bei diesen Worten.

„Außer das sie sich überhaupt mit Geerd eingelassen hat, das war vielleicht ein Fehler. Ich bin sicher, da bahnte sich etwas an. Nein, ich sehe Imke eher in der Opferrolle. Jedenfalls leidet sie im Moment heftig und ich möchte ihr helfen."

Heidrun guckt Renate lange und abwägend an, dann gibt sie einen Kluntje, den ostfriesischen Kandis, in die Teetassen und gießt den Tee ein. Darauf folgt dat Wulkje, eine kleine Wolke Sahne, die sie mit dem kleinen Schöpflöffel auf ihren Tee legt und schiebt das Sahnekännchen dann zu Renate, damit sie sich selber bedienen kann.

„Und wie wollen wir ihr helfen?"

„Ich möchte, dass wir mit ihr reden. Da ist an dem Abend etwas passiert und das hat nichts mit den Streichen junger hormongefüllter Mädchen zu tun. Da war etwas, ich weiß nicht was, aber Imke leidet darunter."

Heidrun begreift was Renate meint: „Du meinst, sie wurde vergewaltigt?"

„Könnte sein. Aber ich kann mir nicht vorstellen, das Imke die Winschkurbel benutzt hat."

Heidrun überlegt: „Imke ist kräftiger als man denkt. Heiko hat sie früher oft auf die Baustellen mitgenommen. Schubkarren schieben, Steine schleppen und so. Aber sie bringt keinen um."

„Auch nicht, wenn sie bedrängt wird?"

„Nein, außer wenn sie vielleicht in Lebensgefahr wäre. Aber das kann ich nicht glauben."

Renate nickt. „Genau, da gehe ich auch von aus. Aber irgendjemand hat Geerd umgebracht!"

„Okay, soll ich Imke einmal bitten zu kommen?"

„Ja bitte, du kannst auch gerne selber und allein mit ihr reden."

„Nein, das machen wir jetzt zusammen."

Offenbar gibt es eine Haustelefonanlage. Heidrun greift zum Hörer. Sie drückt eine Kurzwahlziffer und bittet Imke dann in die Küche zu kommen. „Die Bürotür kannst du abschließen, da kommt heute keiner mehr."

Als Imke in die Küche tritt, ist sie überrascht Renate und ihre Mutter beim Tee sitzen zu sehen. Die beiden sind offenbar in ein vertrauliches Gespräch vertieft.

„Moin, Renate."

„Willst du auch einen Tee", fragt ihre Mutter. „Dann nimm' dir eine Tasse."

Imke schüttelt den Kopf.

„Imke, Renate ist hier, weil sie sich Sorgen um Hinni und um dich macht."

„Ich habe damit nichts zu tun. Das habe ich doch schon gesagt!"

„Womit Imke? Womit hast du nichts zu tun?", fragt ihre Mutter.

„Das Geerd tot ist. Das glaubt ihr doch alle!" Imke kann sich nun nicht mehr beherrschen und plötzlich brechen Tränen aus ihr heraus. Sie weint und schluchzt.

„Wir sind sicher, dass du Geerd nicht umgebracht hast, aber da war etwas", wirft Renate ein.

Imke schluchzt immer stärker, sie legt den Kopf auf die Tischplatte. „Nein, nein, lasst mich in Ruhe."

Heidrun streichelt Imke über den Kopf: „Hat Geerd dich vergewaltigt?"

Nun brechen alle Dämme bei Imke. Der ganze Kummer und die Not der letzten Tage brechen aus ihr heraus. Plötzlich wirft sie sich ihrer Mutter an die Brust, umarmt sie und sucht Halt bei ihr.

„Ja", stößt sie dann heraus.

Ihre Mutter streichelt sie, bis Imke sich wieder etwas beruhigt.

„Erzähle was passiert ist. Du musst das jetzt loswerden. Hat er dich verletzt?"

Imke schüttelt den Kopf.

Dann schaut Renate Heidrun an. Ihre Blicke fragen, ob sie eine Frage stellen darf. Heidrun nickt.

„Aber du weißt, wer Geerd umgebracht hat?"

„Ja", schluchzt Imke.

„War es Hinni?", bricht es aus Renate heraus. Sie hat Angst vor der Antwort.

Imke schüttelt vehement den Kopf. „Nein, nein, bestimmt nicht!"

So nach und nach erzählt Imke dann die ganze Geschichte und beide Frauen bekommen eine unbändige Wut auf Geerd. Schließlich sagt Imkes Mutter: „Derjenige, der ihn umgebracht hat, sollte einen Orden bekommen."

So leicht wird das nicht sein, vermutet Renate. „Aber wir müssen das der Polizei erzählen. Das siehst du ein, Imke.

Oder?"

Wieder bekommt Imke einen Weinanfall, aber ihre Mutter streichelt sie beruhigend. „Wir helfen dir Imke, alles wird gut. Aber du darfst das nicht in dich hineinfressen. Du hast dein Leben noch vor dir und da musst du jetzt durch."

Nach einer Weile hebt Imke ihr tränenverschmiertes Gesicht, sieht Renate an und sagt: „Ja, mach ich. Wenn du mitgehst."

Am nächsten Morgen stehen Renate und Imke gleich zu Dienstbeginn beim Pförtner im Eingang der Polizeiinspektion in Aurich und verlangen die Frau Kommissarin Wildtfang zu sprechen. Imkes Mutter wäre auch gerne mitgegangen, aber Imke lehnte das ab. Renate vermutet, dass da vielleicht noch einige Dinge zur Sprache kommen, für die sie sich bei den Eltern schämen würde. Umso besser, dann scheint sie bereit zu sein, vollends auszupacken.

„Worum geht es denn?", fragt der Beamte hinter der Scheibe.

„Mordfall Geerdes", antwortet Renate knapp, mehr gehört hier nicht in die Öffentlichkeit.

Es dauert nur einen kurzen Moment, dann erscheint Susi. Sie zeigt sich überrascht. „Moin zusammen! Frau Heiken und Frau Reichle, sie beide hier? Was kann ich für sie tun? Aber gehen wir erst einmal hinein."

Sie macht dem Beamten ein Zeichen, der drückt auf den Türöffner und Susi führt die beiden in den nächstgelegenen Besprechungsraum. Sie bittet beide Platz zu nehmen und setzt sich abwartend dazu.

„Ich möchte Hinni abholen, es gibt neue Erkenntnisse", eröffnet Renate das Gespräch.

„Bitte, ich höre! Oder soll ich Hauptkommissar Brunner dazu bitten?"

„Nein, lieber nicht! Im Moment ist es besser, wenn wir das unter uns Frauen besprechen. Frau Heiken möchte ihnen etwas berichten. Geht das zunächst einmal ohne Protokoll, bitte?"

Susi ahnt, was Imke erzählen möchte und da sie freiwillig hier ist, steht einem informellen Gespräch nichts im Wege. Man wird sehen, was sich daraus ergibt.

„Okay Imke. Darf ich Imke sagen?"

Imke nickt.

„Wir sind hier unter uns, keine Kamera, kein Tonbandgerät", verspricht Susi. „Also bitte!"

Dann erzählt Imke alles was an dem Abend passiert ist. Zuerst stockend und begleitet von Tränen, die ihr aus den Augen quellen. Susi muss häufig nachfragen, um alle Ereignisse in den rechten Zusammenhang zu bringen. Aber dann fällt Imke das Reden immer leichter und zum Schluss ist sie froh, sich endlich Luft zu machen zu können. Sie will nun alles loszuwerden, was sie in den letzten Tagen bedrückt hat. Die Tränen laufen ihr über die Wangen, aber es sind befreiende Tränen. Sie endet an der Stelle, als Geerd über ihr zusammenbricht.

Susi hat mit großem Interesse zugehört, sie ist entsetzt, sie kann sich in Imkes Lage versetzen und ahnt, was diese in letzten Tagen durchgemacht hat.

„Aber wer hat Sie denn nun aus dieser Situation befreit, Imke?"

„Muss ich das sagen? Ich habe doch versprochen, ihn nicht zu verraten. Er hat mich doch gerettet."

„War es ein Mann?" Imke nickt.

„War es Hinni Boomgarden?", fragt Susi weiter.

Imke schüttelt vehement den Kopf.

„Wissen Sie denn überhaupt, wer das war?"

Imke nickt wieder. „Ja. Aber ich habe ihm versprochen, ihn nicht zu verraten, er hat mir doch geholfen. Er darf doch nicht bestraft werden, weil er Geerd getötet hat. Das war doch ein Unfall."

„Ob der bestraft werden muss, ist noch völlig offen. Erst einmal müssen wir den Hergang der Tat genau klären und dann wird ein Richter entscheiden, ob es Totschlag oder Nothilfe war. Immerhin hat er Sie vor Schlimmerem bewahrt und das wird sicherlich gewürdigt."

„Das passt schon", redet ihr auch Renate gut zu. „Und dein Papa hat versprochen, notfalls auch einen Anwalt zu besorgen. Wir bringen das in Ordnung." Aufmunternd drückt sie Imkes Hand.

Imke wirkt immer noch unsicher, aber dann fasst sie sich ein Herz. Sie blickt Susi an und sagt dann leise: „Der Hafenmeister von der Greetsieler Marina war das, Heini Kruse."

Susi bleibt stumm, dann nickt sie langsam. Der Hafenmeister! Sie macht sich Vorwürfe, schließlich hat sie ihn schon einmal befragt und dann hat sie mit ihm gemeinsam alle Boote in Greetsiel auf Einbruchspuren untersucht. Da hätte ihr doch etwas auffallen müssen. So cool kann der doch gar nicht gewesen sein. Klar, dass sie nichts gefunden haben.

„Okay, sehr gut! Danke für die Aussage, das hilft uns natürlich weiter und Ihr Lebensgefährte, Frau Reichle, ist dadurch entlastet. Natürlich brauche ich vorher noch eine formale Aussage von Ihnen, Imke. Ein unterschriebenes Vernehmungsprotokoll. Ist das okay?"

Imke ist erleichtert, nun ist auch schon alles egal. Sie nickt.

„Gut, einen Moment, ich bin gleich wieder da."

Susi rennt fast in das Büro von Brunner. „Chef, wir haben den Fall gelöst!"

Brunner schaut auf, gerade überlegte er noch, das LKA hinzuzuziehen, weil sie mit dem Fall nicht weiterkommen und wahrscheinlich noch ganz andere neue Spuren verfolgt werden müssen. Oder den Fall völlig anders anzugehen und zum Beispiel die Verstrickungen von Geerdes in der Finanzwelt zu untersuchen, über die er schon einmal nachgedacht hat.

Und nun behauptet Susi plötzlich, der Fall sei gelöst.

„Langsam, Susi. Wir hatten uns schon mal auf Helmut geeinigt. Soviel Zeit muss sein. Erzähle!"

Susi berichtet ausführlich über das Gespräch mit Imke und Renate. „Der Hafenmeister! Ich war blind. Wir brauchen sofort einen Haftbefehl und ein paar Kollegen müssen den in Greetsiel abholen."

„Gut, das erledige ich. Und du bringst Frau Heiken jetzt sofort in einen Verhörraum und bestehst auf einer schriftlichen Aussage. Nicht das die noch einen Rückzieher macht. Wir behalten sie auch vorläufig hier, falls eine Gegenüberstellung erforderlich wird. Und das keiner von den beiden mit dem Hafenmeister telefoniert und der noch abhaut."

Während Susi das Protokoll aufsetzen lässt und Imke dieses unterschreibt, lässt Brunner sich einen Haftbeschluss ausstellen und fährt mit den Kollegen nach Greetsiel. Das steht ihm zu, findet er, dass er den Täter persönlich festnimmt. Das wird sich gut in der Presse machen, die in den letzten Tagen sehr unzufrieden über den Fortschritt der Ermittlungen geschrieben hatte. Völlig zu Unrecht, schließlich hat er nun den Mörder nach nur vier Tagen gefasst. Oder war das gar kein Mord, zweifelt er plötzlich. Vielleicht wird ein Richter auf Nothilfe erkennen? Dass Hinni Boomgarden sich in Untersuchungshaft befindet, war Gott sei Dank bisher nicht nach draußen und zur Presse gedrungen. Wäre auch sehr blamabel gewesen, so wie sich der Fall nun entwickelt hat.

Die Festnahme in Greetsiel verläuft unspektakulär, Heini Kruse scheint sie fast erwartet zu haben. Er lässt sich willig nach Aurich verfrachten und sitzt nun mit Brunner und Susi in dem Verhörraum. Die Formalitäten wurden erledigt und der Hafenmeister hat seine Version erzählt. Susi fasst zusammen: „Sie sind also in der Nacht aufgestanden, weil sie nicht schlafen konnten. Und weil es eine so schöne Nacht war, haben sie beschlossen, einen Rundgang durch die Marina zu machen. Machen sie das öfter?"

„Nein. Eigentlich nie."

„Und warum gerade diese Nacht?"

„Weiß ich auch nicht. Hätte mir viel Ärger erspart, wenn ich es nicht getan hätte."

„Nein, das ist schon in Ordnung. Zivilcourage ist doch wichtig und etwas Ehrenwertes. Das Problem ist nur, warum sie gleich mit der Winschkurbel so heftig zugeschlagen haben. Sie hätten auch versuchen können, Herrn Geerdes einen Faustschlag zu versetzen. Vielleicht hätte es auch gereicht, wenn sie ihn zur Rede gestellt hätten."

Brunner wirft ein: „Und warum haben Sie danach nicht sofort die Polizei angerufen?"

Kruse holt tief Luft. „Ja, warum nicht? Weiß ich nicht! Als ich über den Steg ging, hörte ich plötzlich verzweifelte Schreie,

Hilferufe. Ich bin natürlich weiter nach vorn gegangen und habe festgestellt, dass die von Geerd Geerdes Schiff kamen und das Geerd sich mal wieder ein Mädchen angelacht hat. Das kam schon mal vor. Erst dachte ich, die vögeln da nur ein bisschen und die Schreie gehören dazu. Ich wollte schon wieder umkehren, bin doch kein Spanner. Dann aber habe ich gemerkt, dass die junge Frau sich wehrte und offensichtlich vergewaltigt wurde. Jedenfalls sah das für mich so aus. Und sie rief ‚Hilfe', das war dann klar und deutlich zu hören, als ich näher dran war. Und dann stand mir plötzlich vor Augen, wie die Firma Geerdes mich einmal ordentlich übers Ohr gehauen hat. Fast zehntausend Euro, meine ganzen Ersparnisse, habe ich vor einigen Jahren bei Geerd investiert und dann war alles weg. Geerd hat nur gegrinst und gesagt, das Risiko wäre mir doch bekannt gewesen. Und ich soll mich wegen der paar Tausend Euro nicht so anstellen. Das kann immer mal passieren."

Der Hafenmeister macht eine kurze Pause, bevor er fortfährt: „Wo kommen wir denn da hin, wenn man sich untereinander nicht mehr vertrauen kann. Ich habe damals nichts gegen ihn machen können, war alles rechtmäßig."

„Und dann kam das alles wieder hoch und die Wut hat sie gepackt", vermutet Brunner.

„Ja, nein, ich wollte dem Mädchen helfen. Aber ich wusste auch, das Geerd sehr kräftig ist, viel stärker als ich. Und als ich dann die Wischkurbel sah, habe ich zugegriffen. Hätte doch sein können, das der liebe Gott die da für mich hingelegt hat."

„Und sie haben stärker zugeschlagen, als sie eigentlich wollten", hilft Susi ihm.

„Ja, muss so gewesen sein. Jedenfalls wollte ich ihn nicht töten. Ich wollte ihn k.o. schlagen und ihm eine ordentliche

Beule verpassen ... Aber dann kam gleich das Blut und ich habe Panik bekommen."

„Und dann, was ist dann passiert?"

„Ich habe geprüft, ob ihm noch zu helfen ist."

„Können Sie das?", will Susi wissen.

„Ja, als Hafenmeister habe ich eine Ersthelferausbildung. Aber ich habe sofort gesehen, dass der tot war."

„Und dann?"

„Dann habe ich zuerst Imke losgemacht ..."

„Hatten sie denn einen Schlüssel für die Handschellen?"

„Nee, braucht man nicht. Da ist so ein Hebel, das habe ich sofort gesehen. Im Prinzip hätte Imke sich auch selber losmachen können. Und dann hat Imke fix ihre Plünnen zusammengesucht und sich angezogen."

Kruse stockt.

„Ja, weiter!", fordert Brunner ihn auf.

„Sie wollte dann von ihrem Handy aus einen Notarzt rufen, aber ich habe ihr das verboten. Ich war mir sicher, dass ich Geerd getötet habe und wollte dafür nicht in den Knast. Nicht für Geerd Geerdes. Ich habe von ihr verlangt, dass sie absolut die Klappe hält, mit keinem darüber spricht und das sie sich auch nie mehr bei mir meldet."

„Und das hat sie auch gemacht!"

„Ja, das hat sie versprochen. Und dann sind wir ganz schnell vom Schiff runter und ich habe Imke nach Hause gebracht."

„Womit?"

„Mit meinem Auto."

„Soweit alles klar", meint Susi.

„Aber eine Frage habe ich noch. Wo sind denn die Handschellen, mit denen Imke gefesselt war."

„Das habe ich mich auch schon gefragt. Ich hatte Angst, dass die Taucher die unter dem Schiff finden, es sind ja meine Fingerabdrücke drauf. Aber ich glaube, ich habe nur eine losgemacht und die andere Handschelle hatte Imke noch an sich. Möglicherweise hat sie die unterwegs aus dem Auto geworfen."

Brunner steht auf: „Danke für ihre offene Aussage, wenn sie auch etwas spät kommt. Für mich ist der Fall damit gelöst. Um die Formalitäten kümmert sich Frau Wildtfang."

„Und was wird nun aus mir?", fragt Kruse unsicher.

„Ob das nun Nothilfe war, oder Nothilfe mit einem tödlichen Unfall, darum wird sich der Staatsanwalt kümmern. Ich vermute, sie kommen mit einer kleinen Bewährungsstrafe davon. Und Herr Heiken hat bereits angeboten, einen Anwalt für Sie zu stellen."

Susi fügt dann noch hinzu: „Weil der Fall geklärt ist und keine offenen Fragen zum Tathergang mehr bestehen, sie geständig sind, eine Arbeitsstelle und ein intaktes soziales Umfeld haben, besteht keine Fluchtgefahr. Oder, Chef?"

Brunner lächelt, er will zu einem Tadel ansetzen, weil sie ihn schon wieder Chef genannt hat, aber in der Öffentlichkeit geht das nicht.

„Nein Susi, keine Fluchtgefahr. Du hast Recht, die Untersuchungshaft können wir uns und Herrn Kruse ersparen."

Und dann mit Blick auf den Hafenmeister: „Aber sie halten sich zur Verfügung, dass das klar ist!"

Am übernächsten Abend haben Imkes Eltern Renate und Hinni zu einer kleinen Feier in die Alte Posthalterei, ein bekanntes historisches Lokal in Hesel, eingeladen. Zur Begrüßung gibt es für alle einen Hugo, den das Restaurant heute besonders anpreist. Dieser Aperitif, Prosecco mit Holundersirup, hat nun auch Ostfriesland endgültig erobert. Auch Hinni trinkt ihn gezwungenermaßen, schließlich wurde er gar nicht erst gefragt.

Heiko hebt das Glas: „Das der Fall so schnell gelöst wurde, das haben wir hauptsächlich dir, Renate zu verdanken. Du hattest das richtige Gespür und du warst hartnäckig. Ich hoffe mal, das Imke nun auch ein besseres Gefühl für Männer bekommt und weiß, wo sie hingehört. Wir wollten sie nie einsperren und Vorschriften machen. Jugendsünden haben wir alle begangen. Aber das jemand aus unserem Segelverein, aus unseren eigenen Reihen das so ausnutzt? Nee, da wäre ich nie drauf gekommen. Also deshalb Danke, für alles was du für uns und besonders für Imke getan hast."

Imke ist während der kleinen Rede ihres Vaters ganz rot geworden und würde sich am Liebsten unter dem Tisch verkriechen. Ja, sie hat großen Mist gebaut und sie hat das auch eingesehen. Und ohne Renate wäre das nie so schnell und so gut aufgeklärt worden, das weiß sie auch. Zwar hat sie eine Anklage zu erwarten, weil sie nicht rechtzeitig die Polizei informierte, aber das wird keine schlimmen Folgen haben. Aber sie weiß nicht, wie sie mit ihrer Schuld und ihrem Erlebten weiter hätte existieren sollen, geschweige denn mit Freude leben, wenn Renate sie nicht da herausgeholt hätte. Sie nimmt ihr Glas, steht auf, geht um den Tisch herum und stößt mit Renate an. „Danke Renate, du hast was gut bei mir. Ich bin immer da, wenn du mal was brauchst."

Dann umarmt sie Renate und Hinni und schließlich auch ihre Eltern. „Danke, ich glaube, ich studiere dann doch mal

BWL."

„Dann hat das Ganze etwas Gutes", meint Renate. „Aber eigentlich habe ich das nur für Hinni getan."

Sie gibt Hinni einen Kuss und der nimmt sie ganz fest in den Arm. Als er wieder Luft holen kann, meint er zu Heiko: „Düvel ok, de Froominskes in disse Tied, de sünd al wat besünners. *Zum Teufel, die heutigen Frauen sind schon etwas besonderes.*"

Anmerkung des Autors

Sehr geehrte Leserin,
sehr geehrter Leser,

ich hoffe, Ihnen hat dieses Buch gefallen. Gerne dürfen Sie Ihre Meinung darüber in einer Rezension zum Ausdruck bringen. Bei Amazon, oder wo immer sie es gekauft haben. Ich würde mich freuen, bald einmal auch von Ihnen zu lesen.

Weitere Informationen über mich und meine sonstigen Projekte finden Sie auch unter www.HaraldRisius.de

Ihr

Harald H. Risius

Nachwort

Alle in diesem Buch geschilderten Orte gibt es tatsächlich, vielleicht habe ich ein paar Kleinigkeiten angepasst. Auch bei dem beschriebenen Fahrwasser vor Greetsiel habe ich mich um Aktualität bemüht. Der Ostfriesische Yacht Club ist aber eine reine Erfindung von mir, ebenso wie alle Personen und Handlungsabläufe. Sollte es Übereinstimmungen mit tatsächlichen Ereignissen und realen Personen geben, ist dies reiner Zufall und von mir nicht beabsichtigt.

Die Wettfahrtregeln der ISAF im dritten Kapitel habe ich aus der deutschen Fassung wörtlich zitiert.

Mein Dank gilt auch diesmal dem Internet, wer auch immer das sein mag. Meine Aufgabe bestand allerdings darin, aus der Fülle der Informationen die interessanten und wichtigen herauszufiltern.

Ganz besonders möchte ich aber meiner lieben Frau und Segelfreundin Regine danken, die mich nicht nur auf den meisten Segeltörns in vielen Revieren auf dieser Erde begleitet hat, sondern auch immer wieder und geduldig das Manuskript gelesen und wesentliche Anregungen gegeben hat. Ihr verdanke ich auch den fränkischen Originalton, in den Hauptkommissar Brunner und die Protagonistin Renate immer mal wieder gerne verfallen.

Im November 2014
Harald H. Risius

Über den Autor

Harald H. Risius ist in Greetsiel an der Nordseeküste aufgewachsen. Die Nähe zur Nordsee, der Betrieb auf den Fischkuttern, die Gewissheit eines schützenden Deiches und eine kleine Dorfschule, in der einfaches, aber praktikables Wissen vermittelt wurde, haben seine Kindheit und sein künftiges Denken und Handeln entscheidend geprägt.

Nach der Schule folgte eine Lehre als Bootsbauer und dann - weil er doch lieber eine eigene Segelyacht besitzen als anderer Leute Schiffe bauen wollte - ein Studium der Holztechnik an der Fachhochschule in Rosenheim.

Das mit der eigenen Yacht musste noch warten, abgesehen von einer kleinen Segeljolle, die er sich mit siebzehn baute und wieder verkaufte, als die Bundeswehr ihn unbedingt haben wollte.

Es verschlug Harald Risius beruflich bald nach Asien und er sah sich dort mit einer völlig anderen Kultur, Werten und Normen sowie ewig lächelnden Menschen konfrontiert. Hier wuchs sein Interesse an gesellschaftspolitischen Themen und seine gelassene Einstellung zu manchen vermeintlichen politischen und wirtschaftlichen Problemen, die uns Europäern sehr wichtig erscheinen, den Rest der Welt aber ziemlich kalt lassen.

Irgendwann hat es dann doch mit der eigenen Yacht geklappt und Harald Risius hat mit seiner Frau Regine viele und lange Törns auf der Ostsee und vor allen Dingen im Mittelmeer gesegelt. Zur Zeit lebt er im Chiemgau und ist auf seiner Segelyacht Makan Angin auf dem Chiemsee oder auf Chartertörns in weltweiten Revieren zu finden.

Weitere Abenteuer von Hinni und Renate, der beiden Pro-
tagonisten dieses Büches sind auch in den folgenden Bänden
zu finden:

Harald H. Risius Makan Angin, Pack' mers,
ISBN 978-3-86675-102-6 und

Harald H. Risius Makan Angin, Kreuz im Süden,
ISBN 978-3-85022-361-4

Gesellschaftskritische und humoristische Erzählungen
finden sich in dem Buch:

Harald H. Risius Bettgespräche,
ISBN 978-3-89841-390-9